四十三日定 十年謀亂

王陽明不只知行合一
更有高度軍事智慧

誰是江西最大的土匪？
官逼民反才有盜，民不聊生才有匪
既然都是忠臣，其中一方怎麼會被另一方殺死？

符利群 著

風起於青蘋之末，浪成於微瀾之間
驚心動魄的博弈背後，是忠與叛的殊死較量

目錄

目錄

風起青蘋末

一大群飛鳥從晨霧瀰漫的渺遠天邊飛來，遠遠望去，猶如三分鐘熱風沙來襲。丘十八從蓁莽葳蕤的草浪間吃力地抬頭，望著飛鳥像利箭一樣朝他射來。他怔怔地想，牠們會不會刺穿自己的身體？那麼，他將再也不能回到鄱陽湖邊的老家了。他多麼想念湖上捕魚的那些日子。

「我是誰？我為什麼會在這裡？我為什麼會從一個漁夫成為一個土匪？」

正德十四年暮春的清晨，落敗的土匪丘十八這樣問自己。

從昨日到此刻，這個看起來像寂寞了五百年的古戰場，有過一場血腥廝殺。這是一場勢不均力不敵的戰事。此前，土匪們在這片低矮的山崗被圍困了兩個月，餓成了一群眼睛閃爍綠光的狼，凶相雖在，實則潰不成軍。

官兵們在他們的長官指揮下，像熟練的農夫收割成熟的莊稼，將土匪們輕輕鬆鬆斬於馬下，幾乎沒有遇到什麼有力的抵抗。

飛鳥掠過這片偃旗息鼓、肝髓流野的古戰場，遺落了幾根雪白的羽毛。有一根羽毛飄飄曳曳，如天空飄落的雲朵，在血腥的古戰場上空飄蕩許久，終於屈尊紆貴地落下，落在丘十八的眼前。

丘十八咧開皸裂的嘴唇笑了，很多年了，他沒有領略過賞心悅目的事物。他緩慢地伸手撿羽毛，羽毛雪白，與這片血腥的古戰場頗不相稱。

一雙靴子從他眼前傲然邁過，毫不猶豫地踩上羽毛，雪白的羽毛立刻湮滅於血腥與泥淖。這個清理戰場的兵士拿長矛戳地上的一具具身體，以防他們沒死透。他也用長矛戳了丘十八的屁股，並且惡狠狠地咒罵。他是勝者，丘十八是敗者，勝者怎麼對付敗者都不為過，何況是一個「死去」的敗寇。兵士繼續檢查屍體，挨個兒戳去，確保不留一個活口。

他戳得正高興，另一名兵士跑來說：「王都堂命令住手。」

那兵士提著長矛的手僵在半空，只得悻悻收起，不情不願地跨過丘十八的身體。

丘十八身上有十來處傷口，身體像一口漏水囊，緩慢地淌血。這一狠戳，令丘十八險些喊出來。他把臉撲向泥地，迅速埋住了即將吼出的叫聲。等那名兵士走遠，他慢慢抬起滿是汙泥的臉，眼中充斥著要將對方生吞活剝的憤怒。

隨即，丘十八發現距他三步之遙的草浪中，安靜地躺著一把弓，一支箭。

三步之遙，對他來說猶如三百里。此前他有過一日行軍三百里的紀錄，現在他皮開肉綻，肋骨似乎也斷了，屁股又添新傷，每蠕動一下，全身拆骨剔肉一般劇痛。可是他必須拿到弓箭，這是他最後的武器。

丘十八艱難地一點一點向前蠕動，比螞蟻爬得還慢。

他的眼角瞥到，有一匹馬朝他這邊慢吞吞地過來。馬背上是一個臉色蠟黃、消瘦清臞的中年人，揪著馬韁輕聲咳嗽，身子晃徘徊悠，似乎要被暮春的風吹倒。

中年人是這場戰事勝方的指揮官。丘十八不知道他叫什麼，只知道他把他們圍困在南贛山區兩個多月，讓他們吃足了苦頭。很顯然，此人是他最大的仇人，一個要置他於死地的人不是仇人還能是什麼？

丘十八朝前蠕動，他必須趕在馬背上的人來到之前拿到弓箭。雖然他不知道以殘破之軀拿到弓箭還能抵擋什麼，但是有片甲在手，總好過手無寸鐵。

距離丘十八五丈開外的灌木叢中，李八斤在愜意地喝酒吃肉。

酒是從酒館打來的米酒，肉是黃記滷肉鋪的滷豬腳，店主偷偷賣給他的。可是他既不在酒館喝酒，也不在肉鋪吃肉，他僱了輛驢車，從二十里外的小鎮，特意跑到這個剛歇戰的、滿是死人的古戰場。

李八斤的古怪舉動嚇壞了車夫，出發前他出足了銀兩，車夫還是戰戰兢兢捧出銀兩堅持要還他，對這一趟出行表現出極度後悔。李八斤好說歹說讓他收下，有禮地笑了笑說「辛苦了」。車夫扔下銀兩，疾奔向馬車，只想盡快駕車逃離，途中還摔了兩跤。

李八斤看著車夫的背影笑得直不起腰。他鑽進灌木叢，喝著小酒啃著豬腳，耐心地等待他等待了很多年的人。至少半個時辰後，他終於等到念念不忘的那個人。他坐在馬背上，臉色蠟黃，瘦得像柴棍，還用袖子掩嘴咳嗽，一聲比一聲劇烈，簡直像癆瘵鬼。李八斤簡直懷疑自己的眼，用力揉了揉，再眨了眨眼。

沒錯，就是他，是李八斤找了十二年的那個人，跟畫像中一模一樣。他好像從沒年輕過，也沒老過，似乎生下來就是這樣子。十二年了，李八斤從十二歲的孩童長成二十四歲的青年，對方還是這等模樣。老天算公平還是不公平？

李八斤繼續啃著豬腳，等那人離自己更近一些。

丘十八終於抓住了那把弓箭。他曾經是個老練的漁夫，後來成了老練的弓箭手。他對自己的職業一直很認真，哪怕做土匪，也要做一名敬業的土匪。

丘十八忍著劇痛一點點仰身搭箭，右手持弓，左手拉弦，指向馬背上那名令他們全軍覆沒的官員。他當然知道敗局已定，就算射死對方也得不到任何賞賜，可是他還是一點一點拉滿弓。

箭在弦上。

李八斤打了個充滿酒肉味的飽嗝，他已吃下三隻拳頭大的豬腳。活著，唯有好酒和滷豬腳不可辜負。他扒開灌木叢又一次朝外窺探，忽覺隱隱不對勁。再細看，古戰場還是那個古戰場，死人還是那些個死人，野花野草還是那些野花野草……他的目光落在一個點，那個點在他眼中放大、放大、放大……一支箭，指向馬背上的那個人。李八斤抓緊手裡最後一個豬腳，直直盯著那支即將離弦的箭。

箭在弦上，一觸即發。

奉命巡撫南贛汀漳等處的大明都察院左僉都御史王陽明又咳嗽了兩聲，舉起袖子一看，青灰色的衣袖染了幾縷血漬。他想，又得燉梨膏糖吃了。

王陽明想念家鄉餘姚了。家鄉的梨汁多又甜，燉梨膏糖是最好了。坐在馬背上的他，不禁恍恍惚惚想起家鄉的龍泉山、中天閣、龍泉井，他出生的瑞雲樓，瑞雲樓外狹長清寂的青石板小巷，那一片「山如碧浪翻江去、水似青天照眼明」的四明山水、姚江南北……

因為此前一年平定廣東三浰有功，正月的時候，朝廷封蔭王陽明的兒子為錦衣衛，世襲副千戶。他很不安，上疏懇請辭去這浩蕩皇恩，並懇求盡快致仕歸田，因為他的身體太糟糕了，「瘴毒侵陵，嘔吐潮熱，肌骨羸削。或時昏眩，偃幾僕地，竟日不惺，手足麻痺，已成廢人」，又因祖母臥病，思親心切，「悲苦積鬱，神志耗眊，視聽恍惚」。

對於此前平定江西橫水、桶岡，廣東浰頭等賊患戰功，王陽明在〈乞放歸田里疏〉中，認為是「苟免顛覆，實皆出於意料之外。然此僥倖之事，豈可恃以為常者哉？」、「駕破敗之舟以涉險，偶遇順風安流，幸而獲濟」，說到最後，他近乎哀求，「放臣暫歸田裡，就醫調治。倘存餘喘，尚有報國之日。臣不勝感恩待罪，懇切哀望之至」。

可是，朝廷沒答應，或者說，無動於衷。

正德皇帝朱厚照長駐西華門的「豹房」和宣府的「鎮國府」，幾近廢朝。乾清宮被煙火燒了，他笑稱「好一棚大煙火」。王陽明的懇求在豹房陣陣嬉笑聲浪的掩蓋下，只是如石子投湖，掀不起一絲波瀾。

縱然思親日苦，王陽明還是忠誠地履行職責，平肅了在這一帶流竄作惡多年的一幫匪寇。這只是此前諸多大戰役後的一場小役。

哨長曹二跑來，喘著粗氣奏報：「王都堂，戰場肅清，兵械已繳，匪寇已俘。」

王陽明微微頷首，抖了下馬韁，馬聽話地往回走。曹二忠誠地牽住馬韁。

王陽明再回頭看了看。晨霧籠罩古戰場，草浪起伏，行露未晞。

「將略平生非所長，也提戎馬入汀漳。數峰斜日旌旗遠，一道春風鼓角揚。莫倚貳師能出塞，極知充國善平羌。瘡痍到處曾無補，翻憶鐘山舊草堂。」他低吟著，這是正德十二年正月，他赴贛南征漳寇進兵長汀道途中作的詩。

他希望晨霧再濃一些，那麼就能掩蓋世間的殺戮。是的，這些像枯草一樣僵臥戰場的土匪，是他下令殺的。他們殺人越貨，為禍一方，死到臨頭依然負隅頑抗，他只能剿了他們。「瘡痍到處曾無補，翻憶鐘山舊草堂」，他從來都不願世間有殺戮，可是這些人依然死在他傳令的刀光劍影之下。他的心隱隱作痛。

寒冷的霧氣悠悠吹來，王陽明再次劇烈咳嗽。曹二回頭討好地說：「都堂，我找好郎中給你看看——」這一回頭，曹二看到一支箭朝王陽明飛射而來，他大吼一聲，牽著馬朝相反方向使勁拽去，同時高喊「都堂小心」。

王陽明疲倦的眼睛，同樣發現了一支飛箭射來。

這個晨霧瀰漫的古戰場，兵士們呆若木雞地看到了這樣一幅場景：一支暗箭破空呼嘯而來，直射馬背上的王陽明。與此同時，有一樣東西從另一個方向破空而出，與那支箭迎頭而撞，雙雙墜地。王陽明的坐騎被曹二猛拉了一把，他摔下馬背。

曹二忙扶起王陽明，連聲問都堂有沒有事。兵士們迅速散開搜尋刺客。

剛扔下弓箭的丘十八很快被抓住，人證俱獲，無論如何也抵賴不得。

王陽明的官服沾了泥漿，他看向被兵士摁跪在地的丘十八。丘十八凶惡的目光狠狠殺向王陽明。王陽明見過太多凶殘暴虐的匪寇，可是這名匪寇眼中除了凶與惡，還有一樣——悲苦，悲苦之色壓過了凶殘。

曹二吩咐兵士們搜尋擊落箭頭的那個東西，又輕聲問王陽明，是用亂箭還是砍刀殺死這名不要命的刺客。王陽明揉了揉酸脹的太陽穴，他已咳得頭痛欲裂了，再看了眼丘十八，說：「帶回贛南巡撫府。」

曹二有些吃驚，俘獲的敵軍，寧死不從者殺，服從者一般收歸陣營，交由曹二他們管束，都堂為什麼偏要把這名匪寇帶回府中？但是這名哨長一向忠心耿耿，便忍耐下來說「是」。丘十八忍著劇痛，被兵士們推著踉踉蹌蹌地朝前走。

一名兵士把扎進骨頭的箭頭舉到王陽明面前，說：「這就是擊落箭的東西。這是一塊豬腳骨。」眾人臉色煞白。

本朝正德皇帝明武宗朱厚照姓朱不必說，還屬豬，本人很喜歡吃香噴噴的紅燒肉，可是子民大啖豬肉讓他很不舒服。朝廷此時雖沒有明令禁止吃豬肉，可是民間吃豬肉熱情已不似前朝了。偏偏這時候，一根豬骨頭赫然出現在他們面前。

王陽明仔細察看。箭頭深深扎進骨頭，骨頭就像一副鐵齒銅牙，緊緊咬住這支險些射中自己的利箭。在飛箭射來的一瞬，難道還有另外一個人窺視這一場驚險？還有，天底下有誰會如此無聊，閒得發慌跑到屍橫遍野的戰場來啃一塊豬腳？他當這是說書場或是戲場嗎？

他聞了聞，豬骨上還殘留半絡肉和鮮香的滷味。這是一名好吃的俠客或刺客。

他掃視四周，依然晨霧瀰漫，草浪起伏，行露未晞，靜寂得連鳥羽落下的聲音都能聽清楚。「風起於青蘋之末，浪成於微瀾之間。」他盯著微微起伏的草浪，心頭油然升起這句話。

這個暮春的清晨，暗箭與骨頭意外遭遇，刺客與俠客狹路相逢，而他是二者的共同目標。

兵士們跑來，說沒有找到那個用豬腳骨攔截暗箭的人。

王陽明沉思了一下說：「回府。」曹二扶王陽明上馬，一圈兵士警惕地護衛左右。王陽明沒有一句重話，愈發使他們因護衛不力而愧疚。

馬蹄踩過泥濘的古戰場，邁向更緬邈的遠方。

李八斤像一隻機靈的獾，時奔時伏，始終與這支隊伍保持不遠不近的距離。此時他有點心疼，擲出去的豬腳還沒啃完呢，他特別喜歡筋肉相間的那一口，鮮香有嚼勁。他嚥了嚥口水，心想這塊沒啃完的豬腳，算是王陽明欠下他了。

「我不能讓別人殺了你，任何人都不可以……」他喃喃道。

隊伍中間夾著數百名土匪俘虜，他們像一串被捕獲的螃蟹，雙手反綁串在一起，拖拖拉拉，行動緩慢。

丘十八在隊伍的最前頭。他最為罪大惡極，必將受到最嚴厲的懲罰。可是他一點也沒有敗寇應有的樣子，沒有垂頭喪氣，沒有恐懼畏縮。他全身血痕纍纍，像一株被削掉枝葉卻依然挺立的行走的樹木，讓他彎一彎都不可能。

曹二上前巡視。他繼承了戰死沙場的父親的軍籍，從普通兵士到小甲、到總甲、再到哨長，用了十年，一路很不容易。他按了按腰刀，這把泛桃紅色血光的雁翎刀跟隨了他十多年，是通向營官的最佳冷兵器。

曹二瞥了眼挺腰走路的丘十八，很討厭他狂妄囂張的樣子，這不是敗寇應有的卑微姿態，這使他勝者的感覺大打折扣。曹二命令丘十八快走，他像鴨子一樣傲慢而遲緩的步伐拖慢了隊伍。事實上丘十八走得比其他俘虜更快一些。

丘十八隨隨便便看了他一眼，連認真看一眼也沒有，更像用眼白不屑地瞟視。曹二很憤怒：「這個死到臨頭的敗寇真該一刀劈了，為什麼都堂還要帶他回府？」他狠狠抽了丘十八一鞭。丘十八沒吭聲，連躲閃也沒有，這太不像一名合格的敗寇了，相反他還帶著勝者才有的驕傲。曹二愈發暴怒，接二連三地猛抽。

整支俘虜隊伍鴉雀無聲。作為敗寇，任人宰割是他們該有的姿態與命運。

「住手！」低沉的聲音在半空響起。

曹二的鞭子舉在半空，僵愣稍許才放下。王陽明又說了句「住手」，曹二收起鞭子，指著丘十八說：「這傢伙太可惡了。」

王陽明淡淡地說：「他已是敗寇了，毆打一名敗寇算什麼？」

丘十八看王陽明的目光還是閃著凶光，沒有因此而多一分感激。一個即將被殺的人，是不在乎多挨一頓打的。

王陽明用靴子觸了觸馬肚，馬朝前走。曹二再看丘十八，這名匪寇的眼神中竟然多了嘲弄之意。這比剛才的狂妄之態更讓他惱火，曹二舉鞭朝丘十八威嚇地揮了揮。這回他只是威嚇，並不敢違逆王都堂的命令。

「好，揍他，狠狠揍，揍個半死！」一個歡快的聲音從路邊樹叢中蹦出。

曹二閃電般朝聲音撲去。李八斤欲逃竄，可是縱然身手快捷，也還是被比他更敏捷的曹二按住了。

李八斤一直跟隨隊伍。他看到了丘十八的狂妄挑釁，看到了曹二的趾高氣揚，也看到王陽明老僧入定一般讓人吃不透的沉靜淡定。

他喊出聲，倒不是站曹二這一方，而是喜歡這種劍拔弩張的對峙。他是那種唯恐天下不亂的角色。亂世出梟雄，他當然知道自己不會是梟雄，也不想成為梟雄，可是他喜歡看這個亂世之中，到底誰最後會成為真正的梟雄。

他本想悄悄接近王陽明，可是這一聲情不自禁的喊叫，把自己推了出去。

曹二說：「又抓到一名刺客！」李八斤想說自己是用豬腳骨攔截暗箭救了王陽明的俠客，又想這尖嘴猴腮的哨長看著就不像好人，說了也白說，遂不吭聲。

李八斤與丘十八對看了一眼。李八斤發現丘十八滿臉是拚死一搏的狂怒凶猛，丘十八看到的是一張油滑浮浪小子的面相，這是他最看不上眼的。

王陽明打量李八斤，他的模樣不似土匪，不似商賈，更不似農民，而像一名官家小隨從。李八斤看王陽明與畫像中到底有幾分差別。之前遠觀，現在近看，除了看清楚他臉上幾條溝壑般的皺紋，臉色更顯出病態的蠟黃，還是沒多少變化。

了。」

曹二說：「都堂，此人行蹤詭異，定然不是好人。都堂沒必要為這種小人分心，交給在下處置就是了。」

李八斤想這傢伙要是隨隨便便殺了自己，那可就麻煩了，他的要緊事還沒辦完呢，於是趕緊跪地：「都堂救命，誤會，天大的誤會，我們是自家人，自家人啊。」

王陽明看看四周，這裡前不著村後不落店，西邊是遠去的古戰場，東首是蒼茫的煙塵古道，這是打哪兒來認親的自家人？曹二上前欲踢，一聽這話愣住了，抬起的靴定在李八斤眼鼻子前。

李八斤推開曹二的腳，嘟囔聲「好臭」，從懷裡摸出一封信交給王陽明。

信封上是這幾個字：伯安吾弟鑑安。兄湛若水字。

信中說，持信人李八斤是他隨身護衛，祖籍通州，因過不慣嶺南生活，想回鄉謀差。湛若水便讓他去找剛上任的江西贛南巡撫王陽明，一則謀差，再則護好友王陽明的周全。

湛若水，號甘泉，王陽明生平摯友。二人一見如故，二見恨晚。比如王陽明評價湛若水：「我遍求朋友於天下，三十年來，從未見到這樣出色的人。」湛若水則這樣讚譽王陽明：「泛觀於四方，未見此人」、「某平生與陽明公同志，他年當與同作一傳矣。」王陽明被貶謫貴州龍場驛時，湛若水臨別贈詩：「自我初識君，道義日與尋。一身當三益，誓死以同襟。」

很多年後，湛若水寄語王陽明，「初溺於任俠之習，再溺於騎射之習，三溺於辭章之習，四溺於神仙之習，五溺於佛氏之習」。又很多年後，比王陽明長六歲的湛若水，為這位「一見定交，共以倡明聖學為事」的密友仁弟，含淚寫下〈陽明先生墓誌銘〉、〈祭王陽明先生文〉，此屬後話。

湛若水的字跡就是燒成灰，王陽明也能從草蛇灰線中嗅出他的氣味，信確定無疑是甘泉先生寫的，那麼持信人也確定無疑了。

李八斤懇求道：「都堂，您收下我吧，我雖不算武功蓋世，但凡有一口氣，一定會保全都堂，九死無悔。」

「我行旅顛沛，你不如回鄉安分過日子為好。」王陽明吩咐曹二拿來盤纏。

曹二慢吞吞從馬背上取行囊，心裡殺了李八斤十幾遍。

李八斤不肯收錢：「在下能跟著都堂有一口飯吃就行了。」

王陽明定定地看他，這年輕人看起來也就二十多歲，便嘆了口氣：「你知道信中寫了什麼嗎？」

「湛……湛先生不是舉薦在下謀差嗎？」李八斤有點口吃。

王陽明淡淡地說：「信中說，你做護衛多年，身手不怎麼樣，飯量卻又很大。湛先生白白供你好多年飯，覺得沒什麼用，讓我殺掉你算了。」

李八斤驚倒在地——信裡的事都是客棧裡那人告訴他的，那人說：「湛若水跟王陽明那可是過命的好交情啊。」

曹二停下準備遞過去的盤纏，心中暗喜。他怎麼看這傢伙怎麼不順眼，就跟那匪寇一樣。他跟他們沒過節，就是不順眼，想除了這兩人而後快。

「都堂，您沒看錯字吧？」李八斤有點絕望。

王陽明看著他不動聲色。李八斤想，他殺了那麼多匪寇，還在乎多殺一個人嘛？到底是自己太大意了。他快速尋思怎麼脫身。

「湛先生沒跟你說，我喜歡跟人開玩笑嗎？」王陽明一提馬韁，朝前疾駛。

曹二悻悻地把盤纏袋扔在他腳下，橫了眼這個不順眼的傢伙。他吩咐兵士們牢牢護住都堂：「今天的離奇事夠多了，別再出岔子。」

李八斤看著隊伍漸漸遠離，撿起盤纏袋掂了掂，至少二十文錢。「大明寶鈔越來越不值錢了，銅錢可貨真價實啊。」不管怎麼樣，這王陽明還算夠意思的。

他忽然覺得還有什麼事情沒跟王陽明說清楚，可是到底是什麼事呢？越急偏越想不起，腦中如一團亂麻。

他忽然記起，一邊跑，一邊把雙手攏在嘴邊，衝著消失成一團黑影的隊伍喊：「王都堂，等等！是我用豬腳骨打掉射你的箭，我是你的救命恩人！你要不信，我再試一把給你看看——真的，是我救的你，人不能忘恩負義呀！都堂，王都堂，等等我啊——」

回答他的，是從他身後席捲而來的暮春呼嘯的涼風。寂寞的古戰場上，沾血的草浪從他腳下開始起伏，先是微瀾，繼而蕩漾，終如潮湧，翻捲起一陣比一陣猛的波瀾。

水觀音亭

水觀音亭三面環水，曲橋通幽、白牆黛瓦、挑簷翹角、漏窗花牆，極為精巧。連日細密的雨，把牆角的芭蕉洗得碧綠清透。湘妃竹被去冬的積雪壓斷了幾枝。風雨剝蝕的太湖石岌岌將塌。落葉積多了，滿園散發經久不散的黴腐氣息。

這座始建於唐時的園林，最初為祭拜觀音菩薩而建，故名水觀音亭。寧王妃婁素珍喜歡此園，時常來此燒香拜佛，臨水梳妝，吟詩作畫。寧王朱宸濠下令將此亭改稱「梳妝檯」，又稱「粉臺」，毫不掩飾他對婁素珍的偏愛。

婁素珍在八角亭石桌徐徐鋪開宣紙，她打算畫一幅〈蕉石圖〉。

她病了幾日，功課都落下了，自覺有負唐先生的殷殷期許。唐先生讚譽她的畫作有「管道昇之風」，她聽了只是笑笑，她哪敢比擬管道昇。再則，管道昇與趙孟頫情投意合，她的趙孟頫在哪兒呢——她沒有這個福分。

她自小聰穎好學，多才多藝，琴棋書畫無不精通。她的祖父，本朝著名理學家婁諒對這個孫女喜愛有加，親授詩文書畫。她熟誦《論語》，知《詩經》、《尚書》、《禮記》，甚有大義，十六歲時被寧王選入府為妃。婁素珍初進王府時，一相士驚為天人，對寧王說：「王爺，此女子所謂日角偃月，相法上應當極貴。我相人甚多，也未見有這般貴相呢。」寧王深信以為然。這明著是讚嘆王妃，實則道出了王爺的王者氣象。

她清晰地記得，多年前，年輕的寧王常帶她春遊，兩人牽著馬轠騎馬並行，款款行走於十里春風，著實是良辰美景，賞心樂事。她為之欣然賦詩，「春時並轡出芳郊，帶得詩來馬上敲。著意尋芳春不見，東風吹上海棠梢」……那個時候，南昌城外田野上勞作的農夫們，能看到寧王和寧王妃雙騎馬並轡的浪漫畫面，以至於忘了耕田鋤地，呆呆地看著他們的身影遠去。

後來寧王忙起來了，行蹤詭譎不定，連見他一面都難。「春時並轡出芳郊」已為明日黃花，她也只能在字裡行間回憶舊時良辰。

婁素珍開始研磨，蘸筆，捋袖，懸腕，落墨。

唐伯虎沿著花園小徑俯首碎步而來。

二十年前的弘治十二年，他捲入「考場舞弊案」，一度下獄，後被罷黜為小吏。如今，羞辱難堪業已漸漸遠去、消泯，他長年的瘦骨嶙峋面黃肌瘦，如今也有了豐潤的模樣。

這年秋季，寧王朱宸濠把沉醉於花街柳巷、自命為「江南第一風流才子」的他請到府中，誠聘他為愛妃婁素珍的書畫教師，奉為上賓，甚至不忌男女有別，讓他客居王府「梳妝檯」，若不是對他極度信任和尊重，豈能如此重託？這讓在漫長年月裡遭受老婆惡言、鄉鄰白眼、僕童訓斥以及看家狗吠的唐伯虎，開始感受到溫暖和愛。

朱宸濠與他就大明王朝以及南贛的前途命運，有過數次深入淺出的探討。唐伯虎不是沒有聽聞坊間對朱宸濠的種種流言蜚語，比如他指點江山、妄議朝綱、越俎代庖、指手畫腳、說三道四……他越來越像一位試圖另立朝廷的王，而不僅僅是偏居一隅的藩王……當然，一個男人倘若只管沉淪於方寸天地、百尺羅裙，而不是千里江山，能有多大出息？

算了，都是老朱家的事，不是他這個混口飯吃的門客需要操心的。能將王妃這個女弟子教好，自己不至於餓死街頭，已是後半生的一等福分了。此外就算傾覆了江山又如何？唐伯虎自嘲地笑了笑。

婁素珍在全心作畫，宣紙上蕉葉疏闊清朗，怪石嶙峋。

唐伯虎站在她身後看了片刻，說：「此畫有技藝、有色彩，但是氣象、章法、意境就疏散了，王妃因何如此畫興闌珊？」

婁素珍放下筆對先生行禮問好。

「字畫不可缺氣象意境。技藝大於氣象意境，不免生搬硬套、浮光掠影，就像一個人光有好看皮囊，而無骨骼支撐，日子一久，不免驕矜而不敢進。」

婁素珍低眉垂首：「先生說得是，弟子領教了。」

唐伯虎見她臉色蒼白，眉梢凝結，似乎比前幾日更瘦削，便問：「王妃是否鳳體欠安？若這樣，便休養幾日吧。筆墨提起來輕盈，落下去千鈞，筆筆皆是心血，不比荷鋤的農家來得更輕便。」

婁素珍緘默片刻道：「先生，弟子有一事欲請您釋疑解惑。」

「王妃請講。」

「世間凡事皆可更改。技藝意境，加以刻苦，自然有一日會精進。可人性中的愚頑痴迷，如何點化？」

「這個——」唐伯虎遲疑著。

「『春時並轡出芳郊，帶得詩來馬上敲。著意尋芳春不見，東風吹上海棠梢。』我自以為可結廬人間……」婁素珍想起多年前的旖旎春遊，目光又轉向院裡蕭索的花木，「可人間的另一面，滿目山河空念遠，落花風雨更傷春。」

「春榮秋枯乃是萬物規律，人間草木皆如此。秦宮漢闕，都做了衰草牛羊野，不恁麼漁樵沒話說——」他忽地噤聲，這算什麼話？

唐伯虎驀覺後背涼颼颼。當著寧王妃的面，他竟說出如此大逆不道的話。王妃可說可感嘆，他又豈能借驢下坡說下去？看來半生顛沛流離並非沒有道理。

他惶然道：「王妃，在下口不擇言——」

婁素珍奉上畫筆：「先生指點指點，為拙作添一點骨相意氣。」

唐伯虎內心感激涕零。授業不長，他已知婁素珍心性。如果寧王府是百花園，婁素珍則是園中奇葩，奇在根本不該落地生根於此。可是奇葩已種下，只能眼睜睜看著這朵花漸次生長，至於他日會盛放還是枯萎，只能看造化了。

唐伯虎拿筆蘸了蘸墨，在蕉石圖上落筆。中鋒運筆，線條爽利、輪廓清透；側鋒運筆，筆線毛辣、山石皴擦；藏鋒運筆，沉著含蓄、挺秀勁健；逆鋒運筆，筆鋒開散、飛白蒼勁……

婁素珍定定地看著，暗生讚嘆，先生到底是先生，這一比，自己畫的簡直是童子塗鴉，不知要用多少功力才能學得先生筆墨皮毛之萬一。

「先生的詩書畫，不說前無古人後無來者，當今只怕是無人可及了。」婁素珍由衷讚道，這是真心稱頌，亦是感喟。

唐伯虎又蘸了蘸墨，聽著這樣的話，一陣莫名黯然，懸腕時手頭抖了抖，一滴墨水滴在婁素珍纖金纏枝蓮妝花紗繡裙的邊角，很快濡化成一攤醒目的黑漬。

兩人呆住，唐伯虎不知所措。婁素珍忙說小事不足掛齒，回去洗洗就是了。

一陣「嘎嘎」聲傳來，像一隻鴨子在水面拍著翅膀發出的歡叫。

寧王朱宸濠從走廊那頭跌跌撞撞過來，笑得前俯後仰手舞足蹈。舉人劉養正與致仕右都御史李士實，這兩個對朱宸濠忠心耿耿的幕官一左一右扶著他。

劉養正是吉安府安福縣舉人出身，熟讀兵法，年輕時頗有凌雲之志，寫得一手好書法。他稱朱宸濠為「撥亂真人」，大獲其歡心，為寧王的大業出足了力；李士實為豐城人，工詩善畫，擅權術，向來以姜子牙、諸葛孔明自許。

寧王奮力甩開他們，兩人只得誠惶誠恐、亦步亦趨在左右護著。

寧王朱宸濠今年四十三歲，長相頗英俊，加上長年練武，身段亦不錯，算得上是個俊朗男子。只是近年來心事重重，面相愈來愈趨向陰鬱凶頑。

他母親馮娘娘本是一個青樓女子，被其父寧康王看中，納入宮中。後有孕，臨盆前，他祖父寧靖王夢見一條蟒蛇竄入宮中，吞噬宮人，又欲吞噬自己。寧靖王驚呼醒來，宮女此時來報馮娘娘生下世子。不祥之夢令寧靖王和寧康王大為驚怒，遂令宮中不得留此子。馮娘娘悄悄將他藏於民宅，長大後才帶回宮中。寧康王始終不喜他，去世前連看也不願看一眼。這個應不祥夢而生的世子朱宸濠，自小聰慧、通詩史、善做歌詞，然而生性輕佻無威儀，又喜爭強好勝、追逐名利，襲寧王位後愈發驕橫。自從劉養正稱他有天子骨相後，他心中漸漸長出異志——覺得自己不應該僅僅只是一個藩王，尤其是與正統朱明王朝有長達百年仇怨的寧王。

朱宸濠走近八角亭，舉步上臺階，抬了幾次腳都往後仰去。劉養正、李士實欲扶他上前，他左右一推，兩人狼狽摔倒。他抱住亭柱終於邁上臺階。

朱宸濠撲向婁素珍喊：「愛妃！」

婁素珍扶他坐下，讓奴僕去拿醒酒茶。

「喜事喜事，大喜事！愛妃，真是喜從天降也。」朱宸濠拊掌大樂。

「王爺喜從何來？」婁素珍謹慎地問。

劉養正向婁素珍拱手說：「四年前，皇上以異色龍箋加金報賜，宣詔大哥赴京師太廟司香。今日大哥正式奉旨司香，實為大喜事。恭喜王爺，恭喜王妃。」

劉養正說的「大哥」，是朱宸濠和婁素珍的長子。他們四個兒子的小名分別是大哥、二哥、三哥和四哥，沒有大名。這是寧王府祕而不宣的規矩，為日後賜得太子之名立嗣立國計，所以王府上上下下皆以小名呼之。

朱宸濠認為，皇帝熱衷於遊冶玩樂，迷戀野草閒花，不理睬百媚千嬌的後宮妃子，以至於尚未有子嗣。既然皇位後繼無人，寧王一脈為何上不得？如果有合法繼位的資格，誰願意大費周章擔著殺頭罪愆淪為叛逆者呢？說到底，都是朱明子孫，風水輪流轉，寧王名正言順坐擁江山有何不可？

婁素珍心驚，太廟司香不是一般人能做得，寧王早有謀略，已為這事遍賂朝貴彌久，如今終於得償所願了。望著欣喜若狂的寧王，憂悸再一次瀰散在她心頭，她淡淡地說：「王爺你喝多了。」

朱宸濠瞪大眼：「誰，誰說我喝多了？我最討厭別人說這話——喔，只有愛妃能說，別人說不得。」

唐伯虎對朱宸濠作揖，問王爺好。

朱宸濠很高興：「太好了，唐先生也在，我正想找你呢。」

婁素珍說：「王爺答應過臣妾，以後不再醉酒。」

「我沒醉，我只是喝多了點。劉養正、李士實這倆老傢伙，擲骰子竟敢贏我，讓我喝這麼多酒。我非殺掉他們不可。」

劉養正、李士實慌忙跪倒。之前寧王拉他們喝酒擲骰子，他們一讓再讓，寧王說他們必須贏，要不然殺了他們，他們只得戰戰兢兢地贏。看來輸贏都是死啊。婁素珍讓他們退下，兩個幕官退到邊上，也不敢走遠。

「王爺，能不能不總說『殺』字？口德也是德。」婁素珍幽幽地說。

朱宸濠死死盯著婁素珍。唐伯虎覺得他的目光像一口深不可測的冷潭，隨時隨地會吞噬她。此時他很希望朱宸濠讓他滾蛋。

朱宸濠笑了，溫柔地撫摸婁素珍的手臂：「愛妃說得是，本王以後不說『殺』字。嗯，以後直接殺了。咱得留口德不是？」

唐伯虎覺得冷，冷得毛骨悚然，冷到骨髓深處。看來南昌要比蘇州冷多了。他很擔心這個遲遲未能暖和起來的暮春將如何度過。

奴僕送來醒酒茶。朱宸濠喝了口漱嘴，朝旁一噴，噴在婁素珍的裙子上。她被墨水沾染的裙邊又沾上茶水，半邊裙襬汙濁不堪。唐伯虎的心頭抽搐。婁素珍抖了抖裙裾，彷彿那只是一些能抖落的塵埃。

朱宸濠睜眼看唐伯虎，好像剛發現，驚喜道：「唐先生什麼時候來的？太巧了太巧了，我正要找你。」

唐伯虎只好再次作揖。

「唐先生，你是江南第一風流才子，愛妃在你教導下，詩書畫日益長進，江南文人學士都以雅聚粉臺為榮，這個園林成了南昌文風興盛之地，不亞於當年王羲之蘭亭雅聚啊，這裡有你的功勞，大功勞啊！」

唐伯虎惶然：「是王爺的功勳英名，唐寅不敢當，實在不敢當。」

「唐先生的功勞。」

「王爺的功勞。」

「唐先生的功勞。」

「王爺——」

朱宸濠驟然變臉：「閉嘴，本王說是你的，就是你的，本王說不是你的，就不是你的！」

唐伯虎閉嘴。婁素珍臉色平靜，波瀾不驚，她見過太多這樣的場景。

朱宸濠又笑嘻嘻道：「唐先生，你可知，我寧王一脈可是書香文風傳世。」

唐伯虎暗叫苦。來到寧王府以來，他的耳朵快起繭了。

婁素珍不動聲色，朱宸濠開始如數家珍。

「先王祖寧獻王乃道教學者，修養極高。戲曲、遊娛、著述、釋道，無一不精。道家第四十三代天師張宇初，那可是先王祖的師父，也就是說，本王也是道家傳人。先王祖寫了天皇、天皇，道，天皇道……」朱宸濠打著酒嗝，怎麼也說不清楚。他不喝酒的時候也沒說清楚過。

劉養正接上說：「寧獻王撰述道教專著《天皇至道太清玉冊》八卷，成書於正統九年，收入《續道藏》。寧獻王多才多藝，自經子、九流、星曆、醫卜、黃老諸術皆具，著述頗豐，有《漢唐祕史》、《大羅天》、《私奔相如》……」

「對對對，說得對！說下去！說下去！」朱宸濠鼓掌大樂。

李士實也不甘落後，跟著說：「寧獻王善古琴，編有古琴曲集《神奇祕譜》、《太和正音譜》，還會製琴，所製中和琴被稱為『飛瀑連珠琴』，堪稱曠世寶琴，時稱大明第一琴。寧獻王悉心茶道，著有《茶譜》……」

說出這些閃閃發光的寧王家世，是寧王府幕官必備的生存技能。

「說下去，說下去。」朱宸濠笑得眼縫都快看不見了。

「寧獻王祖富藏書，有藏書樓『雲齋』，凡群書祕本，浩如煙海……」劉養正繼續說。

婁素珍的心悠悠一顫。她十六歲被選配為寧王之妃，一則王權難違，朱宸濠久仰廣信府理學家婁諒的孫女才貌雙全，親赴廣信府下聘將其娶進門；二則她對當時懂詩書、敬文人、頗有英氣的朱宸濠有幾分好感；再者，她久慕寧王府藏書樓「雲齋」已久，想著日後長年能與詩書翰墨丹青為伍，那必是人生樂事。而今縱然汗牛充棟，於不明情理的子孫後代又有何用？先王祖在天有靈，也只能徒增嘆息而已。

朱宸濠一拍桌子，桌上的茶杯骨碌碌落地，落在地上碎裂。劉養正舌頭打結，李士實噤若寒蟬，他們不明白哪一句說錯了。

「說得好！說得好！哈哈哈……」朱宸濠放聲大笑。

唐伯虎喏喏稱是，婁素珍神情淡然。

奴僕又送上一杯茶，蹲下身小心地撿碎瓷片。瓷片把他指頭戳出血，他不敢聲張，忍著痛撿起。

「唐先生，我寧王一脈以書香文風傳世，我幼時極愛畫畫，我畫的老鷹能抓小雞，你信不信？」朱宸濠嘖嘖地咂著牙縫裡的一根肉絲。

「信信信。」唐伯虎忙道。

朱宸濠勃然大怒：「不信？來人，拿刀。」

兩名佩刀侍衛從走廊另一頭飛奔而至，遞上鋥亮的大刀。

唐伯虎驚得忘了害怕，張大嘴，好像朱宸濠要賞他一個雞蛋。

婁素珍神色平和，好像侍衛遞上的只是一支畫筆。

劉養正、李士實悄悄往後挪步，生怕寧王一時興起把他們也捎帶進去了。

朱宸濠憤怒地把刀掃落在地上：「混蛋，我說拿筆！」

奴僕慌忙遞過石桌上的畫筆，兩名侍衛退到一邊。

朱宸濠舉著畫筆，盯著蕉石圖，皺眉端詳：「這又是禿樹又是怪石，愛妃，你就不能為樹添幾片綠葉，把石頭畫得圓潤些？枯山瘦水的什麼玩意兒？來，本王為愛妃的畫作錦上添添花。」

朱宸濠捲起袖子，動作甚是敏捷，唰唰幾下，為枯樹添上闊大的樹葉，把瘦削的石頭描得圓滾豐碩。畫面頓時顯得十分滑稽。

唐伯虎的目光艱難地轉向婁素珍。婁素珍低眉看地面，地上的青石板縫隙，長出了一叢茂密野草。她覺得這一叢野草也比自己活得有生氣。

朱宸濠拍了拍腦袋，又在枝葉上畫了一隻像鳥又像雞的玩意兒。

他得意地問：「愛妃，本王畫得如何？」

「王爺喜歡就好。」婁素珍淡然道。

朱宸濠又轉向唐伯虎：「唐先生，本王畫得如何？」

侍衛遞刀時，唐伯虎的背脊滲出了細密冷汗，現在他的背脊滲出的是熱汗，因羞愧而燥熱，好像這闊葉、圓石、小怪物是自己畫的。此時的他如同得了瘧疾，身上忽冷忽熱。

「好好，錦上添花、妙筆生輝。」他訥訥地說。

劉養正、李士實迫不及待拊掌叫好。

「王爺寥寥幾筆，平添生趣，甚有宋徽宗〈芙蓉錦雞圖〉之風也。」劉養正讚嘆。

「王爺畫作，兼具五代黃筌〈寫生珍禽圖〉的意趣，實在不可多得啊。」李士實不甘心讓劉養正說盡好話。

唐伯虎強忍著一陣陣反胃。

朱宸濠大笑三聲，把畫筆扔向草叢，仰天喊道：「風流才子唐伯虎，書畫冠天下，寧王一脈，書香文風傳世，宸濠青出於藍，青出於藍——呃——」他打出一個響亮的長長的酒嗝，倒下去，兩名侍衛迅速扶住。

空氣中充斥濃重的餿酒味。年輕時的朱宸濠也是富有文采的，如果不是被祖先的光榮與恥辱所挾裹，如果不是被勃勃雄心所驅使，他可能會是另一種面貌。

婁素珍朝唐伯虎行了個禮，什麼也沒說，她覺得說什麼都是多餘的，就像朱宸濠塗抹在畫作上的那幾筆。劉養正、李士實樂顛顛地跟上。

偌大的園林只剩下唐伯虎和兩名奴僕，他們照料他的飲食起居。

唐伯虎看著婁素珍的背影，裊裊婀娜，纖弱飄忽，像水流中的一株水草，看起來似乎要被激流折斷。她走過花園圓拱門時停下腳步，似乎要轉過身。但是也只是稍做停頓，便消失在圓拱門後。

唐伯虎心頭狂書四個凌亂的草書，是張旭懷素的那種顛張醉素，只有這種癲狂、凌亂和激憤，才能寫出他的所念所想。

「暴殄天物，暴殄天物，暴殄天物啊——」他想著這四個字，不覺念出聲。

他驀然閉嘴，打量四周的亭臺樓閣、水池花牆，隱隱感覺有很多眼睛，釘子一樣釘住後背。他落荒而逃，邊回頭張望，不小心撞到圓拱門，發出「咚」一聲。

他倉皇跑進棲身的廂房，隨即關門，後背貼著門戶，身子緩緩滑下，在冰冷的地面坐了很久……

棗梨薑芥

哨長曹二端著菜盤，走向贛南巡撫府刑房。盤子裡有一壺滾燙的紹興黃酒、一盤香糟豬耳朵、一碟茴香豆。

他聞著黃酒和香糟豬耳朵散發的醇香，不禁嚥了幾回口水。香糟豬耳朵是王陽明親手做的，此外他還擅長做霉乾菜蒸肉、糟雞、油燜筍等菜餚，這是王陽明老家紹興府餘姚縣那一帶的特色菜。不過王陽明輕易不會出手。

曹二走進刑房，把菜盤恭敬地放在王陽明面前的長案上。就算大白天，刑房也很暗。王陽明坐在長案後的椅子上，油燈的光打在他那張不悲不喜、神祕莫測的臉上，他牢牢盯住對面戴著枷具的土匪們。

丘十八等五名土匪雙手被反綁在身後，呈一字形跪立。他們身後站著五名刀斧手，黯淡的燈光也擋不住大刀的凜凜寒光。

丘十八低著頭，仍感覺王陽明的目光像針一樣戳向他，而他是一塊水潑不進、針扎不進的石頭，冷硬地梗著腦袋，保持一名末路敗寇最後的尊嚴。從被捕到現在半個月了，一直沒人理他。在他覺得自己像塊破抹布一樣被人遺忘時，突然被提審。

王陽明喝了一口黃酒，溫潤醇厚的滋味自脣齒之間散發開來。這味道，讓他一下子想到餘姚故里。他小時候，爺爺總喜歡在竹林裡喝上兩盅，一直喝到蒼老的兩鬢透紅，然後祖孫倆在蕭蕭竹林中讀書吟詩。

王陽明又喝了口酒，吃了塊香糟豬耳朵，剝了兩顆茴香豆，身體溫熱起來，連手指頭也開始發暖，他覺得可以開始做事了。

丘十八在曹二端著酒菜過來時，就聞到了香味。他還是鄱陽湖的漁夫時，就會魚的七種做法。他嗅著又香又鹹又鮮的氣味，暗想若是再添一點蜜水，菜的口感會更好一些。他悄悄地嚥口水，覺得很羞恥。一個將死的土匪，對食物產生欲望是很滑稽的。就算餓死，他也不想吃相難看。於是他漠然看向王陽明。吃過酒肉的王陽明面色紅潤，精神振奮，不再那麼病懨懨，他瞬間感覺大難臨頭。

一個吃飽喝足的官員，怎麼可能體恤一個垂死者的苦難呢？

果然，王陽明朝他點點頭——不，朝他們身後的刀斧手點點頭。

刀斧手舉起了大刀。

不！按大明律，哪有這樣隨隨便便砍死在刑房的？不——

丘十八不止一次與死亡擦肩而過，他的肩頭、脖子、肋骨都受過傷，還有一回利箭正中他胸口，事後醫士拔箭療傷，說箭頭差點射中心口了。所以丘十八對臨死是有經驗的。他閉上眼，默唸：「十八年後又是一條好漢，十八年後又是一條好漢，十八年後……」

旁邊四名土匪發出了慘烈的哀號，像一群待宰的豬，簡直要掀翻刑房屋頂。那個叫曹二的哨長得意揚揚地冷笑。

丘十八暗想：「死，也得有模有樣有骨氣。」他挺直腰背鯁直脖子，想看到自己的頭顱從脖頸脫落，是不是像熟透爆裂的西瓜，血色熾豔。他準備趁著嘴巴還能說話時大吼一聲：「好漢！壯士！英雄——」

在他崩潰而迷糊的目光中，王陽明微笑著又喝下一杯熱呼呼的黃酒。

漫長無邊的眩暈過後，丘十八沒有看到頭顱躺在地上，也沒有看到血色噴濺，更感覺不到疼痛——這是一種什麼樣的新死法？他摸摸脖子，脖頸和腦袋依然結實地長在一起。他舉起手，手腕有紫紅色的繩索勒痕。手原本是反綁身後的，現在卻能靈活地舉到眼前，那麼，被砍的是——手上的繩索。

丘十八沒有慶幸自己還活著，反而更憤怒——他被戲弄了，被一次逼真的「死」戲弄了。如果剛才他像同夥們那樣哀號，該多丟臉啊，還不如被砍掉腦袋。

走進贛南巡撫府刑房時，丘十八已經知曉了降服他們的對手，是現任都察院高級長官左僉都御史，贛南巡撫王陽明，一個黃皮寡瘦的官員。自古民不與官鬥，沒有天生的土匪，但是有天生的官、天生的民。在成為土匪之前，他是勤勞能幹想養活一家人的民。是誰讓他們成為十惡不赦的土匪？是這些官，官逼民反才有盜，民不聊生才有匪。

丘十八把剛獲自由的手掌緊緊捏成拳頭。如果不是因為不想再次被綁上，他真想一拳砸向這名官員。連死都不讓人痛痛快快地死，非得羞辱一番再弄死人嗎？好在他沒像同夥們那樣發出哀號。這一想，他頗為自己感到驕傲。

從走進刑房到此刻，王陽明眼中的丘十八，臉色由灰轉青、由青轉白、由白轉紅、由紅轉紫，眼神憤怒狂亂絕望崩潰，變了又變。他內心一嘆：「這個敗寇的內心不知上演了多少好戲。」

王陽明對曹二低聲說了句話。曹二驚奇地瞪大眼，但還是按王陽明的吩咐，將擺著酒菜的長案，搬到土匪們面前。曹二說，王都堂請他們喝酒吃肉。他倒了杯酒，不情不願頓在丘十八面前，用眼神剜他。另外四名土匪大眼瞪小眼。

丘十八舉著酒杯，盯著黃澄清亮的酒，第一個念頭是：毒酒。

他很平靜：「毒死就毒死吧，總比砍死要死得好看些。」他仰脖一飲而盡。其他四名土匪見他第一個吃了，索性也不要命地喝酒吃肉。丘十八沒跟著吃菜，他在等被毒死的感覺，會是七竅流血還是腹如刀絞呢？可是他連嘴唇發麻的感覺也沒有，眼前的食物越來越少了，四個土匪往嘴裡瘋狂地塞。

王陽明看到丘十八的手臂像離弦利箭，迅速射中最後一塊香糟豬耳朵，塞進嘴大吃。王陽明微微一笑：「這確實是一名出色的弓箭手。」

丘十八嚼著香糟豬耳朵。雖然酒糟放多了，可還是有滋有味。酒糟與豬耳朵經過時間的醞釀，變成了食用時會發出嘎吱聲響的美食。在顛沛流離的軍營生活中，居然還有人用心做出這等食物。

王陽明走到嘴裡發出嘎吱聲響的丘十八面前。丘十八嚼得更響了，用挑釁的目光直直對上對方的眼神，意思是「看吧，我有種吃給你看」。

「豬耳朵好吃嗎？」王陽明親切地問。

丘十八噎住了。自從太祖改豬為「豕」，默許民間養豬吃豬肉後，豬成了只可意會不便言傳的存在。

也就是說，大家雖然養豬吃豬肉，但是不會公開說「豬」這字眼。現在都堂卻跟一個落敗的土匪如此大聲說「豬耳朵」。

王陽明倒了杯酒給他。丘十八喝下，喉頭通暢了些。「這個官員為什麼不像別的官員那樣仗勢欺人？有點奇怪。」

「為什麼要做土匪？」王陽明問。

丘十八內心一陣翻江倒海，想跳起來，想罵，想咆哮……最後他平靜地說：「王都堂，你有本事，就去對付江西最大的土匪，對付我們這樣的小嘍囉，算什麼本事？」

曹二勃然大怒，抽出刀，他忍耐這個該死的土匪很久了。管轄一哨二百人的堂堂哨長，非但弄不死一名敗寇，還得按都堂的吩咐為他倒酒。王陽明搖頭，曹二委屈地退到一邊，隨時等著給那該死的土匪一刀。

「我知道江西有最鮮美的鄱陽湖銀魚，最香醇的李渡酒，但是不知道還出產土匪。」王陽明饒有興趣地說。

丘十八冷哼，四個土匪小聲笑起來。曹二讓刀把與刀鞘碰撞了一下，發出威嚴的警告。

王陽明認真地說：「誰是江西最大的土匪？你告訴我。」

丘十八這回被湧出喉頭的一堆話噎住了，仔細打量這名官員，他的眼神是認真探詢的，看起來確實不明白為什麼經常有一堆土匪出沒在贛南。

「王都堂，你是真不懂還是裝不懂？」丘十八冷冷地說。

王陽明打量這名傷痕累累、滿臉鬍渣的土匪，找不到他臉上撒謊或故弄玄虛的神色。從索居貴州龍場的山洞開始，他學著讀一草一木、一獸一蟲的語言，讀一座山川、一條河流、一片林木的哲理，讀一個人的眉眼，從眉眼讀到心，從心讀到心外之物，讀懂了很多。他認為，一個狡詐的人哪怕是眼睫毛，也會流露出虛偽的內心。但是丘十八的臉上只有冷冷的坦誠，沒有一擊即破的玄虛。

王陽明讓曹二帶走他們，不必上枷具，讓大夫為他們好好療傷。

丘十八走到門口，扭過頭，想問自己到底什麼時候才能死。曹二粗暴地推了他一把，使他打了個大趔趄。幽暗的走廊上，曹二狠踢丘十八以洩憤恨。王都堂居然給他們喝酒吃肉，且酒肉還是他端上來的。

丘十八輕蔑地說：「有本事跟我在戰場決一死戰，乘人之危算什麼本事？」

曹二給了他更重的一腳，暴喝：「該死的土匪，還想上戰場？能不能活到明天還不知道呢。」

丘十八沒有感受到疼痛，腦海反覆浮現那句話：「誰是江西最大的土匪？你告訴我。誰是江西最大的土匪？你告訴我。誰是江西最大的土匪？……」

無非就是一名裝腔作勢的官吏。在江西這方土地，還有誰敢對付那個最大的土匪？沒有。無非就是拿他們這些螻蟻開刀罷了。

丘十八再次冷哼，換來了曹二更凶狠的拳打腳踢。

都察院之職是糾劾百官、辨明冤情、提督各道，為皇帝耳目風紀之司。左右僉都御史為正四品。王陽明以此職巡撫贛南，到任即赴鄉村察看民情、慰問疾苦、處置商家糾紛、制定地方律法，稍有空閒，開門講學，每至深夜才歇息。

這天午後，他回到巡撫府內署，夫人諸氏款款端上一碗銀耳梨羹。他喝了兩口說：「準備去一趟南昌。」

「夫君，你勞累多時，明日一早再去不遲。」諸氏溫柔地說。

王陽明簡單說了必須盡快趕去南昌的理由。諸氏默默點頭，說：「準備幾件換洗衣裳。」王陽明看著夫人纖弱的背影，心中浮起幾許歉疚。

諸氏與王陽明是表兄妹，其父諸讓是成化十一年進士，餘姚名儒，與王陽明父親王華是親戚兼好友。諸讓時任江西布政司參議，常為贛匪煩憂，每逢進京即與王華商議，彼此認為民不聊生是成匪之由。諸讓兩次進京都帶著女兒，諸氏聰慧清秀有靈氣，與王陽明可算青梅竹馬，少年時兩家即定下親事。

弘治元年，十七歲的王陽明赴南昌迎娶諸氏。新婚當日，眾人忙得不可開交，他遊遊蕩蕩，不覺來到附近鐵柱宮，與道士說法論道，閉目對坐夤夜，竟忘了新婚大事。好在岳父諸讓寬宏大量，諸氏溫柔嫻雅，知道他是奇人，此後對他的異端異行也見怪不怪。夫妻倆按風俗在岳父家住了一年，新婚燕爾，他讀書習墨，諸氏紅袖添香，他的書法大有長進，自稱「吾始學書，對模古帖，止得字形。後舉筆不輕落紙，凝思靜慮，擬形於心，久之始通其法」。那是神仙眷侶的好時光。

一年後，王陽明攜諸氏回餘姚故里，一路賞山河壯美，訪高士名賢。途經江西上饒，他拜訪了久仰大名的理學家婁諒，始得「聖人可學而致之」的格物致知之學。此後的生涯起起伏伏，兩次落榜、得罪劉瑾入詔獄、赴謫貴州……正德四年閏九月，他獲升江西吉安府廬陵縣知縣，此後身陷更為煩冗的庶務，乃至文臣剿匪，時有身家性命之憂。諸氏皆無怨無悔追隨，悉心照顧陪伴。

諸氏無所出，兩人仍伉儷情深。正德十年，王陽明堂弟王守信之子王正憲過繼為他們的嗣子。他想：「早日致仕，攜夫人回故里盡享天倫之樂，方是對她最好的慰藉吧。」

諸氏拿出裝了換洗衣裳和兩罐梨膏糖的包袱，眼神眷戀，欲言又止。

王陽明寬慰道：「南昌不遠，有德成兄在，我去幾日就回，你寬心就是了。」

「家中事務我會管好，夫君無須牽掛。」諸氏莞爾一笑。

夫婦倆又說了些體己話，王陽明走出內署。諸氏望著他的背影直至消失。

李八斤蹲在馬廄的圍牆角落，嘴裡嘎吱嘎吱作響。他從廚房找到半塊豬耳朵，更準確地說，他是被香味吸引到廚房的。這不怪他，要怪就怪那香味兒太誘人。

李八斤嘴大吃四方，多年來走南闖北，吃來吃去認為最好吃的還是民間菜。半塊香糟豬耳朵讓他驚嘆不已，想必贛南巡撫府有一名手藝了得的廚師。

他忽地停止咀嚼，悄無聲息朝更角落處躲閃。有人朝馬廄走來。

王陽明輕裘緩帶走向馬廄。李八斤一驚：「難道他要出遠門？」

王陽明拍了拍一匹白馬，白馬溫順地走出馬廄。他翻身上馬，沒有急著走，而是朝身後掃視一圈。

李八斤自忖隱蔽得夠好，還是禁不住縮了縮身子。

王陽明提起馬韁拍打馬背，溫順的白馬瞬時矯健、敏捷地朝前奔躍。

贛州通往南昌的官道黃塵漫卷，一人策馬馳騁。王陽明身後三四十丈，緊跟著騎黑馬的李八斤，他咂著嘴，抱怨王陽明出行太匆促，害他來不及在贛南巡撫府找些別的食物。

檀香在書桌一角裊裊飄逸，在大明朝都察院右副都御史，江西巡撫孫燧的頭頂，形成了一圈矇矇朧朧的淡青色雲煙，這讓他有了一些道骨仙風。

孫燧的目光落在書桌角的碟子，碟子裡有四樣食物：一顆棗、一個梨、一塊薑、幾粒芥子。這四樣東西在書房待了四年多。癟了爛了，重新換掉，再擺上。孫燧每天進書房先向它們招呼，表示自己還活著。

有客人到他的書房，總會好奇地問這些物品的來由。作為食物，它們不算可口；作為果品，又太簡陋。可是它們為什麼會長久地存在呢？孫燧什麼也不說。這些果品是給自己看的，用不著解釋給人聽。

孫燧聽見有人走進書房，知道是熟人，一般人進不了他的書房。

「德成兄，現在不是嗅香的時候啦。」身後有人朗聲說。

「那何時才是嗅香的時候？」孫燧轉身，王陽明風塵僕僕，鬍鬚和官服沾滿了灰塵，眼神依然清亮。

孫燧問他怎麼連濯洗一番也等不及，就來找他，是不是有什麼急事。

王陽明把從古戰場帶回來的斷箭放在他面前，斷箭在油燈下閃出青寒的光。

孫燧拿起斷箭把玩了一下，笑著說：「竹箭，做工不錯，結實銳利。」

「你沒看出名堂嗎？這箭出自官府。」

「二尺六寸五分，標準的官製箭，我要是看不出，四年江西巡撫也白當了。」

「告訴我，這是為什麼？」王陽明舉起斷箭看著他。

書房的屋頂上，悄無聲息地伏著一條黑影，從瓦縫間窺探書房。

此時的李八斤正朝江西巡撫府過來。他本來早該到巡撫府，只因南昌街頭的酒館像藤蔓一樣纏住了他的手腳。他本打算只喝兩盅，可是添了一盤醬牛肉後胃口大開，在酒館多耽擱了一刻，等他意猶未盡地抹嘴離開時，手上多了一罈酒。

書房裡的王陽明說：「這些土匪為害多年，都是烏合之眾，根本不經打。江西官府這麼多年為什麼剿不滅他們？從來只聽說剿匪，沒聽說過養匪。」

王陽明這等話，等於一進門就給了這位江西巡撫兼餘姚同鄉好友一巴掌，換了一般人早就拍案而起了，孫燧卻沒有。因為這是事實，是孫燧任江西巡撫之前的既定事實，是描不白抹不煞的事實。

孫燧笑了笑：「我連妻兒都養不起，留在餘姚老家，還能養匪？」

王陽明也跟著笑：「你不養，自然有人養。」

兩人發現彼此流露的都是苦笑。

他們你一句我一句說得投契，屋頂的那條黑影氣得要摔瓦了，倆老傢伙嘰呱了半天。當他的手掌落到瓦上時，突然清醒：「這不是隨便發洩的地方。」便及時剎住，可是掌風帶起了屋瓦，發出輕微的咔嚓聲。

王陽明和孫燧朝屋頂望去，亮處看暗處自然什麼也看不到。屋頂上的黑影冷笑，留神讓自己不再發出聲響。孫燧說可能是野貓，牠們常竄房越脊，讓人不得安生。

李八斤此時也出現在屋頂，距離黑影十丈之遠。

與其說李八斤孜孜不倦地跟蹤王陽明，不如說是贛南巡撫府的半塊豬耳朵指引他到這裡。他府上尚有如此美味，江西巡撫府更不用說了。說不定王陽明就是偷偷跑來吃好吃的。而眼下，有人早他一步窺視其囊中物，憑什麼？贛南巡撫府的豬耳朵是李八斤的，江西巡撫府的也是李八斤的，他決不能容忍另一道目光的覬覦。

屋頂下的王陽明與孫燧離得很近，近得能聽見彼此的呼吸，能數清楚對方頭上有幾根白頭髮。良久，他們從對方的眼神裡讀出了自己想要的答案。

王陽明的目光落在書桌上的果品：「這麼說，傳言都是真的？」

孫燧默默點頭。

這是江湖上流傳很久卻沒有確鑿證據的一個傳言——寧王朱宸濠外結群盜，內通權佞，挾持群吏，謀逆反叛，幾任江西巡撫均遭暗算。

歷代寧王與江西地方官員之間種種難以言喻的積怨，到了朱宸濠這一代至極點。江西巡撫差不多成了被架空的角色。江湖傳說寧王朱宸濠「愛民如子、愛官如父」，動不動就送江西巡撫回老家養老，前幾任不是走在回老家的路上，就是死在回老家的路上。江西巡撫成了正德朝最具風險的差使。

孫燧，字德成，號一川，浙江餘姚人，弘治六年進士。歷仕刑部主事、福建參政、河南布政使。正德十年十月，剛做河南布政使沒多久的孫燧，就被擢升為都察院右副都御史兼江西巡撫。赴任前，他關在屋裡追念歷代先祖。始祖五代後唐三司使孫岳，強幹有才用；九世叔祖南宋理學家孫應時八歲能文、師事陸九淵、為官有德政；曾祖孫銳博學有才；祖父孫溥傳道授業；父孫新曾任鄭州遞運所大使，為官清廉。為國盡忠，是深入孫氏家族骨髓的精神血脈。

孫燧把夫人和三個兒子送回餘姚老家，叮囑孩子們孝敬母親，自己只怕會死在江西這塊被施了詛咒的死地。夫人哭著問他能不能辭官不做，他快六十歲了，回煙火萬人家的餘姚安生過完下半輩子就是了。「朝廷派我巡撫江西，是死是活我都必須挺身而出，絕不可推辭。」這是他留給夫人和三個兒子最後的話。

孫燧到任江西拜會寧王，先以效忠朝廷誠懇進言，被朱宸濠傲慢地拒絕。他與按察副使許逵商量，稱為了防範盜匪，加固南昌城池，重兵把守九江，設通判駐弋陽，同時加強周邊五縣的防衛。為防止朱宸濠搶劫兵器，他們還把兵械武器轉移他處。他有意做得大張旗鼓，旨在逼朱宸濠自行跳出來。

朱宸濠雖然遠不及他的高祖——第一代寧王朱權那麼慧心聰悟，但是也不算太傻，他一方面賄賂朝中權臣想法調走孫燧，一方面在幕官劉養正、李士實的攛掇下，派人送去棗、梨、薑、芥四樣食物給孫燧。朱宸濠起先也不明白為什麼要送這四樣奇怪的食物，兩名幕官就解釋給他聽，他大笑不已，覺得這些玩意兒太有意思了。

孫燧坦然收下這份奇怪的禮物，沒心沒肺且有滋有味地吃掉了，連感謝寧王也沒說一句。送禮物的人悻悻離開，回去稟報說：「此人是歷任江西巡撫中腦子最不開竅的一個。」

孫燧心裡太清楚了，棗、梨、薑、芥是在告訴他：早、離、疆、界。

事後他按時點卯、按時放衙、日出而作、日落而息，恪守一名巡撫的應盡職責。四樣食物發霉爛了，他就重新備上擱在書桌角，時時提醒自己。

去年，孫燧抓捕了幾個盜匪頭子，從他們的狂妄言行中，他弄清楚了匪首背後是什麼人在撐腰，特意把他們關在南康府城監獄。可是當他試圖進一步撬開他們的嘴想得到更有用的東西時，南康突遭數百兵馬的襲擊。他率兵迎戰，回來發現監獄裡那幾個匪首已逃之夭夭。接著，江西發大水，一夥盜匪流竄至鄱陽湖殺人越貨。孫燧和許逵精心布防，從江外圍捕他們，當盜匪快被抓住時，他們逃竄進寧王的祖陵，孫燧無法帶刀進入，只能眼睜睜任由盜匪逃遁。

孫燧先後向朝廷上了七道密疏，其中一道說朱宸濠「不願做藩王，甘去做盜魁，想是做藩王的趣味，不如盜賊為佳」，帶著強烈的嘲諷意味。這七道密疏無一例外被耳目遍布的朱宸濠攔截了。

朱宸濠曾設毒宴要弄死孫燧，沒成功。所以作為孫燧的同鄉兼好友的王陽明沒挑好時辰來江西，自然不會有什麼好果子吃。

王陽明聽完孫燧的話，心頭一沉，不知為什麼驟然想到土匪丘十八。

「王都堂，你有本事就去對付江西最大的土匪，對付我們這樣的小嘍囉，算什麼本事？」

「誰是江西最大的土匪?你告訴我。」

「王都堂，你是真不懂還是裝不懂?」

他與丘十八的對話在他耳邊嗡嗡迴響。

屋頂的李八斤快接近那條黑影時，黑影驟然察覺，踩著屋脊飛快地躍開。李八斤一時陷入追逐黑影為好，還是繼續趴伏屋頂偷窺王陽明行蹤為好的兩難境地。他想了想，覺得一個偷雞摸狗之徒不值得為之費力，還是看看王陽明在搞什麼更有意思，於是放棄追趕，也趴在屋頂偷聽。

聽了好一會兒，那個比王陽明更老的江西巡撫，嘮嘮叨叨訴說他到江西吃了什麼苦、遭了什麼罪，還有一個什麼藩王夾在中間，鬼知道他們在說些什麼。

「我老家瑞雲樓南首正對龍泉山。兩三歲時，這座山對我來說猶如三山五嶽，高不可攀。再後來，我登龍泉山、入居庸關、攀武夷山、居貴州龍場龍岡山、登九華山。巡撫南贛汀漳等處，周旋於江西、湖廣、福建和廣東四省交界的群山峻嶺之間，大帽山、大庾嶺、九連山、八面山……」王陽明細數他登過的一座座山川，「登過的山越多，對山的畏懼就越少。」

「靈峭九萬丈，參差生曉寒。仙人招我去，揮手青雲端」、「一百六峰開碧漢，八十四梯踏紫霞」、「獨揮談塵拂煙霧，一笑天地真無涯」。弘治十三年，王陽明授刑部雲南清吏司主事，次年秋奉命審決淮安、鳳陽等府的重囚案，平反多件冤案，甚得民望。事畢後順道遊覽九華山，為這座仙氣飄渺的山作了諸多詩篇。

孫燧凝神傾聽，默默頷首。這位同鄉兼好友講述著之前的經歷，語氣聽起來雲淡風輕，似乎只是一次次饒有趣味的山水遊歷，可是他心知肚明——那是一場場鳳凰涅槃式的苦難歷練。

「德成兄，我們面對的是一座沒有登過的山，一場沒有遇過的險境，它定然有險阻艱難、披苫蓋、蒙荊棘。但是只要我們去做，終會成事。」王陽明慨然道。

「伯安，你說出了我的心思。你沒來之前，我可謂一手獨拍，雖疾無聲。好在你來了。」孫燧熱切地說，「你說，下一步我們如何做？」

王陽明不說話了，因為他不知道下一步怎麼做。

孫燧也沉默了，因為他知道下一步沒辦法做。

他們心裡再清楚不過，雖然二人位居京官兼地方巡撫之位，可是他們沒有調兵遣將的實力。大明朝絕不允許地方擁有武裝，征戰須有旗牌，戰事結束立即上繳。所以就算有千軍萬馬，沒有旗牌也調不動，更何況根本就沒有拿得出手的兵馬。

兩人隔著一盞搖曳的油燈互望。薰香的煙霧在他們四周縈繞，遮蔽了他們悲喜不辨、陰晴不定的神色。

李八斤看得火大。鬧半天他們又扯到登山了，這有什麼好說的？要說翻山越嶺，他小小年紀漂泊江湖，所至之處加起來不比他們的少。他有種跳下屋頂衝進屋跟他們說道一番的衝動。

後來孫燧跟王陽明低語了幾句，兩人離開書房，穿過衙署，來到大門口。孫燧輕輕啟開一條門縫。兩人望向靜夜的街面，只見五六個販夫走卒在巡撫府外忙碌著，目光不時瞟向巡撫府。巡撫府門口無論如何也不該像街市。

有人在監視江西巡撫府的動靜。

王陽明啞然，事情比他們料想的更險惡莫測。

「做巡撫做到我這個分上，也夠丟臉了。」孫燧苦笑。

「德成兄，有這麼多人護衛，還不要薪俸，整個南昌城都找不出第二處。」王陽明笑得很坦然。

孫燧安排王陽明在衙署東廂房歇息，兩名護衛守在門外。

李八斤跟著奔波了一程，又趴在屋頂偷窺多時，已筋疲力盡，只得悻悻然離開。

刺客祕史

翌日，王陽明沒有離開東廂房，孫燧來到他房間，兩人又商議了一整天。

李八斤蹲在後窗聽了一整天，又納悶又窩火，有什麼事值得他們說個沒完沒了。後來他實在不耐煩了，就溜到街上。一上街就管不住腿和嘴，吃香喝辣，直呼：「南昌到底是南昌，比那破贛州繁華多了。」

他只要往那些油頭粉面的公子哥兒們身邊一轉，他們身上值錢的東西就轉到他手上，能吃喝好幾天。他專挑有錢人下手，不碰窮人，有時還會往街邊乞丐的碗裡扔幾文錢。後來他在一家酒館醉倒，醒來已是日暮時分，身上蓋著一條薄毯。他掀開毯子就往外跑，店主拉住說還沒付酒錢，他扔下五文錢，抱起一罈酒就跑。店主笑得嘴都歪了。

李八斤跑到江西巡撫府一看，王陽明還在東廂房，油燈把他的影子照在格子窗，他在寫毛筆字呢。他鬆了口氣，耐心地蹲在後窗。

約莫戌時，王陽明走出房間，兩名護衛跟上，他擺擺手示意不必，說：「在屋裡待了一整天，想出門散散心。」

王陽明策馬疾行於街上。月亮從枝間漏下雪亮的光、街衢、屋簷、河埠、酒旗、泊船、樹影……皆沉沉睡去，天地安寂。

兩名護衛奉孫燧之命，不遠不近地跟在後面。

「於今猶是天涯夢，悵望青霄月色同。」王陽明想起他任南京鴻臚寺卿時寫的〈寄馮雪湖二首〉。

他的同鄉，江西提學副使馮蘭，致仕歸故里餘姚臨山，將常年垂釣的湖改名雪湖，改千金湖東面的桃花莊為雪湖山莊，自號雪湖居士。同朝大學士謝遷歸田園居後建銀杏山莊，與雪湖山莊毗鄰。兩位老先生孤雲野鶴、吟詩賦詞，雪湖山莊一時成為當地文人騷客雅聚之地。這讓顛沛在外的王陽明萌生隱逸之心，他無暇趕赴故里與他們相聚，只得寄詩兩首，既有嚮往，亦有感嘆，還有想做一番大事但是不知如何撥雲見日的惆悵。

與孫燧的長談，令王陽明頓覺面臨岌岌險境。他奉命巡撫南贛汀漳等處，南昌本非管轄之境，若不知情倒也罷了，如今既然洞悉，便不可能置身事外。

悟道很累、征戰很苦，更累更苦的，是人心的狡獪險惡。「算了，回府好好睡一覺吧，一覺醒來，或許一切就迎刃而解了。」

王陽明加了一鞭，白馬跑得飛快。靜寂的街頭，響起鼓點般的馬蹄聲。

一條黑影此時從沿街的屋頂飄然而下，穩穩停在街頭，像有人不經意扔到街面的一顆石子。王陽明猝不及防，勒緊馬韁，以防撞上對方。黑影還是倒在馬蹄下。王陽明下馬，不假思索去扶倒地的人。

那人一躍而起，蒙著臉，手上多了把短砍刀，刀光月光齊齊砍向王陽明。

一輪碩大的圓月高高懸掛在藍黑的夜空，清澈透亮，照見世間的無明。

「山近月遠覺月小，便道此山大於月。若人有眼大如天，還見山小月更闊。」倒在地上的王陽明，驟然想起成化十八年的某一天，十歲的他隨祖父去北京的父親身邊，途經鎮江金山寺，祖父與老友吟詩賦詞，他先聲奪人吟了兩首詩，一時博得眾人喝采，大家暗暗驚奇這名童子的博大胸懷與氣勢。

現在，天地很小，月亮很圓。王陽明想：「也許這是此生看到的最後一輪月了。」

刀尖離王陽明方寸之距時，一個圓滾滾的東西霍霍飛來，閃著詭異的古銅色光澤。這東西與刀一撞，刀頭偏向，深深砍入王陽明身後的一株樹。這株上了年紀的老槐發出無聲的慘叫，樹葉紛紛落地。

李八斤眼看心愛的酒罈在刀下碎成渣，順手抓起路邊一把禿掃帚，衝著蒙面刺客亂打：「賠我的酒罈子，我花一兩銀子買的黍米酒。心疼死我了，讓你打碎我的酒罈子！雜種，賠我酒來！」

王陽明一身酒水淋漓，從地上站起來，抖抖衣衫，望著從平地冒出來的兩人，一時弄不清楚這場夜鬥因何而起。不過他很快弄清了，一個是來行刺的，另一個是護他的。他與二人素不相識，一個為什麼要行刺，另一個為什麼要護他？

李八斤拿著禿掃帚對刺客橫掃豎劈，這動作更像是街頭武夫的爭強鬥狠。刺客幾次要拔刀，刀尖深深嵌入樹身，拔都拔不出，反而捱了李八斤幾掃帚，手臂像折斷的樹枝軟軟垂掛下去。他後來趁隙拔出刀，提著手臂忍痛竄上屋頂，朝李八斤和王陽明狠狠瞪一眼，在夜色中竄房越脊而去。

李八斤已看清刺客的背影，就是之前在江西巡撫府屋頂偷窺的那人。他行刺王陽明是何意圖？難道——

這番打鬥已驚得幾戶街坊打開窗子驚惶探望，江西巡撫府護衛急急奔來。

李八斤只得扔掉禿掃帚，扶王陽明上馬：「王都堂，我送您回府吧。」

王陽明打了個響亮的噴嚏，咳喘不止，衣衫浸透酒水，風一吹就著涼了。

李八斤轉了轉眼珠，脫下外衣遞上去：「王都堂衣衫都溼了，我送您回去。」

「謝謝，不必了。好漢有點眼熟。」

李八斤靦腆地笑：「在下就是前次在古戰場，湛先生舉薦的李八斤，想跟王都堂謀個差。您看剛才多險——」

王陽明很是吃驚：「你從贛州跟到南昌，就為了謀個差？天下這麼多生計，什麼不可以做？」

「我是北方人，在江西人生地不熟，就認得都堂，我不找您要找誰啊？」李八斤挺委屈的，聲音都哽咽了。

「你跟著我，早晚性命難保。我老了，跟著我沒好吃好喝的。」

李八斤嘆氣：「既然王都堂嫌棄，我走就是了。」他轉過身，步履沉重、搖搖晃晃，邊走邊嘟噥：「爹死了、娘沒了、無兄無弟無姐妹，可憐我吃了上頓沒下頓，過了今夜不知天明——」

王陽明喊：「等等。」

李八斤敏捷地竄回來：「王都堂，你肯收下我了？」

「你在南昌等我三天，三天後我再決定。」王陽明其實很無奈，此人是好友湛若水舉薦的，可是看著不像做正經事的，但是又不像惡人，況且救過自己，身手敏捷，頭腦亦聰穎……

「行行行，等三十天我也等。王都堂，在下隨時恭候您的差遣。」李八斤喜不自勝。

王陽明一拉馬韁朝前奔去。

李八斤看著他背影直笑：「終於接近目標了，以後的事慢慢來好了——不對，剛才半道殺出的是何方妖孽？看樣子不像個好人。」他發足朝前奔去。

刺客與刺客之間有一種與生俱來的只有彼此才能嗅出的奇詭氣息。

但是李八斤從來都認為自己是俠客，而不是刺客。兩種身分，一字之差，刺客走在暗地，俠客行在明裡，境界立分高下。作為俠客的他，非常鄙視偷雞摸狗的下三爛刺客。

俠客李八斤很快攔住蒙面刺客。刺客露出了一雙銅鈴般的眼睛，憎恨地瞪著這個阻擋他刺殺王陽明的傢伙。要不是他，父仇早報了。

這場未完待續的交戰轉到荒墳野地，捲起了此地很久沒有過的草灰塵煙。清亮的月光蒙上灰靄，棲息的夜鳥驚飛而去，枝葉紛落如雨，李八斤的雁翎刀與刺客的短砍刀交錯，噹噹作響，騰騰殺氣在夜色中洶湧、呼嘯……月光移過三根枝椏後，這場交戰才停下。

刺客倒地，握刀的手被李八斤的腳死死踏牢，短砍刀甩出一拳開外，李八斤的刀尖牢牢抵在他胸口。刺客只得認輸。不管俠客還是刺客，他們還是能掂量出彼此的分量。願賭服輸，這是江湖規矩。

李八斤用刀尖挑開刺客的蒙面。掃帚眉、銅鈴眼、大鼻、闊嘴，一看就是莽漢。「這人也來江湖亮相？」他心頭發笑。

他收回輕易不動用的雁翎刀。他一般用稱手的雞骨頭豬骨頭掃帚木棍等充當兵器。父親奮鬥了一輩子，夢想有一天穿上飛魚服，佩上繡春刀，可是到死連飛魚服的襟邊也沒摸到，繡春刀也就佩了一個月。後來李八斤偷偷打製了一把仿繡春刀的雁翎刀，過過癮。父親說過：「刀用一回短一寸。」他得惜著用。

刺客牢牢盯著他的刀，好像更在意的是刀而不是拿刀的人。李八斤說：「看什麼看？」拿刀逼到他眼鼻子前威嚇。

刺客緊縮脖子，唯恐不慎被削到腦袋，小聲嘟囔：「這刀，有點眼熟。」

李八斤趕緊把刀塞回刀鞘，這種制式的刀一般人認不出，認出就麻煩了。

「放屁，胡說八道。說！什麼名字，哪裡人，為什麼半夜三更跑出來行刺……」李八斤掏出從酒館順手牽羊拿來的茴香豆，一邊嚼一邊盤問。

刺客叫汪大用，徽州人，與王陽明有殺父之仇。他一臉憎恨，拳頭緊捏，憤怒從他身上的每一個毛孔噴出來，好像要把王陽明捏碎。李八斤笑得豆沫連唾沫星子噴他一臉。汪大用抹臉，又惱火又不敢發作。

李八斤一是笑他的名字。「大用？連小用也沒有，分明是沒用，還加了個汪姓，真是枉為大用。」再是笑他的狂妄，殺父之仇？哪壺不開提哪壺，他才跟王陽明有殺父之仇，這個沒用的汪大用也配有？

他懷疑此人是多喝了幾盅的殺豬匠，酒瘋發作，提一把刀滿大街轉。他打了個哈欠，把手裡最後一顆茴香豆扔給對方。汪大用接過豆子，一臉懵懂。李八斤讓他嘗，汪大用塞進嘴乾巴巴地嚼。

「好吃嗎？」李八斤問。

「好吃。」汪大用答。

「吃過嗎？」

「沒有。」

「知道為什麼要給你吃豆子嗎？」

「不知道。」

「知道為什麼不讓你殺王陽明嗎？」

「更不知道，請好漢告知。」

李八斤嘆氣：「不知道就對了。世上有些事，知道太多沒什麼用處。走吧。」

汪大用不明白這個護著他仇家的傢伙，不動一寸皮肉就放他走，到底意欲何為。他試著走了幾步，李八斤就竄過來，他想：「果然世上沒有免費的茴香豆。」

「記著，不許再傷王陽明一根毫毛。」李八斤走了幾步回過頭，「因為他對我有用。」走了幾步又回頭：「還有，你打碎了我的酒罈，你欠我的。」

李八斤拍了拍刀鞘轉身離開，覺得自己太像一名俠客了。走了很長一段路，他仍能感覺到一道疑惑、憎恨、害怕的目光留在後背，他非常窩心。

他回到寄宿的土地廟，掏出茴香豆，拿出黍米酒，躺在稻草鋪子，盯著黑黝黝的土地廟屋頂神遊太虛。

他阻止汪大用殺王陽明，不是要保護後者，他用豬腳骨擊落射向王陽明的箭，也不是要救他。他十二年來拜師苦練武藝，上天入地尋找王陽明的下落，終於等到對方從鳥不生蛋的貴州來到江西，不是因為人生何處不相逢，而是因為，他要殺王陽明。

李八斤在成為李八斤之前，有個同樣不起眼的名字——王小七。王小七的父親，錦衣衛從七品小旗王二郎，經過二十年埋頭苦幹，終於在四十五歲時成為身著青綠錦繡服的錦衣衛正七品總旗。

正德二年初夏的一天，司禮監派人找到王二郎，給了他一把繡春刀，說劉公公讓他做件事，事成後他就能穿上大紅飛魚服。王二郎大喜，一個不想穿飛魚服、佩繡春刀的錦衣衛不是大明的好鷹犬。劉公公要提拔一個人，連工匠雜役都能一夜授官。只是北鎮撫司這麼多錦衣衛，差事怎麼就落到他頭上？王二郎左思右想，認為是自己武功高強，聲名遠播，連劉公公也聽聞了。

權傾朝野的司禮監掌印太監劉瑾讓錦衣衛正七品總旗王二郎做的差事是，追殺王陽明。

在此之前，一大批官員屢屢上書諫言，要誅殺或協助誅殺劉瑾，比如內閣大學士劉健、謝遷、李東陽，給事中呂翀、劉郤和南京給事中戴銑、御史薄彥徽等。這些人跟劉瑾既沒有殺父之仇，也沒有奪妻之恨，可是一個個恨不得把他剁成肉醬。原因是他們認為劉公公把好好一個皇帝教壞了，帶著手下七個太監，天天陪著皇帝玩耍、放鷹逐兔、鬥雞走馬、逗虎玩豹、踢球角鬥、鶯歌燕舞，甚至溜出皇宮遊走於市井坊間，出入煙花青樓。長年不理朝政，大明江山眼看快塌了。

劉公公深感委屈，帶著夥伴連夜嚮明武宗朱厚照哭訴，惹得皇帝也淚水漣漣，由此因禍得福，執掌司禮監。這司禮監不是一般的機構，而是可以代皇帝批閱奏章、權傾天下、威震四海。掌印太監更是一人之下萬人之上。蒙主隆恩的劉公公，對這幫在他頭上動土的人毫不遲疑地下手，殺戮、下獄、革職、貶謫、杖刑、削俸祿、遣戍邊……

其中還有一個不識時務的傢伙，兵部武選司小主事王陽明。

在朝野風聲鶴唳人人噤若寒蟬時，他居然頂風犯上，上奏疏要救戴銑等人。憤怒的劉公公將其廷杖四十，投入錦衣衛詔獄。翌年，又將其貶至千里外瘴癘之地貴州修文縣做龍場驛站驛丞。

將一干眼中釘悉數拔除後的劉瑾坐在司禮監喝茶，想到那幫跟他作對的鳥人，越喝越生氣，連小小的主事都敢跟他唱反調，這樣下去還得了？劉公公懊惱自己太心慈手軟，當時就該弄死那小主事。於是他派人去北鎮撫司找了兩名錦衣衛，令追殺王陽明。北鎮撫使心想：「雖然眼下劉公公愈發位高權重，可是什麼時候一夜崩塌也說不準。」就隨便點了兩個人交差，其中之一就是王二郎。

王二郎與另一名同僚星夜南下。他們談論著事成能穿上大紅飛魚服，佩上御賜繡春刀，薪俸能從每年約莫二十兩銀子的七石多米糧，增加到上百兩銀子的米糧，此外還能獲得更多隱祕的好處。王二郎也有過隱隱不安，劉公公為什麼不肯放過一個下過詔獄、貶謫千里之外的小主事，非得趕盡殺絕？但是他很快擺脫不安，身為錦衣衛，他們的職責是忠心奉上行事，任何菩薩心腸都是多餘的。他的同僚更想早日回京交差，早點獲得渴盼已久的權勢和財富。

兩名中年錦衣衛心意相通、一路疾行，直指共同的目標。

正德二年初夏，兩名錦衣衛南下到杭州。根據可靠消息，傷體未癒的王陽明在杭州聖果寺養病。「趁人病要人命」，現在正是再好不過的時機。那天，他們窺到王陽明在寺院廊下午寐，便翻牆進入寺院，一左一右架起他就跑。寺院見血畢竟不宜。瘦弱的王陽明連呼救也來不及，只能任由他們挾向荒郊野外。

兩名錦衣衛正準備對王陽明下手，忽地跳出兩個武夫拚死相救。錦衣衛身手不俗，那兩個武夫更強。一番打鬥，武夫護王陽明而去。原來這是住在聖果寺旁的兩位俠義之士。

錦衣衛繼續追殺，見王陽明逃到錢塘江邊，對著滔滔江水吟唱一番，仰天長嘆後，縱身跳入滾滾錢塘江，江面濺起白花花的浪濤。追到灘下，只見泥濘的灘上留有鞋襪紗巾，還壓著一張紙，上書兩首〈絕命詩〉。

兩人等了很久也不見王陽明浮出水面，活不見人死不見屍，惱火不已，無奈只得提鞋襪紗巾回京覆命。兩個武夫又跳出來，先是一番怒斥，接著說人反正死了，讓他們留下鞋，路過的人就知道王陽明投江死了，這樣一傳十、十傳百傳到京城，也可以作為口實證據。兩人覺得有理，就拿了襪子紗巾，留下鞋子。

浙江布政司和按察司聞訊，帶著一班人跑到錢塘江邊，對著滔滔江水哭祭王陽明。這下好了，天下人都知道王陽明死了。兩名錦衣衛心滿意足地離開杭州回京，一路憧憬飛魚服即將加身的榮耀。

王二郎回京到家，十二歲的王小七見父親佩的繡春刀歡喜不已，纏著要玩。

王小七舞動繡春刀，記牢了刀的模樣。他只玩了半個時辰，王二郎就收回了刀，回北鎮撫司覆命繳刀。只有正二品都指揮使或都督僉事兼錦衣衛指揮使，方能穿大紅蟒衣飛魚服，佩繡春刀。總旗錦衣衛除了出差使，沒有資格佩刀。王二郎告訴兒子，只要像父親這樣精進有為、敢殺敢拚，長大後世襲錦衣衛，終有一天能飛魚服上身，繡春刀在手。

王二郎後來背了王陽明的一首詩給兒子王小七聽：「自信孤忠懸日月，豈論遺骨葬江魚。百年臣子悲何極？日夜潮聲泣子胥。」王二郎憤憤地說：「他王陽明自比忠臣伍子胥，可是我們也是為朝廷忠心做事啊。朝廷指東我們哪敢往西？他是忠臣，難道我們不是嗎？」

他不明白的是自己奉朝廷之命辦事，肯定是忠臣，那麼王陽明必定是逆臣。他是忠，王陽明是逆；他為良，王陽明則為惡。可是這個朝廷的亂臣賊子，怎麼還能理直氣壯地稱「自信孤忠懸日月」呢？如果王陽明是忠臣，那麼他們追殺王陽明就是助紂為虐。這豈不是顯得他王二郎太不道義了嗎？

王小七當時不明白父親說些什麼，他滿腦子都是繡春刀閃爍的凜凜寒光，令他害怕而歡喜。

王二郎耐心而焦慮地等待來自劉公公的賞賜加封，可是那邊沒有動靜。他不敢詢問北鎮撫司，更不敢找劉公公，只能耐著性子繼續等待。不久，劉公公派人找到他和那名同僚，把王陽明還活著的密信扔在他們面前。

劉公公恩准他們看信。他們輪流看，幾乎要把每個字摳出來看個仔細。信裡說，王陽明沒有淹死在錢塘江，他逃脫並已抵達貴州，到了那個鳥不生蛋的龍場。當然那個蠻荒之地，比死也好不了多少，再派人追殺已沒什麼必要。

王二郎抬頭時，陡然感覺全身發冷——他看到的是劉公公比繡春刀還冷酷的眼神。不知為什麼，他突然覺得當初劉公公命令將王陽明拖下去廷杖四十時，也一定是用這種眼神殺向後者。此時他的同僚快嚇昏過去了。

敗事有餘的兩名錦衣衛受到了嚴厲懲處，他們曾揮向別人的杖棍，這回捱到了自己身上：各杖打五十入獄。同僚們一點也沒有顧念舊日情分，「同類相妒、同業相仇」，說得一點也沒錯，為了表達忠誠，下手更為快準狠。時值盛夏，杖傷潰爛，快死了他們才被抬回各自家中。

王二郎捱了三天，那名同僚熬了五天，雙雙一命嗚呼。

王二郎臨死前告訴妻兒，他因追殺王陽明未遂而被劉瑾處死。他用沙啞的嗓子又唸了一遍王陽明的那首絕命詩給兒子王小七聽，還喘息著說：「小七，刀從來都是用一回短一寸，從來沒有一把刀會長個頭——」他的意思是兒子以後別再碰刀，刀會害人，可是他沒說完就死了。

王小七跟著寡母長大，牢牢記住父親是因王陽明而被劉瑾殺死的。王陽明和劉瑾都是殺父仇人，一個也不能放過。因為沒有父親，他受盡村坊頑兒欺凌；因為沒有父親，家中飢寒交至一貧如洗；因為沒有父親，十五歲時，母親送他到一名武林高手那兒學藝，便改嫁他鄉杳無音信，他成了無父無母的孤兒。

只是王小七沒想到，指使他父親追殺王陽明的劉公公，很快在朝廷朋黨傾軋中倒下，皇帝將其凌遲處死。他無所適從，好像用足力道拉滿弓卻不知射向何方。仇人少了一個，仇恨並沒有消失。他把恨意轉到王陽明身上，若不是他，父親何以會慘死？所以王陽明更該死。

殺掉王陽明生祭父親，成了王小七矢志不渝的目標。

生祭，他認為是對冤死的父親最好的告慰。殺人很簡單，一刀下去就是，但是不夠痛快。他要押著王陽明到父親墳前，把十二年來的冤屈苦難說給父親，也說給王陽明聽，如此，死的沒有白死，殺的沒有白殺。他王小七行得正站得直，殺人殺得坦坦蕩蕩。

兩年前，王小七帶上那把酷似繡春刀的雁翎刀南下，從江西到福建到湖廣到廣東，到處打聽王陽明的消息。王陽明帶著官兵四處剿匪。這個瘦弱的傢伙一上戰場就好像換了個人，戰術詭異，每每凱旋。功夫再好也難以寡敵眾，王小七不敢挨戰場太近，找不到下手機會，只能遠遠窺探著。

後來王陽明平定匪患回到南贛，一邊處理公務一邊講學，身邊又總是圍著一堆好學上進的弟子，半夜三更都有敲門求學問的。王小七就像餓狼瞪著一塊提得高高的肥肉，急得眼珠發紅，喉嚨發乾，就是無法下嘴。

來到贛州，有一天，王小七投宿小客棧，同住的年輕人叫李八斤。兩人都是通州人，年齡相仿，他鄉相逢頗親熱。說得興起，李八斤掏出隨身攜帶的舉薦信，說自己是王陽明好友湛若水的隨身護衛，因湛若水返回廣東過耕讀生涯，他是北方人，過不慣嶺南生活，湛若水宅心仁厚，舉薦他去贛南巡撫府找王陽明謀差事。王小七聽到這些，心頭咯噔一下，差點緩不過氣來。說來也巧，當晚那人突發熱病，全身抽搐、滿嘴胡言。王小七倒也熱心，跑前跑後替他倒水、找郎中，只可惜迴天無力。這個李八斤剛到南贛，連王陽明的面都沒見到就蹬腿兒了。

王小七用那人留下的錢幫著下葬，一時不知如何是好。他本來還想著怎麼蹭上李八斤溜進贛南巡撫府，可是現在，他總不能拿著信去找王陽明，說：「有個叫李八斤的本來想跟您謀個差，可是他運氣不好死掉了，這工作能不能讓我王小七做——」他眼前驀地一亮：「為什麼我不能是李八斤呢？為什麼不能呢？為什麼不呢……」

王小七就這樣輕而易舉地成了李八斤。

只要接近王陽明，後面的事就好辦了。只要王陽明對他沒有了防備，他的機會就來了。

李八斤吃飽喝足，睏意襲來、沉沉入睡，酒壺歪到一邊，酒水從壺口淌出，弄溼了稻草鋪。約莫一刻鐘後，汪大用閃進土地廟，窺測片刻，見他睡得像死豬，便趴在地上，一點一點爬過去。

汪大用的目標是他的雁翎刀。這刀眼熟，很像父親提起過的繡春刀。

十二年前，汪大用的父親汪衛接到追殺被貶謫貴州修文縣龍場驛的王陽明的差事，這名從七品小旗狂喜。多年來，他用微薄的薪俸時不時送禮給北鎮撫使，渴望能獲得為朝廷建功立業的機會，可是機會遲遲沒有看到他。在他熬得頭髮花白時，機會終於垂青於他了。「這是司禮監掌印太監劉公公的密差，其他人還輪不到呢！」當時北鎮撫使這樣意味深長地告訴他。

他回到家興奮地告訴兒子汪大用，這一趟差使回來後必定得到豐厚封賞，至少會獲得正七品總旗，那麼以後兒子接替父親的職位，至少也是小旗起步。

沒錯，汪衛就是王小七的父親王二郎搭檔的那名同僚。

十八歲的汪大用那時是街上賣豬肉的，有空就練武。汪衛一直想找機會讓兒子入衛，可是汪大用的功夫不到家，個子又偏矮瘦，不夠入選錦衣衛五尺三寸的標準身高，除非汪衛立下大功，父死子替補。可是汪衛還沒攢夠功勞本錢給兒子，一時半會兒還捨不得死。

再後來，王陽明詐死的消息傳到京城，汪衛和王二郎被投入詔獄，受到敬業的同僚們的嚴酷杖打。王二郎被抬回家後，熬了三天蹬了腿，他多熬了兩天也丟了命。

汪衛也留遺言給兒子：「切記，爹不是被劉公公打死的，而是死於王陽明之手。劉公公是想讓為父立功封賞啊，無奈爹不爭氣……兒啊，記住，一則找到王陽明，完成爹沒完成的差事。再則，殺掉王陽明，為父報仇。三則將來做錦衣衛，光宗耀祖……」

汪大用跪在父親墳前，咬破食指，用鮮血在白布上寫下歪歪扭扭的「殺王陽明」四字，揣進懷裡，從此離家尋仇。他沒像李八斤那樣精心籌劃拜師學武，只是憑著小時候父親教的幾招把式和一身蠻力，又跟江湖練武賣藝的學上幾招，沒頭蒼蠅一樣天南地北到處亂竄亂撞。後來捱了很多江湖毒打，才稍微聰明了些。他費盡周折打聽到王陽明在南贛，準備劫殺時，半道有人阻止了他。

讓他納悶的是：「那人拿的雁翎刀，很像父親提到過的繡春刀。可惜父親追殺王陽明時連拿繡春刀的資格也沒有，只拿了一把小砍刀。如果當時拿的是繡春刀，說不定就能殺掉王陽明，得以加官晉爵，享受榮華富貴……只是，此人若是錦衣衛，為什麼會護著王陽明？若不是，為什麼會有這種刀？」這是汪大用與李八斤交手後盤旋在腦中的疑惑。於是他偷偷尾隨李八斤，來到土地廟。

汪大用爬向李八斤壓在手臂下的刀，小心翼翼地一手托起他的手臂，一手抽出刀想看個仔細。突地手腕一酸，刀落地。李八斤把他摁倒在地，問他：「是不是活得不耐煩了。」

「大哥，我沒有！我不敢，我不是——我只想看看，你這把刀。」汪大用求饒。

「有什麼好看的？你也是個把式，沒見過刀嗎？」李八斤警覺，把刀藏身後，愈發覺得來者不善。

「這刀，有點像繡春刀——」汪大用遲疑著，終於還是說出來。

「閉嘴！」李八斤暴吼。

兩人眼神驚恐，屏息不出聲，汪大用說出的似乎是一則足以致命的絕密消息。一隻耗子從他們面前驚惶掠過，回頭窺測著兩個怒目而視的人。

「你到底是什麼人？為什麼要殺王陽明？」李八斤對這個技不如己又不知死活的莽漢有點好奇。

汪大用從衣襟裡摸出泛黃的白布給李八斤看，上書「殺王陽明」。他看看四個字，再看看汪大用，讓出一角稻草鋪讓他坐下。汪大用遲疑，怕再被摁倒在地。

「說，你跟王陽明到底有什麼仇怨？說清楚，帶你喝酒吃肉，說不清楚，扒你的皮吃你的肉。」李八斤把雁翎刀朝上一拋，刀呼呼作響，閃著寒光飛上空，旋即落下，深深扎進汪大用眼前的地面，刀柄打了個顫，挺挺地立住。

汪大用矮瘦的身軀又短了一截，他用乾燥的喉頭嚥了口唾沫，開始說：「十二年前，我父親從北鎮撫司放衙回家，他說要南下出一趟差事，追殺一個人……」

風水之說

一把冰冷的刀抵在裁縫的後背。銳利的刀刃劃破了他單薄破舊的衣衫，劃出了一道細長而淺的血痕。裁縫跪倒在地，瑟瑟發抖，絕望地閉上眼。

「連一顆鈕扣都做不好，你算什麼好縫工？」寧王朱宸濠的聲音飄過來。

朱宸濠就在旁邊，可是他的聲音彷彿從古墓裡飄出來，遙遠、陰鬱、冰冷。

「王爺，饒饒饒……」他的牙齒咯咯打架，一句完整的話也說不出。

「沒用的人留在世上，費糧又費力，何苦呢？」朱宸濠惋惜地嘆氣。

侍衛的刀朝前一推，戳進了裁縫的後背。

裁縫很心疼，心疼唯一的青布衣衫被刀戳破了。很多年了，他一直想替自己做一件布料上好、做工精細、款式新穎的衣衫，可是到死也沒能如願。裁縫像一塊布料軟軟落地，血水從後背湧出。

朱宸濠精美的長靴跨過他的身體，吩咐侍衛把他套麻袋扔進花園的水道，順水漂出府外河道。一個卑賤的縫工而已，府上的狗貓雞鴨和人死了，也是這麼做的。侍衛立刻奉命而行。

朱宸濠走向水觀音亭。這事讓他很不快，他需要看一些賞心悅目的事物。

劉養正跌跌撞撞跑來，朱宸濠問他：「後頭是不是有狗追著？」

劉養正說：「沒有。」

朱宸濠說：「那你跑什麼跑？」

劉養正抹汗：「聽說縫工偷懶，不好好做事，惹怒王爺了。」

朱宸濠趕蒼蠅似的揮手：「以後少找這種沒用的縫工給我，連鈕扣都做不好，壞了我的冕服。」

「是是是，我一定替王爺找個好縫工。」

「孫燧那邊盯著的人，發現了什麼？」

「王爺果然神機妙算，王陽明來到南昌了，與孫燧結黨營私。他們是同鄉，沆瀣一氣、狼狽為奸、裡應外合……」

「別掉書袋，說，拿什麼治治王陽明？」

「王爺也得為他準備四樣食物了，他要是識趣就好辦，要是不識趣，就別怪我們不客氣。」

朱宸濠想了想說：「發帖子，明天請二人來喝酒。」他深嘆一口氣：「王陽明用兵奇巧，能為我所用就好了。」

他又問派去的刺客怎麼樣。

劉養正笑：「王爺放心，這個汪大用，跟王陽明有不共戴天之仇。這個人我們是用對了。」

朱宸濠要謀反，是南昌人人皆知而個個不敢說的司馬昭式坊議。汪大用當然也聽聞了。於是他來到寧王府門口，直愣愣地說：「我要見寧王，我能幫他殺人。」

饒是朱宸濠也不會這樣口無遮攔。守衛當他是瘋子，把他趕走。第二次他又來，被打了一頓。第三次他碰到了劉養正。劉養正聽他說了要殺死王陽明的充足理由，眉頭一挑：此人正是他們想用刀時送上門的一把刀。他們太需要各種人手，江湖的、廟堂的、明刀明槍的、旁門左道的，刺客死士強盜土匪流民……三教九流，無所不用，只要他們願意為寧王賣命，他都不嫌棄。

劉養正看出這個莽夫沒讀過多少書，給了他一小筆賞銀，稱事成後還會給他大筆賞銀，還將賜給連他父親都沒有的繡春刀飛魚服。汪大用的復仇行動，從此有了明確的方向。他一次次幻想殺掉王陽明後如何告慰父親的在天之靈，還將獲得繼承父親衣缽的可能，這是一樁多麼合算的買賣啊。

劉養正讓他先盯著王陽明的動靜，不能操之過急，因為王爺還想利用王陽明。那晚，汪大用沉不住氣對王陽明動了手，劉養正對他一通暴喝，悄悄瞞下此事，不敢對朱宸濠透露。因為他很清楚，汪大用若成事，是朱宸濠用人得當，汪大用若不能成事或敗事，他劉養正則罪不可逭。

「讓他記住，殺不殺王陽明，現在不是他一個人的私仇，而是本王的事。該殺時不殺，不該殺時動了手，會掉腦袋的。」朱宸濠說。

「是，王爺有遠見。殺一個王陽明容易，要是又來了張陽明、李陽明、趙陽明，就麻煩了。所以眼下我們要找準時機，用好王陽明，如此，後來者見到前車之鑑，便能輕易為我們所拿捏。」

「劉養正，你越來越懂本王的心思了。哈哈哈。」

朱宸濠讓他趕緊寫帖子喊王陽明和孫燧來喝酒。酒是好東西，它可以讓文人吟詩賦詞，比如王羲之蘭亭雅集；可以讓將帥放下刀劍，比如趙匡胤杯酒釋兵權。現在他要讓酒派上用場，對付贛南巡撫王陽明。

婁素珍來送午後點心了，劉養正恭敬地對王妃拱手作揖，匆匆離去。

朱宸濠一手接過銀耳蓮子羹，一手攬著婁素珍的腰，走向石桌。

「愛妃大可以讓奴僕做事，用不著如此辛苦。」

「王爺喜歡喝臣妾燉的銀耳蓮子羹。」

朱宸濠喝了口羹湯，甜潤的滋味蕩漾喉頭。

很多年前，他見到理學家婁諒才貌雙全的孫女婁素珍時，就一眼認定她是自己非娶不可的王妃。那時他很年輕，年輕得可以忘掉與生俱來注定背負的復仇使命。

婁素珍坐在嫁往寧王府的鳳輦裡，不是沒有擔心過，她的族中姐妹、閨中好友很少有嫁得稱心如意的，她能幸運嗎？

令她意外的是，朱宸濠似乎不那麼無知或無趣。他會欣賞她喜歡的事。比如她喜愛詩文字畫，他深為娶了才貌雙全的愛妃而自得，以至於禮聘大才子唐伯虎為她的書畫師。

朱宸濠繼續喝羹湯。湯是好湯，女人也是好女人，但是湯和女人，終非他的夙願。他要的比這些握在手的龐大威赫得多。喝過熱湯的他精神煥發，輕撫婁素珍的手。她還是那麼美，只是笑意越來越少，臉色越來越蒼白，他不記得她上一次笑是什麼時候。

幽深的寧王府裡，還有一位酷愛綠色衣飾的翠妃，亦能吟詩作畫，甚得寧王寵愛，一首詠梅詩尤得賞識。「繡針灸破紙糊窗，引透寒梅一線香。螻蟻也知春色好，倒拖花片上東牆。」還有紫氏、素氏，饒是這些才色雙絕的妃子，在婁素珍到來之後皆黯然失色了。朱宸濠給了她最多的寵幸，對她的寵愛遠甚於其他妃子，他不知道她到底還有什麼不開心的。

「妳該多笑笑，妳不知道妳的笑有多好看嗎？」朱宸濠輕撫她光滑的臉。

「王爺，還記得第一回喝臣妾做的銀耳蓮子羹嗎？」婁素珍轉移話題。

朱宸濠皺眉，他有那麼多大事要事要做，妃子怎麼老提不起眼的小事？但是還是忍著不快說：「不記得了。」

「王爺曾說過，我做的羹湯是天下第一美味，喝過後天下什麼事都不想了，只想與我雙宿雙飛、比肩並起。」

這話，他似乎說過，在很久以前，他初見婁素珍一見傾心時。那時，她就算給他一碗清湯寡水，他也能品出瓊漿玉液的味道。可是小婦人只盤營於一湯一水，再有才情也不過是詩文字畫，哪懂他胸中沉甸甸的萬里山川千里長河？

「我都忘了。愛妃，本王大功告成後，哪怕龍肝鳳髓也能嘗到，何需拘泥於一湯一水，哈哈哈。」朱宸濠倒是沒動氣，做大事的男人豈能與小婦人一般見識呢，何況是心愛的愛妃。

婁素珍等他笑完說：「臣妾有一樣禮物送給王爺。」

朱宸濠讓她拿來看看，婁素珍說：「禮物不止貴還很重，還請王爺移步欣賞。」

兩人走過長廊、轉過花徑，來到修竹假山掩映的亭前，婁素珍指著前方說：「王爺請看。」

朱宸濠見近圍牆處豎著兩方質地清透的大碑石，高度丈餘，每一方又由兩塊長條大青石拼成，碑石分別鐫刻「屏」、「翰」二字。

朱宸濠端詳片刻，點點頭：「是愛妃的手跡，筆力遒勁、亦秀亦豪。愛妃書法愈見長進，好字，好字啊。」

「是唐先生教導有方。王爺，這兩個字，是我用頭髮蘸墨書寫，請最好的工匠鐫刻於青石，想必王爺會喜歡。」

「愛妃說說，這兩個字什麼意思？」

「屏翰二字，語出《詩經．大雅》，『大邦維屏，大宗維翰』，意指忠心輔佐衛國的肱股重臣。《新唐書．趙德譚傳》也有『吾為國屏翰，渠敢有他志』。王爺坐鎮南昌，夙夜在公，王務彌繁，輔佐皇上，所以臣妾以為，這兩個大字配得上王爺。」婁素珍言語溫婉懇切，一點也沒有恭維奉承的意思。

朱宸濠背著手繞碑石走了一圈。他讀書沒有婁素珍多，其他才藝更望塵莫及，但是也懂得這兩個字的意思。他讓婁素珍解釋，也是想聽聽她的真實想法。現在看來還是婦人之見啊。這樣也好，既然愛妃以為他夙夜在公，那不如順水推舟認了，省得她再絮絮叨叨平添煩惱。

「愛妃說得極是。來人，把碑石送去水觀音亭，砌圍牆、蓋重簷，不得損壞。」朱宸濠笑吟吟地摟住婁素珍，又說鄱陽湖鮮美銀魚剛送到，晚間與愛妃用膳小酌，不啻人間勝事。

婁素珍的目光投向那兩個大字，凝望良久。看來，這兩個字只在寧王眼裡，不在寧王心中。

唐伯虎在水觀音亭的花園石桌畫仕女圖。仕女一手執扇一手持白牡丹，明眸皓齒、紅顏粉頰、白色裙羅、青色披帛，右上題詞「牡丹庭院又春深，一寸光陰萬兩金。拂曙起來人不解，只緣難放惜花心。」

他眼前浮現婁素珍的模樣，聰穎明慧，才藝出眾，眉眼間凝結重重憂思……眼前的仕女有幾分婁素珍的神色，可是他並不滿意。他一直想為婁素珍畫一幅畫像，可見到她就消泯念頭——他無法對著那憂思神傷的眉眼畫下去。

入寧王府以來，他感覺畫藝越來越不見長進，手上的畫筆越來越重，好像拿著柴刀在砍柴。柴火好歹還能燒火用，可是他寫寫畫畫寄人籬下，還能有什麼用？還有一種如影隨形揮之不去的憂恐，如陰晦雨雲始終罩在頭頂，哪怕他躲進睡房關門落鎖，也無法逃遁於天地間。

過往的挫敗感，又無可抵擋地湧上他心頭。從一事無成到百無一用，從落魄江湖到寄人籬下，他的境況愈來愈糟。少年成名，橫槊賦詩，僅僅讓他風光了十多個年頭，走到頂峰，此後便是大半生的下坡路。他原本以為，寧王府為他豁然洞開一扇敞亮的門戶，春風得意馬蹄疾，一日看盡南昌花。現在看來，寧王府的每個角落，連同這座水觀音亭，都潛伏著凶兆。

凶兆到底是什麼，他無法說清楚，只覺得那危險氣息越來越近，像噬人的野獸在他耳邊咻咻嘶鳴。也許，他不該來寧王府——

唐伯虎頹然擲筆，朝園外走。他想去看望一位來南昌後結交的盧姓書生，那也是一位時運乖蹇的讀書人，或許聊幾句會有精神了。

他跟門丁招呼了聲出門。街坊熙熙攘攘，米鋪、藥鋪、雜貨鋪、鐵匠鋪、茶肆、酒鋪、飯鋪、錢莊、布莊……唐伯虎圍觀一個糖畫攤，手藝人手起手落，就用融化的糖漿製成一幅栩栩如生的畫。他暗暗稱奇，不免無地自容。一個引車賣漿者尚能養活自己，他一身才藝聽起來聲名藉甚，其實受人差遣方有簞食瓢飲，與嗟來之食又有何差別？索性跟人家學個糖畫手藝也好，不用看人臉色了。

唐伯虎買了一個糖畫默默走開。他倒不想吃，只是想拿回去賞看。走著走著，糖畫融化了，黏了一手。他懊惱地想自己真是書痴，光會讀書作畫，沒有一點生活學問，著實惹人笑話。

他朝四周望望，發現不經意間走到了寧王府正門外的河道。他慌忙後退，怕不慎碰到寧王，他實在怕見這個自負傲慢、附庸風雅的人。可是手上又黏得難受，只得走向河道。

唐伯虎撩起藍灰色袍子，小心地走到埠頭蹲下身。河道通往城內數條街巷，供人濯纓濯足洗菜涮碗，倒是方便。他有脫下鞋子濯足的想法，又怕碰到熟人，便匆匆洗罷。正欲離開，忽見前方漂來一塊木板，有個人趴在木板上載浮載沉。他定神細看，那人在微弱地呻吟。

唐伯虎不敢喊也不敢動彈。等那人漂到眼前，他才戰戰兢兢細看，只見那人後背有一道劌目怵心的刀傷，白森森的骨頭都露出了。他毛骨悚然，想喊人，可是他太害怕了，聲音戰慄嘶啞，匆忙的路人沒有聽見他的喊聲。

那人氣若游絲：「寧王，寧王……」

「寧王？此人跟寧王有什麼關係？」唐伯虎渾身一凜，蹲下身問他發生了什麼。

「寧王，縫，龍袍、鈕扣，縫不好，我冤啊——」那人扒著木板的手一鬆，咕咚沉下水。河面泛著一圈圈漣漪，接著冒出一串串水泡，然後平靜如鏡。

唐伯虎擦了擦眼。「剛才發生的可是真的？寧王、龍袍、龍袍、寧王——」他的腦海中盤旋著這幾個字，字與字磕碰，背後的人與物交錯，聲響形影疊印，交織成一團面目混沌、氣息詭異的怪物，朝他張牙舞爪嘶嘶襲來——

他顫抖著走上河岸。街衢人喊馬嘶、熙熙攘攘，米鋪、藥鋪、雜貨鋪、鐵匠鋪、茶肆……世道看起來平和安詳。沒人知道，一條生命剛剛就在他眼前消失。並且，那人還遺留了一句足以令人頭落地的話，他一旦聽過，就沒法當作吹過耳邊的風。

他後悔在河道洗手，後悔買了糖畫，後悔不在水觀音亭好好作畫而要出門散心，後悔沒有早點找個理由向寧王辭別……

唐伯虎在街上踉踉蹌蹌，差點撞上行人李八斤。

李八斤嗑著瓜子邊吃邊逛，迎面見一個面色慘白的書生走來，眼神僵愣、失魂落魄。他往旁邊避讓，那書生像睜眼瞎，直直地朝他撞來。李八斤一躲，唐伯虎像一截木頭栽下去。

李八斤忙扶住，問他：「沒事吧？」

唐伯虎搖搖頭，又僵手僵腳朝前走。李八斤正疑惑，忽聽前方有人喊「河道有人死了，河道有人死了」，他精神一振，朝前奔去。

李八斤跟蹤王陽明多時，發現他白天總跟那江西巡撫一起嘀嘀咕咕，根本找不著下手的機會。李八斤跟那江西巡撫無冤無仇，倒也不想傷及無辜。晚間，因上次街頭遇襲，王陽明的東廂房門口增加了護衛，也找不到空隙下手。他想既然生祭不易，那就暗箭傷人。於是他去鐵器鋪定了一批小飛鏢。鋪主心狠，索要一百文錢。李八斤咬牙應下，他得找個有錢的苦主。雙方約定三天交貨。此刻他弄到了一筆錢，正去鐵器鋪提貨，聽聞有一樁命案，便跑去看熱鬧。

唐伯虎步履蹣跚地回到水觀音亭，剛進院子，寧王的侍衛跑來，喊：「唐先生，寧王找你。」他搖搖晃晃，本就蒼白的臉色愈發煞白。侍衛扶住問他怎麼了。他說：「受了風寒，體弱不支。」侍衛半扶半拖他到花園亭子。寧王朱宸濠坐在石桌邊，拿他之前擱下的畫筆，在畫上塗塗畫畫。唐伯虎差點又要氣暈，仕女圖已面目全非。好在他慘淡煞白的臉色掩蓋了內心的憤恨。

朱宸濠見到像病貓的唐伯虎，詫異地問：「唐先生怎麼了？」

唐伯虎還是說他受了風寒，適才出門買藥，迷路找不著藥鋪。朱宸濠吩咐侍衛快找大夫為唐先生把脈。他忙說：「不用，煮點薑湯喝就好了。」朱宸濠又吩咐侍衛去抓藥。唐伯虎不敢再推辭，只得謝過。

「唐先生，隨本王登樓一觀。」朱宸濠不待他回應，就登上旁邊閣樓。

唐伯虎隨即跟上。朱宸濠站在閣樓廊榭，望向通衢廣陌煙水熙熙的南昌城。

「唐先生，背一背〈滕王閣序〉給本王聽。」朱宸濠背著手說。

唐伯虎稍作沉吟，清了清嗓子吟誦：「豫章故郡，洪都新府。星分翼軫，地接衡廬。襟三江而帶五湖，控蠻荊而引甌越。物華天寶，龍光射牛斗之墟；人傑地靈，徐孺下陳蕃之榻。雄州霧列，俊採星馳……」

「我洪都新府果然是好地方。」朱宸濠一臉驕傲。

「時維九月，序屬三秋。潦水盡而寒潭清，煙光凝而暮山紫……層巒聳翠，上出重霄；飛閣流丹，下臨無地。鶴汀鳧渚，窮島嶼之縈迴；桂殿蘭宮，即岡巒之體勢……」

朱宸濠按唐伯虎吟誦的節奏拍打雕欄，沉醉其間。

「落霞與孤鶩齊飛，秋水共長天一色……天高地迥，覺宇宙之無窮；興盡悲來，識盈虛之有數……嗟乎！時運不齊，命途多舛。馮唐易老，李廣難封……」

唐伯虎彷彿穿越到滕王閣的舊時風流，昔年王勃登臨滕王閣是何等逸興橫飛，才能寫出此等絕妙文辭。念及王勃顛沛流離，顧及自身時運不濟，他的聲腔愈發悲愴激昂。

「夠了夠了。」

「行了行了。」後面的詩句不順耳，朱宸濠不想聽下去。

「老當益壯，寧移白首之心？窮且益堅，不墜青雲之志……」唐伯虎背得如痴如醉，沒聽見聽者的異議。

「酌貪泉而覺爽，處涸轍以猶歡……」

「閉嘴！」朱宸濠猛拍雕欄，力道之大，拍斷了一截年久失修的雕欄。

唐伯虎戛然止聲，以為自己吟錯了句子，惴惴不安。

朱宸濠緩了口氣，指指園林：「唐先生，你涉獵經史，學識廣博，你看看，水觀音亭的風水如何啊？」

唐伯虎謹慎地打量四周，不知朱宸濠是什麼意思，但是說好話總不會出錯，於是小心地答：「水觀音亭東望佑民寺，南眺百花洲，西臨滕王閣，北連建德觀，可謂鍾靈毓秀物華天寶之地。王爺得此寶地，婁妃娘娘又常年在此焚香禮佛，字畫供奉，更是福慧雙增，六時吉祥。」

他不露痕跡地抬出婁素珍，意在隱隱提醒寧王，自己是婁素珍的老師，不要太為難人了。

這幾句話使朱宸濠開始舒心，又說：「那麼，你看南昌的風水又如何？」

唐伯虎暗暗叫苦，他莫名變成了風水堪輿師，要是說錯也會像那裁縫一樣——他渾身一顫，打了個噴嚏，忙捂住嘴鼻。

「唐先生受風寒了？」朱宸濠早忘了之前吩咐侍衛去抓藥的事。

「不礙事不礙事。」唐伯虎竭力讓自己頭腦清醒，稍稍思忖一番便開始說：「襟三江而帶五湖，可見南昌向來以水形水勢而得益。風水風水，氣乘風則散，界水則止。古人聚之使不散，行之使有止，故謂之風水。山主靜而屬陽，水本動而屬陰，水水交會，動靜相乘，陰陽相濟，乃有情之所鍾處……」

風水堪輿，於學識廣博的唐伯虎來說一點也不難，天資聰慧的他對學問只要稍加涉獵，諸多範疇便無一不通。如今為了保命只得信口開河，揀好聽的說就是了。

朱宸濠眼睛發亮，這幾句風水說真是悅耳得很。

「昔日袁天罡師曾沿贛水堪輿，稱贛水出聶都山，東北流，入彭澤西也。臨江顯赫，地勢攬眾，採天地之靈氣，聚日月之精華，舉世無雙，何其貴哉。南昌山脈為臥龍山，臥龍山實乃藏風納水的寶地。而水脈之首當數贛江，贛江正中魚嘴之位。水抱必有氣，坐向當旺，陽宅風水旺氣吉祥……」唐伯虎竭力發揮才賦，舌燦蓮花。

「好好，快說快說。」朱宸濠大感興趣，催促他。

「只是——」唐伯虎停頓了一下。

朱宸濠臉色一變，問：「哪裡有不妥。」

「只是袁天罡師說，南昌臨水過近，只怕工匠師傅手藝難以達到，築牆建城恐怕不易。是以寶地多年來人人可望而不可即。好在，本朝太平盛世，寧獻王受封南昌，更是民各安其居而樂其業，甘其食而美其服，南昌才成為名實相副的風水寶地，康衢煙月，江晏河清，南昌百姓實有賴寧獻王厚澤餘蔭啊。」

這一番話先抑後揚，既回答了朱宸濠的疑問，更是把朱宸濠的先祖、第一代寧王奉為聖賢人物，這總不會讓他不高興吧。

朱權受封南昌的來龍去脈，是後世寧王，更是朱宸濠毋忘在莒、念茲在茲的心頭痛。唐伯虎這番話，把朱權受封南昌的莫大屈辱，說成了開闢基業的德行功勳，令朱宸濠大為感動。

「唐先生說得好，說得好！」朱宸濠拊掌大樂，眉飛色舞。

唐伯虎提起袖子擦拭額頭，暗想這回該放他走了吧。

侍衛端湯碗過來，說：「剛熬的風寒藥。」朱宸濠讓唐伯虎喝，唐伯虎謝過就喝。一番搖脣鼓舌，已使他口乾舌燥、額汗直冒，再問下去只怕要虛脫了。要是別人問這樣的話，傲氣的他絕不會說，可是寧王的刀擱在脖子上，他不能跟自家小命過不去。

朱宸濠踱到閣樓廊榭另一側，望向與南昌背向的北首。

天色迷濛，隔著江河山川，朱宸濠看不清楚想看到的那座城的樣子。可是他相信不久之後就能看清楚，並且成為那座城的王。

「那麼唐先生，南京的風水如何？」朱宸濠昂頭，用下巴點向蒼茫的北首，那兒是大明的留都。北京繁華昌盛，南京的殿堂也不能閒著。皇帝日理萬機無暇顧及，總得有人替他坐鎮留都那富麗堂皇的宮殿，以免青石板長出草。朱宸濠認為自己無論如何都是在替大明殫思竭慮。

唐伯虎剛才額汗直冒，一聽這話，汗水又一下子收回去，瞬間手足發涼，毛骨悚然。這一熱一冷，只怕真的難免風寒了。他扶著雕欄，防止腿腳發軟而癱倒。「為什麼要問南京？為什麼，為什麼，為什麼？意欲何為？難道裁縫說的都是真的？真的，真的——」

「唐先生怎麼不說話，剛喝過藥，想必應是元氣大振了。」朱宸濠漫不經心瞟了他一眼。喝過藥的唐伯虎喉頭是苦的、心更苦，可是他不能讓苦相洩漏。

「南京更是好地方。六朝時石頭津即通江達海。《宋書．夷蠻傳．扶南國》將其譽為四海流通、萬國交會、舟船繼路、商使交屬，唐時李白〈永王東巡歌〉云：龍蟠虎踞帝王州，帝子南京訪古丘……」

「別掉書袋，說風水，風水。」

「是。南京城東有鐘山龍蟠，西有石頭山虎踞，南是秦淮河鎮守，北有長江玄武湖，東西南北恰好形成了青龍、白虎、朱雀、玄武風水四象鎮護的格局。可謂山水兼備，諸山排列有序，明堂寬大周密，實為至尊至貴之地。是以太祖開國，定都南京，時稱應天府。」唐伯虎努力讓聲音平和。

「南京這麼好，何以永樂皇爺遷都北京呢？」朱宸濠冷冷地問。

唐伯虎再學識廣博，也無法周全朱宸濠窮根問底的追問。

明太祖朱元璋定鼎江山後，劉伯溫堪輿風水，最終定都南京。南京風水正如前述有四象鎮護，為帝都首選。但是鐘山龍脈跌宕，鍾靈毓秀有餘而厚重雄渾不足。加之皇宮選址原為湖泊填充，皇城有前高後低之虞。再則，有史以來，南京向為短命王朝，曇花一現：東吳建都，為晉所滅；東晉立朝，為劉宋所滅；陳朝為隋所平；南唐被宋攻滅……

大明朝，天下財富盡出東南，南京為財富匯聚之地，而北邊戰事頻頻，須戎馬戍邊，天子守國門。太祖朱元璋定都南京六十餘年後，靖難之役，江山再變，成祖朱棣深以東南之財賦養西北之戎馬為主張，遂遷都北京，南京為留都，分設南北直隸，行兩京制，應天府與順天府並稱兩京府，大明從此有了兩座京城。

之後仁宗朱高熾念念不忘南京，宣宗朱瞻基又鍾情北京，英宗朱祁鎮才正式確定了北京的京城地位。兩京，萬里江山之上由千里大運河銜接的一南一北兩座都城，是一枚銅錢的兩個面，誰也不能獨步天下。兩京都是朱明的天下，不能厚此薄彼。南京短命王朝的史鑑寧王一清二楚，他表面上是堪輿南京風水，實際是想聽好話，但是這些又如何說呢？

唐伯虎如芒刺在背、如坐針氈，生不如死。

朱宸濠不耐煩地催促他快說。

唐伯虎驟然想起諸葛亮對南京的稱賞，眼前一亮，孔明先生啊孔明先生，今日只有你救我一命了，於是鼓起勇氣說：「昔日劉備派遣孔明先生至建業，孔明先生一到建業大為讚嘆，說鐘山龍蟠，石頭虎踞，實為帝王之宅。王爺，依唐寅看來，行兩京制，是因南京王氣過於熾盛，為制衡故將王氣遷移至北，如此兩京皆山川靈秀，造化菁英，相安無虞。亦如劉伯溫《堪輿漫興》云，尋龍枝幹要分明，枝幹之中別重輕。所以，今時南京不同於昔日南京，實屬真正的帝王之宅啊。」

這些話，用足了他半生的學問智慧。借諸葛亮之說，點明這話出自他人之口而不是自己，又用風水說隱喻寧王「要分明」、「別重輕」，別做出大逆不道的事。最要緊的是，孔明先生說的是「帝王之宅」而非「帝王之都」，「宅」與「都」聽起來是一回事，細究起來分明是兩回事，南京本就帝王之宅，他沒有瞞心昧己。

朱宸濠出神片刻，眉頭一挑，再一次拊掌叫好。

唐伯虎的身子搖晃幾下，實在體力不支了。

朱宸濠這才想起：「唐先生今日風水之說，甚是精妙，本王深以為然。來人，送唐先生回房，好好休養。」

「謝王爺隆恩，謝王爺隆恩。」唐伯虎此時是發自肺腑地感恩涕零。

望著朱宸濠的背影漸漸離開，他長舒了口氣，急急進屋。

這座精美的園林猶如龐大的金絲籠，而他是籠中鳥。他望向西首滕王閣的方向。暮靄中，滕王閣只露出一角影影綽綽的樓頂。他想起之前還沒吟完的最後幾句詩，「閒雲潭影日悠悠，物換星移幾度秋。閣中帝子今何在？檻外長江空自流。」不由慘然一笑。

寧王饗宴

王陽明和孫燧的轎子在江西巡撫府門口停下，他們剛去察看了孫燧設在密處的兵械武器，為防有人盯梢，繞了好多路。看過後王陽明心裡有了一些底。

衙役帶著寧王府的人過來叩見，來者送上兩封請柬，說寧王請兩位明日前往寧王府赴宴，還說兩位不去的話他回去會被打斷腿。王陽明表示一定會去，來者便告辭離去。

兩人商議著走進巡撫府，有人搶前一步跨在他們前頭。王陽明定睛一看，還是那李八斤。衙役要驅趕他，李八斤喊「自己人，自己人」。

「王都堂，我有要事向您稟報，很要緊的事，您一定想聽。」李八斤一臉神祕的興奮。

孫燧以為他們真是熟人，便說自己先進府，他們敘敘舊。

李八斤悄聲說：「寧王府附近河道出現了一具無名屍，背後有刀傷。有人還親眼見到是從寧王府內水道漂出來的。」

「街坊飛短流長，不可當真。」王陽明面色冷峻。

「還有，我聽茶肆酒樓傳言，進寧王府的，都站著進去，躺著出來。」李八斤偷窺王陽明的神色。

王陽明摸了摸身上的請柬，暗罵此人烏鴉嘴。

「那你為何不報官？南昌自有知縣管轄，我贛南巡撫可管不了南昌的事。」

「王都堂，我爹娘就給了我一個膽，嚇破了可沒有第二個。」

「想不到你如此膽小，本來我還想遣你辦差事，看來也不必了。」王陽明搖搖頭，朝裡進去。

李八斤趕緊上前：「我還沒說完。王都堂有令，我李八斤萬死不辭。真的真的，湛先生吩咐我一定要好好聽都堂差遣。」

王陽明盯著他，他挺胸昂首，眼皮都不眨。小客棧裡那真李八斤就是這麼說的，所以他心不慌氣不短，理直氣又壯。

王陽明讓他過一個時辰進巡撫府，不要走大門。李八斤詫異，為什麼放著好好的大門不走，讓他走旁門左道？他長這麼大還沒進過官府呢，好不容易有個大搖大擺進巡撫府的機會，可是王陽明讓他偷偷摸摸進去。

王陽明朝對面深深看了一眼，再看他一眼，一言不發就進去。李八斤跟著他目光一掃，發現一撮販夫走卒盯著巡撫府門口，神色詭異。長年走江湖的他一眼就看出這些人居心叵測。不過他的想法是另一種：「這些鳥人也跟我一樣盯著王陽明，我瞧上的豈能讓你們偷窺？」他的心思其實就跟獵人盯上獵物一樣，沒有一個獵人願意讓同行分享自己的獵物。至於汪大用——那廝跟他有同樣的殺父之仇，按說兩人亦是與子同仇，可是那廝粗枝大葉莽莽撞撞，到時不但殺不了王陽明，還會壞事，回頭得找那廝再叮囑叮囑。

李八斤一溜煙竄向街巷，反正還有一個時辰，夠玩耍的。

孫燧書房裡，王陽明把請柬放在擱著四樣食物的書桌上，孫燧也放上另一封請柬。兩封大紅請柬鮮亮醒目，兩人會意一笑。

孫燧篤然煮茶，一會兒屋裡飄起茶香。

「伯安，你來南昌的消息，很快飛進寧王府了。」孫燧為他倒了盞茶。

「他若到現在還不知道我來南昌，也枉為寧王了。」王陽明喝了口茶。

「依你看，這場宴請是澠池之會呢，還是鴻門宴？」

「依我看來，這場宴請有澠池之會的殺機，更有鴻門宴的凶險，但是最有可能是青梅煮酒論英雄。」

「伯安，你也太抬舉朱宸濠了。他是有劉玄德的仁義，還是有曹孟德的豪氣？」孫燧嗤之以鼻。

「德成兄，昔日劉玄德屈居曹孟德之下，在家種菜澆園，曹孟德邀請他煮酒共飲，名為評點天下英豪，實則意指天下英雄唯使君與操耳。明日朱宸濠宴請，不會一上手就構陷我們，若要如此他早就做了，也不會把人引到寧王府自取其禍。我猜想，他意在試探我們虛實，看誰能與他抗衡，這與曹孟德的心思有何不同？再則，朱宸濠徒有曹孟德之雄心，但是無其實幹，我們亦非劉玄德，無須示弱，但是也不必逞強，到時兵來將擋，水來土掩……」

王陽明侃侃而談，孫燧頻頻點頭。

「所以我們現在要做的，是向朝廷奏報。」王陽明提出這個建議。

孫燧搖搖頭，這是一條屢試屢敗的建議。遠在京師喜好遊冶玩樂的皇帝根本就不信這個南昌的王爺會謀反，而為此上奏的官員倒是死了一大批。

王陽明跟他耳語，孫燧蹙緊的眉頭鬆開了，說：「那就試試吧。」接著王陽明又說起李八斤說的「無名屍」，孫燧說：「這種事在南昌不鮮見，多與寧王脫不了關係。」

王陽明離開孫燧的書房走向東廂房，見李八斤蹲在廂房門口打瞌睡。

他還沒走近，李八斤就跳起，揉著眼說：「我沒睡，我一直等著呢。」

「李八斤，你是通州人？」王陽明問。

「是，我爹娘死得早，我很小就出門，很多年沒回去了。」

李八斤暗想：「這話應該不會有差錯，要是他能從這話當中發現父親的死與他有關，那他就是神仙了。不過這問話什麼意思呢？」

「從南昌到京師，你最快多少天來回？」王陽明丟擲這個他始料未及的問題。

這是李八斤最熟悉的路程，這麼多年為了找到王陽明，他踏遍了大明東南部的國土，水路、陸路、遠路、近道，他都很清楚。他一盤算，說：「最快二十八天來回。」

王陽明說：「太慢了，貽誤事情。」

李八斤說：「快馬加鞭二十七天。」

王陽明從懷中掏出一封封皮折角重封、兩端蓋火漆印的公函，讓他送到京師，呈兵部尚書王瓊，並從他那裡拿到一樣東西，二十六天來回。他若辦不到，便另找他人。

李八斤忙說：「能辦到，請都堂儘管放心。」

「知道遺失官府文書或洩密的後果嗎？」王陽明冷峻地問。

「不知道。」李八斤傻愣。

「按大明律，遺失官文書，杖七十。非死即殘。」

「不會，我打死也不會遺失文書，更不會給人看。」

王陽明望向北邊的天空，語氣沉鬱：「巡撫衙署這麼多人，知道為什麼派你去，而不是衙署的人？」

「請王都堂明示。」這確實是李八斤的疑惑。

「一則，你是甘泉先生的人，甘泉先生與我為生平至交，他的人我不可不信；再則，你救過我，身手不俗，人也機敏，頗有任俠之風；三則，你不是官府的人，不易引人注目。所以，你該知道剛才為什麼不讓你從大門進了吧？」

李八斤驀地忐忑，沒想到王陽明這麼信任他，居然讓他做一件連官府的人也不能輕易派遣的事，這到底是何等要事啊？他陡然覺得手中的信重若千鈞。

「你帶回來的東西，更要緊。」王陽明的聲音沉沉，「事關江西黎民百姓的生死存亡，事關大明，絕不能有任何閃失。」

李八斤這下不只是手上的信重，整個人都往下沉了沉。王陽明目光犀利地看他一眼，問：「能不能辦成？」

他一抱拳，大聲說：「請王都堂放心，一定儘早趕回。」

他從未被人如此信任過，從沒有被人託付過一件正經八百事。自他十五歲學武和之後的江湖漂泊中，沒有人當他是一個能辦事的人，更不用說辦大事了。現在王陽明交辦他的，竟然事關「江西黎民百姓的死生存亡，事關大明」。

他學武之初，師父教他們背詩：「趙客縵胡纓，吳鉤霜雪明。銀鞍照白馬，颯沓如流星。十步殺一人，千里不留行。事了拂衣去，深藏身與名……」師父告訴他們，武功再高，沒有俠義之心也枉然。「千秋二壯士，烜赫大梁城。縱死俠骨香，不慚世上英」，學成之後若能拯溺扶危立功於世，方不負學武之初心本願。

他認不全字，也不太懂詩的意思，倒是第一個能倒背如流的。現在，他的腦中「咣噹」一聲，堵塞多年的思路彷彿猛地捱了一拳，打出了一條罅隙——眼前有一道光亮的通道，通向前方未知處，指引他向前奔去。

他明明是來抓王陽明生祭父親的，現在事還沒辦成，倒被王陽明抓了差，這算什麼事？再說，小飛鏢今日剛取到手，還沒開張舔血，怎能就此作罷？難道這是老天在暗示——射殺不得，還是生祭更妥？

李八斤忽然想起年少時有一回父親帶他狩獵。他們在林子裡轉了很久，一無所獲，正當他不耐煩時，三隻雉雞朝他們設下的誘餌東張西望過來。他正要舉起獵箭，父親阻止了他。父親說：「生擒比殺死更有用，因為除了雞肉，不沾血的雉雞翎更能賣出好價錢。」那回他們果然捕到了三隻活蹦亂跳的雉雞，賣了高價，他還因此而嘗到了一串渴盼已久的糖葫蘆。

「生擒比殺死更有用。」這句話他一直記在心裡。

李八斤一時怔怔忡忡，痴痴愣愣，百念縱生。

王陽明要他酉時去贛江邊的福來客棧，到時會有一個從贛州來的人等他，暗號是「自信孤忠懸日月，豈論遺骨葬江魚」，對方說上一句，他對下一句。

李八斤倏然記起父親唸過這首詩，那時父親憤憤地說：「他王陽明自比忠臣伍子胥，可是我們也是為朝廷忠心做事，朝廷指東我們哪敢往西？他是忠臣，難道我們不是嗎？」

誰都認為自己是忠臣，誰都不會認為自己是奸佞。可是既然都是忠臣，其中一方怎麼會被另一方殺死？究竟是誰讓他們成為仇敵的？劉瑾？皇上？還是什麼看不見摸不到的暗力？

「王都堂，我一個人能成。」李八斤不樂意再多一個人礙手礙腳。

「你要是半路病倒了，或摔了呢？」王陽明慢吞吞地說。

李八斤覺得這人真沒人情味，盡挑不好聽的話說，難怪以前會被朝廷貶到鳥不生蛋的貴州，真是活該。

「還有，以後不必叫我都堂，你不是我的下屬。」

「那——陽明先生。我早就聽說先生很厲害，有很多人追著聽您講學問。」這是李八斤聽來的，他就識幾個字，更不愛看書，學問對他來說就像六月的棉袍、臘月的扇子，用不上。不過說人家好話總不會出錯。

「動身吧，早去早回。回來直接到贛南巡撫府。」

「那，路上的盤纏，還有，事成後的賞銀——」親兄弟明算帳，他覺得這事要說清楚，要不然人家翻臉不認帳就吃大虧了。

王陽明在懷裡摸索好一會兒，摸出一撮碎銀。李八斤一看，呆了，大概也就一兩銀子，這哪夠？

「我身上就剩二十文錢——」李八斤嘟囔。

王陽明沒理他，進房關門。

這王陽明簡直比奸商還精明。也罷，反正取得他信任這第一步已完成，接下去的事就好辦了。李八斤很快翻牆離開。

王陽明從視窗看著李八斤消失的身影，心頭亦是糾結。

大明朝征戰調兵遣將，需有令旗、令牌。旗牌是王命之象徵，由工部製作，兵部鈐蓋印信，發放、啟用和歸還都有嚴格規制，旌以專賞，節以專殺，閒常不許擅用，班師之後照驗還官。先前剿匪時，他從兵部領來旗牌，戰事一止，旗牌即行歸還。

此時的他手上沒有一兵一卒，所以王陽明亟須旗牌在手。江西巡撫府的人早就被寧王的人盯死。他能用的，就是這個從地底下冒出來的李八斤，還有另一個凶善未知的人。湛若水的信是真的，至於此人到底可不可信、能不能辦成事，只能憑藉既往在生死關隘之際的直覺決斷了，他很少出錯。

「百里妖氛一戰清，萬峰雷雨洗回兵……功微不願封侯賞，但乞蠲輸絕橫征。」正德十二年，平定贛南三洲、南漳之亂後，他在回軍途中，慨嘆征戰之於黎民百姓的離亂之苦，深心祈盼「絕横征」。

詭奇錯亂的世局，還是一再將一名文臣推向深不可測的戰局。

鼓樂奏鳴、薰香繚繞，案席上，炙蛤蜊、炒大蝦、烹河豚、燒鹿肉、烹虎肉、炙泥鰍……寧王的饗宴，與皇家排場相差無幾。

宴廳兩側肅立兩排持刀護衛面無表情，有如泥塑木雕。

朱宸濠吩咐奴僕為王陽明和孫燧倒酒，稱這是上好的梨花春，清澈甘甜，香沁五內，還說宴後送他們兩壇。劉養正和李士實陪坐左右，二人神色曖昧。

孫燧沉著臉吃喝，默不作聲。他們事先商量好，王陽明應對，他在最緊要關頭出場。朱宸濠問王陽明來南昌是否習慣，對南昌印象如何。

「寧王虎踞豫章故郡，襟三江而帶五湖，控蠻荊而引甌越，此等寶地，得益於寧王世代積德累功，他人是沒有福分享受的。」王陽明說。

朱宸濠聽得很舒：「這王陽明也學會說好聽話了，看來這一頓宴席沒白請。」

「二位若是與本王共進退，莫說梨花春了，以後哪怕是奇珍異寶，本王也一樣分享給二位。」朱宸濠放聲大笑。

孫燧臉色一變，放下筷子，王陽明用眼神示意他稍安毋躁。

王陽明望向窗外影影綽綽的山影，點點頭：「好山色，氣勢不俗。」

朱宸濠得意地說：「此乃南昌有名的梅嶺，素來為道家聖地。王都堂有興致，本王可陪二位遊覽。」

「不知王爺有否遊歷過杭州西湖？」

「喔，本王事務頻仍，還未好好遊過。」

「下官講個故事，助王爺酒興如何？」

朱宸濠大感興趣，讓他講。

「杭州靈隱寺有一座飛來峰，相傳是從天竺國飛來的。昔日宋孝宗駕臨靈隱寺，聽過飛來峰的典故後問僧人，既然當初是飛來，現在為什麼不飛回去呢？王爺知道僧人怎麼回話嗎？」

「怎麼回話？」

「一動，不如一靜。」

朱宸濠迷惑不解，劉養正和李士實也摸不著頭緒。

王陽明款款道來：「正因南昌得寧王世代而盛，所以祖山不可輕易而動，一動不如一靜。」

默不作聲的孫燧暗暗叫好，佩服王陽明對典故信手拈來的本領，這是警告朱宸濠不要輕舉妄動，且說得渾然天成。朱宸濠這才明白，又無法駁斥，朝兩名幕官瞪眼。兩人示意他按之前商議行事。

朱宸濠親自為王陽明倒酒：「王都堂曾求學於婁妃先祖婁一齋先生，本王與婁先生既屬姻親，亦受其訓導，與王都堂有同門之誼，婁妃與王都堂亦有師門之親，所以你我實為一家人啊。」

王陽明欠欠身：「不敢。下官早年受教於婁一齋先生，有幸得聖人可學而致之的聖學，始懂做人的道理。請王爺致妻妃閏好。」

朱宸濠對王陽明頗識禮數感到滿意，喝了口酒，嘆道：「梨花香，愁斷腸，千杯酒，解思量啊。一喝酒，我就想起先王祖寧獻王，他甚喜梨花春。而今，本王只能在此祭奠先王祖的在天之靈了。」他端起酒杯，在桌前地上恭恭敬敬灑了一圈。

眾人屏聲斂息。王陽明和孫燧默然不語。

「所謂靖難之役，先王祖中了燕王『事成，當中分天下』的詭計。永樂元年二月，先王祖攜家帶眷來到南昌，此地冬寒夏熱、荒涼貧瘠，連王府都沒有，只能以江西布政司衙署為府邸……」朱宸濠訴說第一代寧王朱權到南昌的窘境。

「可朝中奸佞還不肯放過先王祖，向皇帝誣告。先王祖只能構精廬一區，鼓瑟讀書其間，才避免陷於禍患。先王祖一生文武雙全，經史子集、戲文、音律、星象、占卜、醫術、道術無不精通，實為我後代王孫所敬仰。他一生歷六朝，擅征戰，善謀劃，卻遭人算計，鬱鬱而終，實在可悲可嘆……」朱宸濠捋起袖子擦淚，聲音哽咽。

王陽明和孫燧不動聲色。

「後來寧靖王再遭奸佞陷害，朝廷下詔褫奪寧王府護衛，對寧王一脈深惡而痛絕之。江西地方官吏仗勢藐視，多與寧王世系作對。」劉養正接上話頭。

「可憐歷代寧王忍辱負重報效朝廷，卻落得如此下場啊。」李士實緊緊跟上。

朱宸濠咬牙恨聲：「當今皇上終日遊冶嬉戲，不理朝政，長此以往，我大明江山如何是好啊！」

孫燧和王陽明驚詫，他們知道這是一場凶險的宴席，沒想到寧王這麼快攤底牌，看來他真的很焦急了。

李士實重重一拍案，滿臉赤紅，怒氣沖沖大叫：「難道世上沒有湯武了嗎？湯武革命，順乎天而應乎人也。」

「蒼生屬伊呂，明主仗韓彭。湯武再世，也要有伊呂輔弼啊。」王陽明淡然道。

「只要湯武能再世，那必定會有伊呂。」劉養正咬牙切齒。

王陽明和孫燧對視，果然與他們預料的「青梅煮酒論英雄」相似乃爾，只不過朱宸濠以湯武自居，比曹孟德的野心更大。

王陽明喝了口酒稱好：「好酒！王爺，我記得白樂天也有讚嘆梨花春的詩句：『紅袖織綾誇柿蒂，青旗沽酒趁梨花。』」

朱宸濠怔了怔。劉養正和李士實也看不懂，都死到臨頭了，這人怎麼還吟風弄月，他不怕喝的是最後一杯酒嗎？

王陽明放下酒杯，輕聲說：「就算有伊呂，那想必也會有伯夷、叔齊。王爺以為然否？」

這一番話再明白不過。朱宸濠告訴他們二人，朝廷若是不賢，必定會被更強大更有才能的人取代。王陽明則回答：「你想取而代之，還得看有沒有人輔佐你坐這個位子，就算你寧王奪得了天下，忠臣良將也會像伯夷叔齊那樣，恥食周粟而餓死於首陽山。」

朱宸濠啞然，再一次用眼神向兩名幕官求救。兩人面紅耳赤，搜腸刮肚也找不出如何應對。朱宸濠凶鷙的目光移向兩側的刀斧手。

孫燧握緊手中的筷子，進王府時他攜帶的短刀被沒收了。王陽明則沒有佩刀的習慣。他們不是這場饗宴的食客，而是饗宴上的魚肉，隨時在刀俎之下。

王陽明突地一拍桌子，桌上的碗盞跳了跳，發出一串「嘩啦」碰響。局勢劍拔弩張一觸即發之際，他居然還有膽量比寧王更張狂？寧王正要喝令——

王陽明撫住脖子，發出嘔聲，似乎被魚刺或肉骨頭卡住了。

朱宸濠有點緊張，王陽明被寧王府的魚刺卡死，這傳出去可比被殺死在寧王府還糟糕。

王陽明喝了一口茶水，長舒一口氣。

「王都堂你沒事吧？」劉養正不懷好意地笑。

「不礙事。」王陽明笑笑，拿起筷子夾起盤中的魚，手起筷落，很快地剔除魚骨頭。他挾著一副完整的魚骨頭：「王爺宴請客人，還是把骨頭剔乾淨好，要是傷著客人，傳出去說寧王宴客死了人，下官倒罷了，寧王的名聲就不好聽了。」

眾人瞠目，連孫燧也看呆了。生於江南魚米之鄉的王陽明，小時候吃慣了魚，剔魚骨頭是一把好手。

孫燧起身：「王爺饗宴相待，下官不勝感恩戴義。」

王陽明也告辭：「攪擾王爺，告辭了。」

兩人齊齊拱手告退。朱宸濠還在氣憤中，等他們走出府，一拂袖將面前的杯盤碗盞掃落，破口大罵。劉養正、李士實大氣也不敢喘。

屏風後，婁素珍纖弱的身影佇立良久，眼中閃過清亮的淚光。

回到江西巡撫府，王陽明說拿到旗牌後，他們可以大顯身手了。

「伯安，你走吧，回贛南，等旗牌一到，你擇機而動。我派兵馬護你回去。」

王陽明愣住，不明白這位仁兄意欲何為。

「旗牌在南昌用不到。要想用上旗牌，你只有離開南昌。伯安，你快走吧，我留下來。」

確實，此刻的寧王還沒有公開謀逆，還沒有宣稱與朝廷為敵，還沒有亮出犬牙刀劍。宴席上一番「湯武革命」的高談闊論，只有他和孫燧二人聽聞，就算流傳到外面，寧王也可以聲稱是他們捏造的。他們若先聲奪人，打了草驚了蛇，反而會陷自己於進退失據之境，更會授寧王以構陷之把柄而被反噬；可是寧王一旦動手，他們就來不及了。這是一個毫髮之距的險境。

為今之計，只有留下一個人當食餌，另一個人逃出，尋找生機。

「德成兄，我們一起走。二人齊心，其利斷金。你在，我會心安。」

「伯安，時勢險惡，你半生顛沛流離，身邊要有人護持，不可放鬆警惕。」

王陽明默默點頭，心知再勸孫燧他也不會聽了。

「過些日子六月十三日是寧王壽宴，我還要再赴宴。伯安，我乃江西巡撫，你是贛南巡撫，留在南昌是我的天職。」

「天職舉則四時行，聖職修則萬方理。只惜聖職不修，你我共擔時厄。」

「走吧，選時而謀，擇機而動。」

王陽明向這位仁兄兼同鄉深深作揖，走出書房。這回他要堂堂正正走出江西巡撫府。他離開南昌的消息很快會插著翅膀飛到寧王府。

「伯安，保重。記得幫我多看一眼家鄉的龍山舜水。」

身後傳來孫燧蒼涼的聲音。王陽明的眼眶倏然一熱，再次向孫燧長揖，走向門口。這一去，山高水長，人世迢迢。

李八斤在土地廟找到汪大用，嗅著鼻子嚷嚷：「什麼肉這麼香？」

汪大用在烤狗肉，立刻把啃了一口的狗腿奉到他面前。李八斤不客氣地拿過就啃，問近來他有沒有打王陽明的主意。

汪大用猶豫著：「沒，沒有，我們上次商討好了，你擒拿王陽明，生祭你父親，然後把他屍身交給我，再祭奠我父親。我就等著你動手呢。」

李八斤只顧啃狗肉，讚嘆：「鮮香脆嫩，想不到你還有這本事。」

「是是是。」汪大用領教過他的厲害，不敢吃眼前虧。

李八斤扔掉肉骨頭，一抹嘴，臉色一變，吼道：「汪大用，你撒謊！」

汪大用差點噎著，連說「沒有沒有」。

「你眼神躲閃，言語遲疑，面色忽青忽白，說，有什麼事瞞著我？」

汪大用還是抵賴。

「若不說，我把你當狗肉烤了。」李八斤抓起狗肉舉到他面前。

汪大用覺得既然李八斤跟他有共同的仇人，不可能跟他過不去而護著王陽明，便說出真相：「其實，不止你我要殺王陽明，還有人也想殺他。」

「誰？」

「寧王朱宸濠。我剛來南昌沒多久，寧王府的人就找到我，說已查悉我的身世，要我盯緊王陽明，隨時聽他們指令，或是挾持，或是刺殺。」

李八斤第一次聽說寧王朱宸濠也要對付王陽明，大為吃驚。上次汪大用趴在江西巡撫府屋頂偷聽被他發現，後來汪大用逃走了，他也沒聽見王陽明與孫燧說什麼重要之事，就聽了些登山之類無關緊要的話。

「寧王跟王陽明有什麼仇？難道他爹老寧王也是因王陽明而死嗎？」

「這我不清楚，反正他們王府官府殺來殺去，都不是好人。」

「他們給你什麼好處？」李八斤對王陽明與寧王的恩怨沒多大興趣，只是覺得盯緊的獵物被別人先下手，這對他來說不是好事。

汪大用吞吞吐吐：「寧王答應，事成後，我入錦衣衛。」他窺探對方神色：「八斤哥，你要是也願意，我舉薦你，事成後我們同入錦衣衛，共享榮華富貴。」其實他不樂意到手的肉分別人一口，何況李八斤本領比他大，要是搶功在先，以後還能有他什麼事。兩人各懷鬼胎。

「我早就知道了，只不過不想揭穿你而已，看看你是不是老實。」李八斤冷笑，不想讓汪大用看出他的後知後覺，「記住，沒有我的話，不能動王陽明一根毫毛。你若是手癢癢動手了，我剁你的手，要是腳癢癢動腳了，我砍你的腳。王陽明是我碗裡的菜，你不能跟我搶吃的。」

「為什麼？八斤哥，既然王陽明是我們共同的仇人，早死晚死有什麼不一樣？再者說，寧王府的人也想要他的命，這總不能算我頭上吧？」汪大用很委屈。他明明比李八斤大幾歲，還得喊人家哥，還不許他先動手。

「放屁，對付一隻活老虎，跟對付一隻死老虎能一樣嗎？你還是不是練武之人？總之，你不想後半輩子被人追殺，就記住我的話。」李八斤抓了兩大塊狗肉揣進懷，走到門口又說：「我出幾天門，我的地盤好好替我看著，要是被人占了，這帳算你頭上。」

汪大用氣憤又無奈，等他走遠，對著他背影破口大罵。

李八斤溜進江西巡撫府找了一圈，不見王陽明。再探聽動靜，方知他回贛南了。他想讓王陽明提防著寧王。沒有一個獵人願意讓獵物被別人先下手，他得不到的，別人也休想得到。

「那麼去贛南？」他盤算著。可是他在王陽明面前誇下海口，願意走這一趟「事關江西黎民百姓的生死存亡，事關大明」的差事。

「仇要報，江湖規矩也不得不守，否則以後如何立足江湖？唉，先去一趟京師再說了。」

密行京師

李八斤喬裝一番，早早趕到贛江邊的福來客棧，打聽有沒有贛州來的人。小二說沒有。

李八斤看時辰還早，要了一壺酒一碟羊肉，直直盯著進門的客人。進來幾個風塵僕僕的旅人，他就提著酒壺若無其事走到他們身邊，小聲唸叨「豈論遺骨葬江魚」。人家詫異地看他，沒理睬，他悻悻然繼續喝酒。

眼看酉時已過，還是沒有贛州來的人。他掃光酒菜，留下兩文錢，說有贛州來的人讓他過贛江往對岸的石頭口走，他在前頭等他。小二答應。

李八斤坐船過贛江。江上風濤凜凜，船艙裡有五六十人，多是當地村夫打扮，面容倦怠，打著瞌睡。他的每一根頭髮都警覺異常，連閉一下眼都不敢，一會兒覺得那贛州來的人，就藏在人堆裡，一會兒覺得那些村夫都是土匪強盜，暗想若有不測，就同歸於盡了。他朝艙外掃視，江上風帆點點，有一艘船忽遠忽近航行，倒也不見什麼異常。

這樣過了兩個時辰，平安無虞靠岸到了石頭口。李八斤在渡口租了匹馬，在人群中嘟嘟囔囔「豈論遺骨葬江魚」，瞟視左右，依然無人理睬。他耐著性子等了一炷香的時辰，就心安理得地策馬，往建昌縣方向馳騁。

一路和風拂面，馬蹄脆響，李八斤覺得彷彿真是來遊歷山水的，愈發春風得意馬蹄疾，往身後看，亦無人追來。

傍晚時他抵達德安縣的一間民驛，餵馬歇息，還是沒人跟來。他暗想：「這可怪不得我了，老天爺注定這樁買賣是我一個人的。」事成後王陽明必定信賴於己，會有一大筆賞錢，以後的事自然就手到擒來了……

稍事歇息後他繼續趕路。夜色四起、月光鋪地，一人一馬在寂寥的官道揚塵奔騰。他不敢在官道跑太久，想再跑半個時辰就繞到偏僻小道。他牢記王陽明叮囑的，謹防有尾巴跟隨。

他騎馬進入一片松林茂盛的山路，月光照不進松林，地面崎嶇幽暗，馬放慢了行速。他只得放緩馬韁，待走出林子再快馬加鞭。跑了半里左右，忽見兩側林子掠過幾道黑影，他心頭一緊，拉緊馬韁欲停下，卻來不及了，馬失前蹄，把他從馬背甩出。他大叫著飛向山林邊的懸崖。

一根粗壯的繩子橫在山路。四名黑衣人從松林跑出，奔向懸崖。

李八斤被擲到懸崖邊，他眼疾手快攀住崖邊粗大的松樹樹幹，總算沒有墜下。往下一看，底下是黑黢黢的深淵，他嚇得閉緊眼。四名漢子奔來，見他驚恐萬狀的模樣，哈哈大笑。

他懊悔不已。他本可以留在南昌或去贛州，挾持王陽明報得生平大仇。可是王陽明莫名其妙託付他一樁事，還說什麼「事關江西黎民百姓的生死存亡，事關大明」，他頭腦一熱就中了計。原來，王陽明早就看出他的圖謀，調虎離山，半途誅殺，真是狡獪之至。

他悲憤大喊：「王陽明，我與你勢不兩立，做鬼也要尋仇！」

黑衣人彼此相望，神情詫異。寧王說此人是王陽明的人，為何他口出此言，難道他們弄錯了？其中一個說，快問清楚，若不是此人，他們還得繼續搜尋追殺。另一個問李八斤，到底是王陽明的人，還是王陽明的仇人。

一陣山風吹來，李八斤打了個響亮的噴嚏，腦子頓時清醒了。原來對方也沒弄清楚自己的身分。他們若真是王陽明派來誅殺他的，早在江西巡撫府就動手了。為今之計只有脫身再說。於是他悲憤地說自己是王陽明的仇人，此番進京正是要向朝廷奏報王陽明勾結江西巡撫貪贓枉法的事。

黑衣人更是大驚。寧王讓他們追殺王陽明派去京城的人，難道並非此人？或者此事有更大的隱情？這事得弄清楚。

四人去拉他。李八斤伸手的一瞬，袖裡的小飛鏢嗖嗖飛出，擊倒前面兩個黑衣人，第三個還沒來得及出手，對面一支冷箭飛來，正中第三個黑衣人後背，他們接二連三慘叫著墜下懸崖。剩下的一個叩頭喊「好漢饒命」。

一名戴頭套的弓箭手從林子裡出來，黑衣人趕緊逃離，沒跑兩步，一支冷箭牢牢射中後背。

李八斤大聲喝好：「英雄好身手，好身手也。」

那人冷冷道：「你也不看看自己還能不能活命。」

李八斤一看，攀住的樹枝搖搖欲斷，驚叫：「英雄救我——」

那人甩出一根繩子，李八斤死死攥住，那人使勁一拽，把他拉回地面。李八斤癱倒在地，喊「好險好險」。這個戴頭套的弓箭手抱著手臂冷漠地看他。

李八斤忽想，既然這人殺的是寧王府的人，那麼他剛才呼號自己也是王陽明的仇人，那必定也會為他所殺。這一想，他忙起身，藉著稀薄的月光，發現此人的眼神有幾分熟悉，似乎在哪兒見過。

「自信孤忠懸日月。」那人大聲念道。

李八斤不明白他怎麼冒出這一句。那人又重複，狠狠盯他。

他記起暗號，忙答：「豈論遺骨葬江魚。」

「你剛才為何說與陽明先生勢不兩立？」

「我不那樣說，還能活命嗎？那就有負陽明先生的託付。」李八斤詭稱。

「原來是貪生怕死之徒，枉費先生將要事相托於你。」那人冷笑。

「我得先活著，才能完成陽明先生的託付啊。死了就什麼都沒了。走吧，我們快趕路。我的馬呢？」

李八斤四處張望。

林子裡傳出馬嘶。兩人趕到拴馬處，那人摘下頭套扔掉。李八斤藉著月色靠近仔細一看，認出此人竟是當日在古戰場上試圖射殺王陽明的那名土匪俘虜。

李八斤大驚失色，指著他：「你你你——」

「廢話少說，趕路。該說時我自會與你說清。」丘十八翻身上馬，他腰間懸掛的是一把雁翅刀。

兩人勒緊馬韁，在夜色中疾馳而去。

等他們走遠了，汪大用和十多個黑衣人才氣喘吁吁地趕到。他們搜尋一番，發現倒在林子的黑衣人，背後一支冷箭挺立。其他三人杳無蹤跡。汪大用沿著一處倒伏的刺灌木和其上的碎衣片察看，猜想那三人墜落懸崖了。

劉養正吩咐他們追殺王陽明派去京師的人，這讓他想不通。明明殺掉王陽明便一了百了，寧王府的人為何要不厭其煩捨近求遠，追殺他的手下。汪大用不敢問，何況他只是這支追殺小隊的一員。他們追到贛江邊時，李八斤坐的船與另一艘船差不多時辰啟程，追殺小隊的隊正和隊副起了齟齬，一個認為追殺目標在甲船，一個認為在乙船。後來他們分頭行動，隊副四人上了李八斤所在的甲船，隊正帶餘眾上了乙船。汪大用在乙船。

也活該李八斤走一小把好運，他喬裝成中年人，乍一看無人認得，唯一認得他的汪大用又在另一艘船，因而錯過。

李八斤上了岸，策馬往建昌縣奔去時，才被隊副確定是追殺目標，因為全船只有他一人往京師方向奔去。追殺小隊遂抄近道在他必經的樹林伺機，之後便是遲了兩步的汪大用他們看到的先行者替死的一幕。

隊正盯著背後插著冷箭的隊副，冷冷一笑，笑不知天高地厚的隊副與他的爭執，隨後令隊伍稍加整頓，繼續趕上去。

京師兵部尚書府內，王瓊在寫奏疏。兵部方主事匆匆進來。

方主事奏報，皇上以異色龍箋加金報賜，詔寧王朱宸濠的世子前往太廟司香，這事已引得朝野議論紛紛。寧王世子身分本就不合規制，再加上皇上還用了監國書箋才能用的異色龍箋詔書，更令朝中大臣震驚。

來自左都督江彬那邊的消息說皇上沒有太子，持異色龍箋可代皇上監國行事。若是皇上駕崩，寧王就能順理成章監督朝廷了，此事凶險，他要盡快找機會向皇上稟奏，闡明利害。錦衣親軍都指揮使錢寧那邊，則對此事裝傻作痴，顧左右而言他。錢寧與寧王勾結多年，拿了諸多好處，不知攔截焚毀了多少奏報寧王意圖謀反的奏疏。

錢寧狡黠猾巧，以「開左右弓」射箭之技博得皇帝喜愛。江彬狡詐機警，善於獻媚，當年透過錢寧才得以被皇帝召見，但是後來者居上，風頭蓋過了錢寧，是以二人勢不兩立。

方主事奏報的消息，來自王瓊安插在各處的細作。

「大司馬，我們與江彬、錢寧兩邊都不能翻臉，還需在他們之間周旋。接下去我們如何是好？」方主事問。

「王陽明那邊動靜如何？」王瓊並不緊張，似乎這一切都在意料之中。

「寧王在籠絡他們。若是王御史和孫巡撫順從了寧王，則寧王更為得勢。若是他們與寧王分庭抗禮，則岌岌可危。二者皆是進退維谷啊。」

王瓊走到掛在牆上的輿圖前，目光在南北直隸之間盤旋。兩人靜靜地看著，只聽得油燈嗶剝之聲。

自大明朝兩京制以來，一則帝國南北平衡，南北直隸繁華，百姓日趨安居樂業。再則，京師畢竟為帝國中樞，南京是太祖所定之都，官員多為虛職，時稱「吏隱」。而今兩地相距甚遠，南京稍有風吹草動就不暇顧及，實則埋下了隱患。寧王朱宸濠若是興風作浪，京師調兵遣將糧草奔驅，也要個把月，當時大局已定，後果不堪設想。

好在，他早有預料，安排王陽明去了那個兵連禍結之地。

王瓊臉上不覺露出得意的笑容，方主事驚詫，不明白大司馬何以不驚反笑。

「方主事知道王陽明這個人嗎？」王瓊慢條斯理。

「在下久聞王御史大名，聽聞他甚有經略之才，只是不知詳情。」年輕的方主事對他的前輩不太了解，此時大司馬提出來，他便顯出感興趣的樣子。

「很久以前，王陽明就是從你這個職位入仕的，說起來，這是一個長長的故事，以後有空跟你講。此人豈止是有才之人，簡直就是文安天下、武定乾坤的大才之人，我兒要是有他一半才能就好了。」王瓊捋著鬍鬚頗為感喟。

「聽說，王御史從未與大司馬見過一面，亦未送過一件禮物，大司馬何以慧眼識才，屢屢力薦於他？」方主事小心翼翼而頗含深意地問詢。一個人怎麼會如此賞識另一個從未見過面的人？這有點匪夷所思。方主事希望從中獲得某種啟示，有利於日後的仕途。

「當年王陽明在京師時，我外放漕運。他貶謫貴州，我又回京師赴任，是以動如參商未曾相見。此後每閱讀他的奏報疏文，其謀略縝密、思慮詳盡、文采橫溢，著實令我欽佩。兩年前我舉薦他為都察院左僉都御史，巡撫南、贛、汀、漳四州，提督軍務剿匪滅寇，他頻傳捷報，現在看來是用對了人……」王瓊侃侃而談，很為自己用對人而得意。

方主事默默聽著，覺得自己跟王陽明起點差不多，卻與他相隔千山萬水，他這輩子還能有前輩同僚這般作為嗎？

「你好好做，勵精更始，本官不會屈就有才之人。」王瓊似乎看出他的思慮，鼓勵道。

方主事喜不自勝，說了一堆不會辜負大司馬厚愛之類的話就告退了。

王瓊望著南直隸方向的夜空，心裡很清楚，五百年必有王者興，其間必有名世者，大明能有一個王陽明已是天之造化，很難會有第二個了。

王瓊是成化二十年進士，由六品工部主事一直做到戶部、兵部大員。治理漕河有方，著有《漕河圖志》八卷。他勤勉幹練，城府甚深，精於算計，不免被同僚譏為「險忮」。每一任上他都熟習文牘、規則，全面掌握有司收支盈虧狀況。正德八年他在戶部任職時，邊境請撥糧草，他屈指一算，很快計算出倉庫、草場的糧草庫存、各郡運送量和邊防秋草收穫量，便說：「夠了，再伸手要即是弄虛作假。」

王陽明，同樣是他算計很久的一著暗棋。現在，正是用棋的時候。

天邊有隱隱的雷聲，南方的黑雲緩慢地北移，壓在京師的上空，白晝如夜、大夜彌天。王瓊想：「會挾來一場如何驚心動魄的暴風雨呢？」

黑雲飄來的方向，是南昌寧王府，此地依然燕舞鶯啼。寧王朱宸濠在聽婁妃彈古琴。琴僮侍立在側。

婁素珍彈了一曲又一曲，琴弦驟然崩斷。

朱宸濠不高興：「好好的琴弦為何斷了？」

婁素珍的手指已彈出血，她向朱宸濠躬身請罪。

「本王還有翠妃和其他小妾，粉黛佳人，個個色藝俱佳，唯獨最寵幸愛妳。今日難得有閒暇興致聽妳彈琴，妳卻掃了本王的興致。」

「臣妾久疏於琴藝，琴具亦未曾好好保養，請王爺恕罪。」

「如此說來，是琴僮的罪過，來人，把琴僮拉下去——」

垂手侍立的琴僮跪倒在地，瑟瑟發抖。

婁素珍忙伸手阻攔：「王爺，是臣妾的錯——」

一伸手，朱宸濠發現了她手上的血，忙拉住，不由心痛：「愛妃的手傷成這樣，剛才為何不說？來人，快傳醫士。」

「王爺無須興師動眾，我自行療傷就是了。」婁素珍從旁邊櫥櫃拿出小藥瓶。

朱宸濠用棉花棒蘸上藥粉，輕輕沾在她手指上，再用棉巾包上，捧住她的手，眼神憐惜。婁素珍的眼中也不覺淚光盈盈。

「這幾日本王憂心如焚，故遷怒於妳，愛妃莫怪本王。」朱宸濠沉著臉，咬牙恨聲：「都怪王陽明和孫燧這兩個傢伙，壞我好事。」

「王爺，臣妾有上好的蘇州天池茶，此茶香氣清新、滋味醇和，王爺品一品。」婁素珍讓奴僕倒茶。

朱宸濠喝了兩口茶，心氣靜定了些。

婁素珍緩聲道：「當年王爺前來探望臣妾祖父，祖父為我們二人授學，諄諄教導宋儒格物之學，謂聖人必可學而至，學之道不能不親治細務，躬行踐履，格物致知。我們大受開導，多有領略，互有研習。王爺說過，日後亦要精進聖人之學，以告慰先王祖在天之靈。這一切，王爺可曾記得？」

朱宸濠語塞。當年他慕婁妃才名，以向婁素珍祖父婁諒請教學問為名，多次登婁府，一是窺探婁素珍的美色，再是以先王祖寧獻王好學之名而自許。婁妃這一說令他否也不是，認也不是，只好顧自喝茶。

「一日為師門，終生為師門。王爺與臣妾還有王都堂，皆有同門之誼。陽明先生自領悟聖人心學後，大有精進，如今巡撫南贛，經略地方，深得民心。王爺則封疆南昌，世代蒙受皇恩。臣妾得王爺恩寵，亦不勝榮幸。王爺與陽明先生各得其所，各司其事，豈不甚好？」

「愛妃，朝堂江山妳不懂。妳就在水觀音亭跟唐先生好好寫字書畫，天下大事，妳少過問為好。」朱宸濠不樂，要是其他妃子這麼說，他早就怒了。

婁素珍讓琴僮抱上另一張古琴。

「妳有傷，不必再彈了，我們早點休息吧。」朱宸濠打起哈欠。

「王爺，此曲是先王祖收錄於古琴譜集《神奇祕譜》中的上古神品，王爺想必喜歡聽的。」

「喔，先王祖所收錄，好，好，我聽，我聽。」朱宸濠大感興趣。

婁素珍拂弦彈琴。琴聲中，山嵐煙霞飄渺，月明猿啼，漁樵問答，江水茫茫，蒼天浮雲……弦外分明是一派孤寂之音。

朱宸濠的臉色青一陣白一陣，他不喜歡這種死了人似的淒傷之音，可這是先王祖留傳下來的，他只得耐著性子，不便發作。

一曲終了，空氣中飄浮著蒼茫寂冷之氣。

「這是什麼曲子，聽著怪不舒服的。」

「〈遁世操〉，又名〈箕山操〉，陶唐許由所作。相傳琴曲之高潔者，此曲最為高古。堯帝曾遜位天下於許由，許由不受，說偃鼠飲河，不過滿腹，鷦鷯巢林，不過一枝，何以天下為？後來他隱居箕山，作了此曲。」婁素珍似乎沒發現朱宸濠越來越古怪的臉色，「王爺若有興致，先王祖留下的古曲，臣妾一一彈於王爺聽。還有〈廣陵散〉、〈華胥引〉、〈古風操〉……」

「不必了。」朱宸濠起身，兩袖拂倒桌上的茶壺茶盞，揚長而去，大喊：「翠妃呢？翠妃，本王今晚住綠英宮——」

婁素珍的淚水落在滲血的琴弦上。她多想以弦外之音，喚醒那飛揚跋扈、怙惡不悛的心。可是他依然冥行盲索、冥頑不靈，就算她有伯牙之才又如何？就算寧獻王還世彈琴又如何？

李八斤和丘十八一刻不停趕路，又租了幾回馬。日策馬、夜行舟，水陸兼行。出江西，抵瀘州府，達鳳陽府，渡淮河，入濟寧州，至東阿縣，進恩縣後，要渡過衛漕。

衛漕，隋代稱永濟渠，宋代稱御河，至本朝稱衛漕，最早是黃河改道遺留下來的河道，經歷代黃河天然決口改道和人工挖掘開鑿而成運河。前朝始，漕糧從江南入江淮，從黃河逆水至河南，陸運近兩百里入御河，再水運至北京。水陸並用，曲折迂迴，甚是不便。永樂年間重開元代會通河，全線疏通京杭大運河。這段衛漕遂漸漸沉寂。

李八斤和丘十八需要的正是這種沉寂無人的行程。

當日，他們在漕河岸的小茅店落腳，吃了有名的黃河刀魚和黃河口文蛤。就著小酒，兩人滿臉紅光，嘖嘖稱鮮。他們一路行色匆匆，於馬背或船上草草食宿，唯恐再有追殺者，眼下行程已過十之七八，他們也略做鬆懈。

李八斤幾次問陽明先生派遣丘十八的來由，都被他的豹眼瞪回去。李八斤想：「這人真是天生當土匪的料，不問就不問，想說我還懶得聽呢。」

店主兼夥計與他們閒聊，丘十八聽出他的南直隸口音，問他老家是哪裡。店主嘆氣，說：「是南京人，靖難之役後北遷至此。」

本朝初年，因連年戰亂屠戮，北方人口稀少，千里沃土成荒。太祖、成祖大批南人北遷，北地才漸漸人煙稠密。同屬南直隸人氏，他鄉相遇自是歡欣，丘十八當下與店主碰了幾碗酒，說道故土風物長短。

後來店主殷勤地奉上一小罈酒，說：「是用自家葡萄釀的，送客官嘗嘗。」

李八斤欣喜，正要接過，丘十八擋住，稱：「酒量不好，喝多了誤事。」

李八斤說：「還能喝兩斤，葡萄酒不會太醉。」店主慷慨稱，送鄉親，他們帶走就是。李八斤喜滋滋地抱起。

兩人草草盥洗後睡下。片刻後丘十八就發出轟隆鼾聲。李八斤被他轟得睡不著，而酒罈子散發裊裊醇香。他走到放酒罈的桌邊，繞了兩圈，突然出手拍開酒罈封泥，泥屑脫落，他得意地笑，似乎擊敗了一名對手。酒香倏然飄來，連空氣都甜香無比。他偷看丘十八，他嘴角淌涎，大概打雷都醒不了。

不知為何，李八斤有點怕他，倒也不怕這敗寇半夜拔刀殺了他，他漂泊江湖多年，所見所遇打殺生死也不少，可是偏偏對丘十八有隱隱的怕。

他捧起酒罈連喝兩大口，只覺甘洌甜潤異常。他知道黃河古道向來多種植葡萄，自釀葡萄酒亦是當地風俗，不足為奇，但是能釀出好口味的倒不多。他抹抹嘴，聽丘十八的鼾響高了幾聲，一時抱著酒罈不知所措。這時他忽然明白怕丘十八的要害所在——是小弟做壞事擔心被大哥逮住的害怕。

丘十八其貌不揚，矮壯結實，身量並不魁梧，相比之下李八斤要英挺高大多了，可是高大的他還是懼怕矮壯的丘十八。是因為古戰場上箭桿與肉骨頭棋逢對手的較量，還是因為後者雖落敗仍保持一名敗寇的驕傲和尊嚴的氣勢，或是因為他在松林懸崖救了自己性命的恩情，李八斤一時也弄不清楚。總之，他不敢小覷這個曾經交過手的敗寇，當下的同行者。

他又喝了兩口才放下酒罈，滿意地咂咂嘴，和衣躺下。

恍恍惚惚中，他來到一片荒嶺。他揉揉眼，看到兩棵老槐樹，槐樹下有一小土包，小土包前豎的墓碑，上書「先父王二郎之墓」。他晃了晃沉甸甸的腦袋，看見父親影影綽綽的影子蹲在小土包前，嚼著餅看著他笑，問：「事情辦得怎麼樣了。」

李八斤一慌，跪下，羞愧地說：「還沒成事。」

父親嘆了口氣，伸手摸他的頭。李八斤感覺腦門暖呼呼的，眼眶一熱。他說：「爹，我有一罈好酒，黃河葡萄酒，甘洌甜潤異常，你嘗嘗。」他四下摸索，什麼也摸不到，酒罈去哪了？

「小七，刀從來都是用一回短一寸，從來沒有一把刀會長個頭。所以，不要……」王二郎的聲音蒼老瘖啞，身影隱去，後面的話也隨之隱沒。

「爹，不要什麼？什麼不要？」李八斤追著喊，「爹，你跟我細說，我有酒，你喝一口再走，爹……」

一隻大手倏地從身後將他牢牢擒住，李八斤掙脫不開，睜開眼，對上的是丘十八白多黑少的豹眼。他正要罵人，丘十八冷冷地說：「進了黑店。」他一凜，側耳細聽，屋外有細碎的踩踏聲。兩人不及抽出刀，已有十來名黑衣人衝進屋，對他們一頓亂砍。李八斤這才感覺全身酥軟，手中的雁翎刀重如千鈞。他旋即想到剛才那一罈甘洌甜潤異常的葡萄酒，暗暗叫苦。

看這些人的衣著打扮，與當日德安縣松林的黑衣人無異。恍惚中，有一個矮瘦身影頗為眼熟，但是他昏昏沉沉，連衣袖裡的小飛鏢也忘了使出來。

丘十八獨自抵擋十來名漢子。十來名漢子對付他一個本是輕而易舉，但是因彼此持刀，在屋裡難以轉圜，又投鼠忌器怕傷著隊友，而他矮壯結實的身量反倒占得幾分便宜，一把雁翎刀橫砍豎劈，形成一個虎虎生風的金鐘罩，刀一時竟觸不及他身上。丘十八抵擋一番後，看出他們中身手相對薄弱的幾個，伺機劈倒兩個，挾持其中一個當人肉盾，衝出屋外，同時對李八斤暴喝一聲「快走」。

李八斤在丘十八獨擋時也沒閒著，瞥見洗臉盆擱在腳邊，就順手抄起，對自己當頭潑下。這個怪異動作讓刺客們愣了下，稍一遲疑，丘十八乘機又砍倒兩個。涼水的刺激令李八斤身心一清，再狠命一咬牙，嘴唇出血，神志清醒起來，手中的刀也趁手許多。他藉著丘十八砍出的血路殺向屋外。

小茅店的庭院刀光劍影，廝殺成一團。

此前李八斤和丘十八未聯手過，匆忙中的配合卻極為默契。李八斤以刀功之奇巧見長，專逮對手的弱劣缺漏之勢，以巧破力，避實就虛，四兩撥千斤。丘十八勝在刀功之沉穩密實、氣勢磅礡、不落虛招，刀刀見血見肉。前者騰躍如鷹，後者挪移如虎，一虛一實、一巧一穩，把十來個刺客殺得節節敗退。

此時一個瘦小身影從他們附近竄過，李八斤稍一抬頭，發現是店主。他怒從心頭起，欲追殺。這一分神，出了疏漏，手臂捱了兩刀，丘十八痛呼一聲，分明也捱了刀。李八斤瞥見院子角落有一排酒罈，順手抄起一個，朝店主方向砸去，忍痛繼續對付刺客。吃了虧的他暴怒至極，索性換了招數，掄起酒罈不管不顧朝刺客砸去。酒罈碎裂，酒水嘩嘩。刺客們不防他劍走偏鋒，一手提刀，一手下意識遮擋劈頭蓋臉的酒罈酒水，丘十八伺機橫掃落葉。院子上空瀰漫酒水和血水的混濁氣息。

約莫半炷香過後，刺客們多數倒地，只有三人逃出院子。其中一人扭過頭，蒙臉的黑布落下一個角，李八斤清晰地看到一張滿是酒水血水的臉上，射出怨毒的眼神——是汪大用。他全身一顫。汪大用已逃離。

院子角落傳來哼哼唧唧聲，李八斤循聲奔去，店主撲倒在地，半個腦袋滿是血水酒水，看來被他剛才順手砸去的酒罈傷到。他將他拖到院子，狠命踩踏，暴喝質問他到底做了什麼手腳。店主只顧哼唧，無力作答。

丘十八淌在血泊中呻吟。李八斤猛踹店主，命他拿出傷藥。店主說這店就他一人，櫃子裡備有少許跌打損傷藥。李八斤抱起丘十八進店，一番翻箱倒櫃找出金創藥粉，清洗好丘十八的幾處刀傷，敷上藥粉，包紮停當。

他這才感覺手臂痛得要命，一看，整條手臂已被鮮血浸透，頓時心頭火再起。他再次提刀走向院子，店主緩慢爬行，試圖逃出。他邁開腿站在他面前。店主伏在他胯下，緩緩抬頭，卑微地笑，血水自他額頭緩慢地蠕動而下。

店主姓趙，是南京人沒錯，一百多年前祖先北遷至此也沒錯。南人北遷的多是富戶，旨在繁榮當地民生。趙店主祖先起初做大買賣，因人生地不熟，屢遭欺生，難以經營，遂不斷遷徙，生意越做越小。到了他這一代，竟只開了家小茅店聊以維生。趙店主做夢都想著賺大錢，重回南方故土。

李八斤和丘十八到小茅店前的半個時辰，來了十來個黑衣人，問有沒有見過某種長相身量口音的兩人，稱有重賞。趙店主心知這錢不好賺，人不好惹，遂搖頭。等兩人一到，趙店主留了心眼，察言觀色，再聽他們言談漏出「陽明先生」、「兵部大司馬」之語，心知必是一場官場糾紛。他既想賺重賞，又不想惹糾紛，思慮再三還是在酒中下了藥，同時派人追上離開不久的那夥黑衣人。

丘十八狠瞪李八斤，李八斤心虛，知是自己喝酒吃菜時問詢走漏了風聲。之前松林遭遇追殺後，一路雖也磕磕碰碰，有尾隨追蹤的跡象，但還是平安過大半。過了衛漕便是德州，離北京越來越近。他根本想不到，這偏僻衛漕邊的雞毛小店，居然有追殺者。「大業未成身先死」，這無論如何是虧本買賣啊。他越想越氣，不知該怨王陽明，還是該恨這些刺客。

「壯士，我本非惡意陷害，只因祖輩背井離鄉甚久，朝思暮想重回南方，無奈家境貧賤，無力遷徙，故想賺點盤纏，還望壯士開恩。」趙店主趴在地上磕頭，本就淌血的腦袋，愈發血淚猙獰。

「照你這麼說，你殺人越貨還情有可原，是逼上梁山了？」李八斤憤怒地一拍酒罈，酒水嘩嘩灑地。

丘十八一臉鐵青，渾身散發著要將店主連同小茅店一把火燒了的憎恨激憤。

趙店主緩緩抬頭，任由血水自臉頰淌到脖子、胸前，腳下血漬滲地。

「是。倘若沒有靖難之役，沒有兵連禍結，沒有連年征戰，沒有千里白骨，我們何嘗會顛沛流離？我趙家世代忠厚，讀書行商，又怎麼會淪落到今日助紂為虐的地步？是朝廷、是大明、是朱家皇帝，是朱家兄弟叔姪子孫爭權篡位、爾虞我詐，把天下百姓害到這般苦難田地！」趙店主大聲說。

李八斤愣住。對朝廷不滿的百姓多的是，但是他沒見過有人敢光天化日之下大聲咒罵的。

「你說的都是真的？」丘十八的聲音沙啞蒼老。

趙店主沒說話，只是沉重地點點頭，眼神悲涼愴痛。

丘十八朝鋪滿屍身的院子掃了一圈，此地雖偏僻，但是這一場惡鬥也未免要驚動官府，趙店主原想賺點盤纏，未料身家盡毀。李八斤還想嘲諷幾句，丘十八問死了這麼多人他打算怎麼辦。

趙店主愣了好一會，忽地放聲大笑。兩人疑他中邪犯痴病了。

「我先喪妻後失子，孤身一人，還想著有朝一日體體面面南歸。如今，什麼都沒了。好了，輕鬆了，好啊。」趙店主的聲音也輕快許多。

當夜，李八斤和丘十八坐上趙店主的船渡衛漕。趙店主說送他們過河，這是他欠他們的，過河後他也不再回去了。一程水路，風聲呼嘯、浪濤滾滾。傷痕累累的兩人躺在船艙，李八斤起先想著趙店主還會不會再耍賴使詐，後來累極痛極，便沉沉睡去。

天明時，船靠岸到了德州。兩人拖著傷體上岸，趙店主遞上他們用過的傷藥，嘴唇顫了顫想說什麼，又沒說，便搖船離開。

「知道陽明先生為何要讓我們取旗牌嗎？」看著越來越小的船影，丘十八問。

「平定寧王，滅了那妄圖篡位的朱宸濠吧。」李八斤覺得他問了蠢話。

「為了不再有靖難之役，為了天下不再有顛沛流離的可憐人。我算是知道陽明先生為何要這麼做了。」丘十八朝碼頭走去，他們還得再租兩匹馬。

李八斤搔搔頭皮，覺得丘十八說得有點怪。他聽坊間說書人說過靖難之役，那一百多年前的舊事，他聽來覺得有一千年那麼遙遠。一千年前的事又怎麼會再發生呢？這敗寇看似粗魯，說話有時竟也有幾分文縐縐，難不成是被王陽明熏的？可是他怎麼就沒被熏到呢？

重臣憂思

經過十二個日夜的奔波，李八斤和丘十八抵達北京。時值子夜，他們在小客棧住下。

李八斤盤算，辦完王陽明交代的事，逛逛北京。京師比多年前途經時繁華多了，滿街酒肆、茶肆、香粉鋪、珠寶鋪、青樓……真讓人樂不思蜀了。

他跟夥計要了一壺酒兩個菜，丘十八坐下悶頭就吃。

李八斤瞅著他納悶，這個凶神惡煞的敗寇，何以變得如此老實規矩了，難道是被王陽明訓的？不過他看起來也不像是能被強按頭的那種人，或者他也跟自己一樣，隱姓埋名臥薪嘗膽，假以時日報受俘之辱？

「丘十八，你到底怎麼跟上陽明先生的？」他殷勤地為丘十八倒酒，問出這個疑惑了一路的疑問。

丘十八喝乾杯中酒，望著窗外蒼茫遼遠的天空，想起他對王陽明說過的兩句話——「王都堂，你有本事，就去對付江西最大的土匪，對付我們這樣的小嘍囉，算什麼本事？」、「王都堂，你是真不懂還是裝不懂？」

那天他被那凶悍的曹二帶下去，曹二對他拳打腳踢，他都忍了，一名敗寇不忍還能怎麼樣？他躺在充斥黴臭味的稻草鋪上，望著頭頂虯結的蜘蛛網。一隻小蜘蛛忙碌地織好網後爬出窗縫隙，來去自如。片刻後幾隻飛蟲跟著飛進來，於是被蛛網輕而易舉地捕獲，成為蜘蛛的獵物，而牠們原本是想捕蜘蛛的。丘十八覺得自己比蜘蛛還不如。

這時，靴子的踩踏聲從監牢另一頭傳來，丘十八想，莫非要提人殺頭了。他仍然一動不動。從做土匪那時起，他就認為自己的命不值錢，活一天賺一天。死對一個窮苦人來說，只不過是無數苦難之一。靴聲在他的監室門口停下，丘十八仍保持一動不動的姿勢，只不過眼神稍稍偏了一些，斜睨到有人站立在門口。隨即那人進來，丘十八的眼神往上移，看見一襲藍灰色大袖袍衫，再往上看，寬袖皂緣，皂條軟巾垂帶。一張清臞消瘦的面孔定定地對著他。

丘十八毫不畏懼，也瞪著眼看他。

獄卒將一個籃子放在地上便出去了。王陽明蹲下身，讓他不用那麼費力瞪視。面對面注視，讓丘十八的眼睛沒法再像死魚眼一樣瞪著，他索性閉上眼。

王陽明拿出籃子裡的酒菜，放在地上。丘十八可以拒絕與王陽明對視，但是沒辦法拒絕酒菜的香味。他憋了會兒，二話不說就吃，做飽死鬼總比做餓死鬼強。吃完他抹抹嘴，站起身大聲說「走」。

「去哪裡?」王陽明問。

「殺頭啊。難不成你們還養著我吃白飯?」

王陽明靜靜地看他，目光裡揶揄的意味讓丘十八更憤恨。這些官員就像逮住了老鼠的貓，非得折磨對方一番不可。

「丘十八，做土匪之前，你是做什麼的？」王陽明問。

丘十八愣了愣，都死到臨頭了還問這個做什麼？

「獵人。」

「做獵人之前呢？」

「漁夫。」

「做漁夫之前呢？」

丘十八瞪了他一會兒說：「種點薄地，養家餬口。從小我就是老老實實的良民，我祖上都是。問這個什麼意思？要殺要剮就快點動手。」

「你看，沒有一個人生下來就是土匪。我相信，一百個土匪裡有九十個是被迫為匪的。天下的百姓都是一樣的，要的是安居樂業。人們若是都以強取豪奪為榮耀，那麼試問天底下還有誰會安分守己自食其力？」

丘十八冷笑：「沒錯，土匪是明搶，可是天底下雖不為匪但行盜竊之事的，還少嗎？」

「所以我問你，江西最大的土匪到底是誰？」

丘十八又瞪起眼，他的眼神是抗拒的、牴觸的、懷疑的，王陽明的眼神則清澈犀利，彷彿可以一眼看透他心裡在盤算什麼。

「你身為贛南巡撫，要是到現在還不知道江西最大的土匪是誰，那就算知道了，還有什麼用？」丘十八的話極為刺耳。

王陽明在陰暗的屋裡踱步，仰頭看屋頂那隻飽食飛蟲後休憩的蜘蛛，片刻後答道：「如果你願意回鄉，我給盤纏，你重回鄱陽湖做漁民。如果願意留下，跟著我，我可以既往不咎，只要你說出我想知道的。」

丘十八在腦海裡快速盤算這筆交易划不划算。

「破山中賊易，破心中賊難。你們也是百姓，百姓都是我的孩子。我實在不想對你們下手，互相殘殺是可悲的事。」王陽明懇切地說。

丘十八沉默片刻，喝下王陽明倒的酒，淚水落在酒水中，他一飲而盡。放下酒杯，他講起土匪隊伍裡那祕而不宣卻又盡人皆知的祕密——寧王朱宸濠買通諸多江湖巨盜、流寇匪幫，招納亡命之徒，厚結廣西土官狼兵，讓他們在南贛、福建汀州、漳州一帶山區興風作浪。

所以古戰場上那一場戰事，實則是寧王朱宸濠設的混局。水攪得越渾，越能從中撈得大魚。

王陽明聽完他的講述，說了「果然」二字。聽起來，關於寧王那祕而不宣的事，他早就知情了，只不過想從丘十八嘴裡得到更確切的證據。

「這寧王真是痴狂，放著好好的寧王不做，偏跟土匪勾搭。他想做什麼，想做皇帝嗎？」李八斤忍不住插嘴。

之後丘十八便在贛南巡撫府留下，做了門丁。

李八斤聽得心塞。他救了王陽明，還帶著他好友湛若水的舉薦信，王陽明不肯收留。這丘十八要殺王陽明，王陽明反而讓他留下做事。「這王都堂是打仗打得暈頭轉向了，還是讀書讀得腦子糊塗了？」

丘十八在贛南巡撫府落了腳。閒時，老門丁喜歡跟人講陽明先生的故事，講做人的道理。王陽明身邊的人都這副德性，動不動跟人講學說理，顯得很知書達禮的樣子。當然除了那曹二。

老門丁說，陽明先生在母親肚子裡待了十四個月，比一般人多四個月；降生那天，他祖母夢見仙人腳踩瑞雲送子；他到五歲還不會說話，但是有一天忽然開口背起了詩文；他十歲作詩驚倒一群老學儒；十二歲就聲稱要讀書做聖人……

「這王陽明也夠狂的。」李八斤暗想。

「後來我才知道，陽明先生是文武全才。他十五歲出塞邊關，練習騎馬射箭，他射箭可是百步而射之，百發百中，一箭能射中兩隻狼、三隻兔、四隻鷹呢，比韃靼小兒威武神勇多了。」

李八斤吃驚，他只知王陽明是很有學問的讀書人，沒想到他還會射箭，且本事那麼大。

「還有呢，陽明先生當初曾遭劉瑾陷害，貶謫貴州龍場。那個劉瑾太壞了，還派了兩個錦衣衛一路追殺，欲斬草除根，好在先生吉人自有天相……」丘十八眼光發亮越說越激動：「『自信孤忠懸日月，豈論遺骨葬江魚。』這句詩原本是先生在錢塘江邊被錦衣衛追殺，跳江前留下的遺書。」

李八斤胸口一痛，好像突然被人插了一刀，他不由按住胸口。丘十八問他怎麼了，他說：「沒事，接著說下去，陽明先生的故事比說書還好聽。」

「再後來呢，陽明先生在龍場教人開荒地、種糧食，又築屋舍、開學堂。他在龍場還悟了道，聽那些讀書人說，悟的是心道。」

「心道？」

「就是聖賢道，也就是做人的道。」

「我只知道有降妖道、伏魔道、消災道、祈禳道，這做人還有道？」李八斤好奇，這王陽明又會讀書又會射箭又會悟道，簡直是半個神仙。

「你別作煩攪擾，還聽不聽？」丘十八不耐煩。

「聽聽聽。」

「三年前吧，陽明先生得時來之運，擢升為都察院左僉都御史，巡撫南贛汀漳等處……」

正德三年以來，江西、湖廣、福建和廣東四省交界的山區，土匪盜賊猖獗，百姓深受劫掠之苦。王陽明臨危受命，開始了一介文臣平寇剿匪生涯。他推行「十家牌法」，訓練士兵、「狼兵」，用兵神詭，漳南之役，橫水、左溪、桶岡之役，三浰之役均獲大捷。隨後置縣安民，在福建奏設和平縣，在江西奏設崇義縣，在廣東奏設平和縣，令當地百姓安居樂業，興禮倡儀，軍功德政昭昭。當地百姓無不將王陽明奉為神明，供香燭立生祠……

李八斤倒吸冷氣，剛才覺得王陽明是半個神仙，現在整個是活神仙了。

「我丘十八生平最欽佩的，就是為老百姓著想的人，是言必行、行必果的人。陽明先生不像有些人陰一套陽一套，說是一套，做又是一套。那些讀書人都說他是——」丘十八竭力思索他所了解的，「對，知行合一。他行的是知行合一之道，做的是知行合一之事。我丘十八再不識好歹，不追隨於他，難道還為朱宸濠那種奸佞無道的狗賊賣命嗎？」丘十八又痛飲兩杯酒。

李八斤聽說過王陽明有勇有謀神勇威武，沒想到他厲害到這個地步。丘十八的口氣聽起來對王陽明極其效忠了。又多了一道障礙，他的計畫成了一件越來越難辦到的事。他胡思玄想，直到丘十八喊他好幾聲才回過神來。

「天下烏鴉一般黑，不過白烏鴉，還是有的。」丘十八下結論，「明日見大司馬，早點睡，別起不來。」他和衣躺下，一會兒就響起轟雷般鼾聲，還磨著牙，像夢中在啃肉。

李八斤摸摸身上的公函，還在。他一天要摸十來回，總覺得揣著一罈火藥。他想明日事情辦妥後去街市轉轉，不能白來京師一趟。

兵部果然比贛南巡撫府和江西巡撫府威嚴多了。門口護衛森嚴，刀械刺眼，連蒼蠅都飛不進去。李八斤摸了摸懷裡的公函壯膽上前。沒等他靠近，護衛喝令如山倒，嚇得他倒退兩步。

丘十八向其中一個拱手：「我們從江西來，謁見大司馬，呈交公函。」

「大司馬外出巡視，晚間方回，公函呈交兵部捷報處即可。」

李八斤急了，他們現在快一個彈指也好。他畢竟長年遊走江湖，便從懷裡摸出一點碎銀，悄悄給侍衛，問大司馬去何處巡視。侍衛揣進懷說大司馬去了武庫司巡查兵器，剛走不到一刻，並指給他們看武庫司的方向。

兩人掉頭就跑。不消半刻鐘就追上一隊衣甲森然的行列，一打聽，轎子裡的正是兵部尚書王瓊。李八斤奔到隊伍前，翻身下馬，喊要見大司馬。兩名強壯的護衛猛然按住他。「大司馬，我從南昌來，是贛南巡撫……」沒等他喊出，幾棍子就重重打在他屁股，他撲倒在地。

丘十八總算沒有白吃幾年軍糧，舉起雙手呼號：「大司馬，十萬火急，十萬火急！」他同樣被按倒在地，吃了兩棍。

坐在轎子裡打瞌睡的王瓊被嘈雜聲驚醒，掀開簾子問發生了什麼事，方主事說：「是兩個破衣爛衫的閒人，看模樣也不像官差，準又是攔轎告狀的。」

王瓊說：「怎麼聽見有人喊『十萬火急』？」

方主事喝令把兩個不懂規矩的人押上來。

李八斤摔得鼻青臉腫，心裡恨恨地罵，從懷裡掏出公函遞交給方主事，說他們從江西來，日夜兼程趕了半個月。方主事轉交給王瓊。

王瓊一看信，臉色驟然一變，令侍衛帶這兩人立刻迴轉兵部。方主事問江西是否生變，王瓊說：「回府再議。」

李八斤捂著屁股喊疼，說被打得沒辦法騎馬了。丘十八默不作聲。

王瓊讓侍衛帶他們回府，方主事便吩咐侍衛扛起兩人。李八斤指著剛才打他的侍衛說要他們扛，那幾個侍衛只好小心地扛起他。李八斤攤手攤腳四仰八叉，哼起江湖小調，覺得沒白捱打。丘十八覺得丟臉，忍痛騎上馬。

王瓊很快簽署頒發令旗令牌的手諭，讓方主事速去辦理。方主事見他似早有準備，心生疑惑。

王瓊漫聲道：「你是不是覺得我早有預備？」

「大司馬未卜先知——」

「大明王命旗牌遇有徵進，方得授權領用，班師之後，照驗還官。南、贛、汀、漳等地，本就是盜匪出沒，如水益深如火益熱之地，王陽明文人巡撫一方，四周虎視眈眈，身邊無一兵一卒，處境著實堪憂。所以我為他備用旗牌，以便宜巡撫提督軍務，以重其權。」

「大司馬未雨綢繆料事如神，在下欽佩之至。」

「送兩匹驃騎，讓那兩人速速南歸，不得有誤。」

王瓊走到視窗，望著天空掠過的飛鳥，心裡說：「該備的我為你備齊了，接下去是禍是福得看你自己的運氣了，但願你替我爭口氣，尤其給朝中那個自以為是的首輔看看，到底是我王瓊用的人好，還是他首輔養的蠢更勝一籌。」

不消半日，令旗令牌已到李八斤、丘十八手上，同時還有一份兵部密函，令他們交給王陽明，不得有誤。

方主事稱旗牌發放要經過諸多書吏之手，火烙印記、登記文簿、簽字署名等，他忙了半日，連午飯都沒來得及吃，又漫不經心說：「各地官員或官差來兵部謁見，無不捎帶贄禮，最不濟也有香油、芋頭、豆子之類土儀。」說著朝他們瞟視。

李八斤明白這方主事想要好處，他本想進了堂堂兵部吃一頓好的，沒想到兵部想要吃他的。他身上的碎銀早用光，現在囊中空空。

一聲不吭的丘十八掏出一個布包送給方主事，稱他們匆忙而來，沒帶什麼，這個想必合方主事的意。方主事欣然打開，卻見兩塊厚實的燒餅。他們早上吃過豆漿燒餅，丘十八覺得燒餅香酥可口，就多買了一些用來路上充飢。

方主事的臉紅一陣白一陣，稱恰好餓著，正合意。又暗想，王都堂都沒見過大司馬一面，沒送過一份土儀，大司馬偏還對他極為器重。「主子如此吝嗇，兩個差使身上又能撈得什麼好處呢，罷了罷了。」又傳了大司馬口諭，說：「備了兩匹精悍快馬，令他們速速啟程南歸。」

李八斤暗暗叫苦，他本想在京師逗留兩天，好吃好喝好玩，沒想到兵部尚書比王陽明還吝嗇，連一頓好吃的都沒有就打發他們走。

兩人走出兵部，丘十八說：「世間再也沒有第二個王陽明了。」

李八斤問他：「何以說這樣的話？」

「當年陽明先生也是兵部小主事，為人耿直清廉。如今這方主事鼠目寸光，哪及先生之萬一啊。莫說本朝沒有第二個，就是今後幾百年也不會再有了。」丘十八慨然嘆道。

李八斤想：「這哪叫清廉，分明是小氣窮酸，這趟差事的盤纏都是我墊著，回頭一定得要回來。」他本想抱怨幾句，又怕被丘十八鄙視，便不吭聲。

門口拴著兩匹伊犁馬，四肢強健，毛髮油亮。李八斤咧著嘴說他當年在草原見過，那時想摸一摸也好，沒想到還能騎上，這一趟來京師真是值了。

兩人翻身上馬，馬韁一緊，駿馬揚蹄，奔出京師的道路。

王瓊悄無聲息地為王陽明打點幕後事務時，內閣府也在操勞另一件大事，只不過事情因王陽明的對手寧王朱宸濠而起。

內閣首輔楊廷和疲憊不堪地回到府中，頭痛欲裂，在臥榻躺下。

前幾天從關外傳來消息，皇上這兩天要回京了。一堆累積的政務急需皇上親定，他與眾臣在殿外苦等了一天，可是連朱厚照的影子都沒有見到。皇上雖然不上朝，可是他們不得不日復一日、年復一年地等待覲見，共商國是。

楊廷和少年有為，成化十四年進士。明孝宗時為朱厚照的講讀，正德二年官拜東閣大學士。劉瑾被誅後，他拜少傅兼太子太傅、謹身殿大學士，五年後任首輔。他為人老成持重，為學博學鴻毅，為政兢兢業業，歷明憲宗、明孝宗兩朝，現在面對這個他親自教導過的、繼位之後荒嬉無度的皇帝學生，感到從未有過的力不從心。

他憂思難解半昏半睡之際，孫幕官進來，猶豫著該不該叫醒首輔。楊廷和警覺地醒來問：「什麼事。」

孫幕官說：「宮中張公公奉皇上之諭送來羊肉美酒，現在正廳。」

楊廷和起身走向前門。

皇帝的寵臣、御用監太監張永說：「皇上在北方狩獵頗豐，命人捎來肥羊美酒，賞賜給眾臣共享。」

楊廷和叩謝皇恩，起身問：「不是說皇上這幾天回來了嘛，怎麼還在狩獵？」

「張公公，皇上狩獵遊幸已有一個月十三天，朝政荒廢太久，案卷奏章堆積如山。邊疆時有韃靼侵犯，皇上安危繫於社稷天下，眾臣憂心忡忡，還望張公公勸說皇上盡快迴鑾。」

張永背著手欣賞廳內的書畫擺設，慢條斯理地說：「首輔，正因國事繁重，皇上不勝其煩，才出去散散心解解悶，這才一個多月，您多操心了。太操心的人容易老啊。」

「兩年前，蒙古王子來犯，皇上統兵出戰，令滿朝擔驚受怕，雖則險勝，可是土木堡之變的前車之鑑還不夠引以為戒嗎？」楊廷和憂心忡忡。

當年明英宗不顧朝中大臣反對，御駕親征，在土木堡被俘的慘痛往事，是大明不可啟齒的恥辱和隱痛。

「首輔，您這可說到點子上了。兩年前皇上御駕親征，以少數兵力克蒙古大軍，終獲應州大捷，韃靼自此不敢再犯北方邊境。這豈不是『威武大將軍』的功勳嗎？首輔，好好享受皇上賞賜給您的酒肉就是了。」

張永說的「威武大將軍」，正是向來以武功自雄的正德皇帝朱厚照為自己加封的名號，全稱「奉天征討威武大將軍鎮國公朱壽」。他還令兵部存檔、戶部發餉，甘願以九五之尊降為臣子，著實令人啼笑皆非。

楊廷和心知張永正是唆使皇上不務正業的幕後者之一，多說反招恨，只得無奈嘆氣。

「皇上這邊我自會照應。首輔，您還是多留意著錢寧，還有南昌寧王府那邊。對了，肥羊鮮美，還須煮透，吃的時候當心燙著，莫辜負了皇上的美意。」張永皮笑肉不笑，告辭而去。

錢寧？寧王？兩張面孔在楊廷和眼前晃動、疊印、交錯，忽而模糊，忽而清晰。楊廷和問孫幕官：「張永說的這些話是什麼意思。」

孫幕官把外面探聽到的消息告訴楊廷和。錢寧把玉帶、彩紵交給寧王朱宸濠的人帶回去，詐稱是皇上賞賜的。因為寧王屢屢進獻金銀玩物給錢寧，以圖讓錢寧在皇上面前為其通達美言，錢寧假傳玉帶、彩紵給寧王，意思是「你的錢沒有白花，瞧，我為你做了這麼多事呢」。

這事偏偏被錢寧的對頭——左都督江彬得知了。江彬告訴了張永這件事，張永又告訴了皇上，皇上氣得摔酒杯。所以張永此次一是來送羊肉美酒的，再則也是試探，看首輔到底站在錢寧這邊，還是江彬這邊。

孫幕官把大道、小道消息以及運用自己的智慧思索出來的相關利害分析給首輔聽。

「這個寧王，太過分了。粗鄙、無知、不知天高地厚……」

楊廷和背著手氣咻咻地走來走去。他不是個貪財的人，頗有清譽，可是也收受過朱宸濠的贄禮。他收受贄禮時，不覺得朱宸濠有何異志，認為頂多就是想巴結太子太傅，皇帝的老師。他認為這是人之常情，便坦然收受了。

皇帝遊冶玩樂不理朝政，他苦苦相勸，上書冗長的奏疏，跑到居庸關求見狩獵的皇帝，吃了閉門羹。他稱病告退，皇帝又不允。他全身心撲在北直隸，以至於疏忽了南直隸的風雲突變。

孫幕官悄聲問首輔：「是不是要提醒南昌那邊，別讓那位藩王太肆無忌憚了。人一得意就會忘形，一忘形就會壞事。」

楊廷和忽然記起，江西有麻煩的除了寧王朱宸濠，還有一個讓人頭痛的人——贛南巡撫王陽明。

王陽明是王瓊一手擢升的，而他與王瓊一直水火不相容；王陽明首創心學，而他崇尚理學；王陽明與寧王是兩路人，而他收受過寧王的賄賂……不管怎麼看，王陽明與自己都很難和衷共濟。朱宸濠倘若有風吹草動，必會殃及自己，為今之計，還是捎個信給那個藩王，警告他不要輕舉妄動。

他必須找到一個既能阻止朱宸濠謀逆，又能保全自己的萬全之策。所以當下迫切要做的是見到皇帝，越快越好。

「孫幕官，寫奏疏，快馬加鞭送到邊疆，請皇上速速回鑾議事。」楊廷和揉著越來越生疼的太陽穴，一邊思索一邊唸疏文。

唐伯虎逃離

唐伯虎寫完最後一張請柬，手一鬆，毛筆落在桌上、人倒在椅子上，眼睜睜看著沒放穩的毛筆骨碌碌滾向桌角，落地。他連撿拾的氣力也沒有了。

數日前，劉養正來到水觀音亭，帶著一份長長的名單和一沓厚厚的空白請柬，要求他兩天之內寫好宴請名單。寧王不久將舉辦四十三歲壽宴，盛邀江西各地官員赴宴，唐伯虎一手行雲流水的書法會為寧王增光添彩。

他恢復了些體力，撿起落地的毛筆，走到院子的水池邊洗筆。他覺得慶賀生日是一件可笑的事。生日，不就是人向死亡更近了一步嗎，何需大肆慶祝，人早晚會走向這一條路的。

水面映出天空的流雲飛鳥，他想起幾年前作的詩，不由輕吟：「人命促，光陰急，淚痕漬酒青衫溼。少年已去追不及，仰看烏沒天凝碧。鑄鼎銘鍾封爵邑，功名讓與英雄立。浮生聚散是浮萍，何須日夜苦蠅營。」

「唐先生，寧王壽辰將至，你為何吟誦這樣喪氣的詩句？」

身後傳來陰陽怪氣的聲音，唐伯虎轉身一看，劉養正和李士實不知何時來到，前者露出慈眉善目的笑，後者臉上掛著冷霜。唐伯虎驚懼不已，忙說自己不過是想起一首舊詩，隨口吟誦罷了。

「這首詩要是讓王爺聽到了，恐怕你是活不過今晚了。」李士實冷冷地說。

「唐寅有錯，唐寅有錯，請二位寬恕。」唐伯虎惶然拱手，神情哀懇。

劉養正拍了拍他的肩，笑嘻嘻地說：「伯虎兄，我們也不會為難你，你就畫兩幅小畫，寫幾筆小字，送我們就成了。」

唐伯虎遲疑著，李士實重重哼了聲。

「承蒙兩位先生看得起，唐寅定當相奉。前日劉先生吩咐的事我完成了，請兩位過目。」

唐伯虎的書法果然不同凡響，他們滿意地點點頭。這不是一場一般意義上的壽宴，這關係到寧王籌謀十年之久的宏圖大業，關係到他們日後的飛黃騰達。

唐伯虎捧出一幅山水畫和一幅書法，劉養正取了畫，李士實拿了書法。看著他們如獲至寶的樣子，他暗暗痛恨，書畫落他們手上，真是暴殄天物。

「唐先生，六月十三日王爺大壽，你這手字算是替王爺長臉了，王爺沒白供養你。對了，賀禮早備著，我是好心提醒你。」劉養正笑容可掬。

兩人帶著請柬離開了。

唐伯虎氣虛力乏，索性坐在門口臺階，天空流雲飛鳥，眼前花樹泉石，皆成空洞。不知坐了多久，直到有聲音將他喚醒：「唐先生為何坐地上？」

他一看，是婁素珍。婁素珍的侍女送上一卷畫，唐伯虎見是他師長沈石田的〈樵夫上山圖〉，便讚好畫。

「唐先生，我前幾日覓得沈石田先生〈樵夫上山圖〉，心中喜歡，便題了詞，想送王爺作壽禮。敬請先生鑑賞雅訓。」

唐伯虎鑑賞指點畫作佳處，目光落在題詞處，不由一怔，「婦語夫兮夫轉聽，採樵須知擔頭輕。昨宵雨過蒼苔滑，莫向蒼苔險處行。」他欽佩女弟子的膽略，她身為女流，貴為王妃，做事行文卻比自己這個老師勇毅多了，不免自慚。

「唐先生，南昌近來陰晴不定、忽冷忽熱，還望先生留意天象，若有不測風雲，及早避離，以免受風寒之侵。」婁素珍望著晴朗明澈的天空說。

唐伯虎覺得奇怪，近來天清氣朗風和日麗，並沒有陰晴不定之象，王妃何以出此言。兩人又說了會兒書畫技藝，婁素珍告辭，唐伯虎送到門口。

「唐先生在蘇州築有桃花塢，春時落英繽紛，此時想必已碩果纍纍了。」婁素珍隨意地說。

「簡陋小築，聊以棲身而已。」唐伯虎想，難道她也要在水觀音亭植桃嗎，想了想又說：「明日我想去滕王閣一走，王妃若過來學畫，我等著……」

「先生自便。桃花塢裡桃花庵，桃花庵裡桃花仙。桃花仙人種桃樹，又摘桃花賣酒錢。弟子當年若是不入侯門，亦是對這般世外桃源的生活心嚮往之，一生寄情書畫詩文、桃紅柳綠，而不是朝堂混沌。」她留給他一個悽迷憂悒的笑。

滕王閣江湖浩渺、流雲飄渺，霞光映照江面，波光粼粼，遠處水天一色，近處鷗鳥飛翔，唐伯虎鬱悶已久的心胸豁然開朗，心曠神怡。

「……落霞與孤鶩齊飛，秋水共長天一色。漁舟唱晚，響窮彭蠡之濱，雁陣驚寒，聲斷衡陽之浦……關山難越，誰悲失路之人；萍水相逢，盡是他鄉之客……閒雲潭影日悠悠，物換星移幾度秋。閣中帝子今何在？檻外長江空自流。」

唐伯虎慨然吟誦，此時不再是被豪強脅迫不得已而吟誦，而是情動於衷。情動於衷而形於言，言之不足故嗟嘆之，嗟嘆之不足故詠歌之，詠歌之不足，不知手之舞之，足之蹈之也。他覺得手舞足蹈也難以表達內心的慨嘆，便讓隨行的小廝備好筆墨紙硯。

他揮筆而瀉一氣呵成。畫中高山峻嶺，江岸雲樹，霞光映波，樹石直上天際，臨水有閣，一名士子倚閣悵望落霞孤鶩。畫意清曠優美。小廝欣然讚嘆，問能不能把他也畫進去，唐伯虎信筆在士子身後畫了一名小童，小廝直樂。他再書題詞：「畫棟珠簾煙水中，落霞孤鶩渺無蹤。千年想見王南海，曾借龍王一陣風。」

小廝吟誦，唐伯虎為他講解詩句的意思。兩人正悠閒，只聽得樓梯口一陣急促的腳步，有人喊著「唐先生」跑上樓。上來的是婁素珍的貼身侍女，取出一個布包說：「是婁妃娘娘送的，要唐先生盡快按藥方服用。」

唐伯虎疑惑地打開布包，裡面是三個棗子兩個梨一塊當歸，藥方上寫：病中風寒，即刻發汗，加服當歸，病體保全。他讀了兩遍，讀出了深意：早離、當歸。早離南昌，當歸蘇州……婁素珍的奇怪言語，劉養正、李士實的陰陽怪氣，寧王探詢風水之說，慘死在河道的裁縫……眼前浮沉一連串碎片記憶，他的身子搖晃了一下，小廝和侍女扶住他。

唐伯虎把〈落霞孤鶩圖〉交給小廝，讓他送給在南昌結識的盧姓書生，也算是相識一場的餽贈了。他戰慄著走下滕王閣，回首仰望這座樓閣，心裡說：「這一去，不知何時能再登臨。或許三年五年，或許，來生來世……」

「危邦不入，亂邦不居，天下有道則見，無道則隱。邦有道，貧且賤焉，恥也；邦無道，富且貴焉，恥也……防禍於先而不致於後傷情。知而慎行，君子不立於危牆之下，焉可等閒視之。」

唐伯虎盯著面前翻開的《論語》。君子不立於危牆之下，不立於危牆之下，危牆之下——他若告知寧王，寧王必不肯放他走；若不告而別，寧王定覺輕慢，說不定會一路追殺……怎麼辦，怎麼辦，怎麼辦？

後背汗濡，他燥熱難耐脫了外衣，還是熱，又脫了一件。芒種雖過，夏至未至，何以燥熱成這樣？他脫得只剩下薄薄的褻衣，反正也沒人看，就算有人看見，也只當他是痴了呆了癲了狂了——痴了？呆了？癲了？狂了？

晴空驀地劃過一道閃電，緊接著一陣雷響。

他驀然一驚，抬頭望向森然鬱蔥的庭院，跳過街衢巷陌，山川水陸，直抵目光不可及的遙遠的姑蘇故里，虎丘的山滄浪的水，寒山寺的鐘聲到客船，桃花塢桃花庵燦若雲霞的桃花林……

他的嘴角流露悲喜莫辨的笑意，拿起桌上的三個棗子兩個梨，一個一個吃掉，吃得津津有味意猶未盡，果核丟在牆角。

翌日早上，南昌街頭萬頭攢動、觀者如雲，人們擠著圍觀一樁驚世駭俗的奇事——寧王請來的貴客，婁妃的老師，大名鼎鼎的江南第一風流才子唐伯虎，全身袒裼裸裎，瘋瘋癲癲奔竄於街頭，還嬉笑高呼「我是寧王的貴客」。

坊間傳言，唐伯虎裸裎的身材勻稱、白淨、瘦秀，但是幾處傷疤觸目，那是多年前受考場舞弊案牽連而遭受杖打留下的疤痕。南昌城仰慕唐伯虎才華風流的人們，或唏噓嘆息，或掩鼻側目……

消息很快傳到寧王府。朱宸濠吃驚惱怒，唐伯虎居然還高喊「我是寧王的貴客」，真是丟盡了歷代寧王的臉。他喊護衛快把唐伯虎抓來。

劉養正眼珠一轉，趕緊上前：「王爺息怒，唐伯虎也不過徒有江南才子之名，做出此等禽獸行徑，王爺若再把他帶回來，實在有辱王府的名聲。」

「那該如何？就讓他在外面糟踐寧王府的名聲嗎？」

「依臣之見，唐伯虎若是真瘋了，就讓他真瘋去。若是假瘋呢，也讓他真瘋去。一個瘋子，與他計較做什麼呢。」

李士實咳嗽一聲：「王爺放過唐伯虎，還會贏得寬宏雅量的名聲。區區癲狂之徒，不值得王爺動怒。何況我們還有諸多要務需商議。」

朱宸濠讓他們把這樁丟人現眼的事辦妥，劉養正便急急出門。

兩位幕官為唐伯虎求情，倒也不是因為收受了他的字畫，他們只是認為，一旦舉事成功，兩個人分一碗羹湯，比三個人分能喝到更多。何況唐才子的名聲高於他們，他們很早就盤算要把這個自命清高又格格不入的才子踢出局。唐伯虎偏在這時癲狂了，正好順水推舟，把這艘麻煩的破船推走才好。

劉養正把唐伯虎弄到贛江邊的小船。唐伯虎穿上他帶來的新衫，蜷縮在船艙瑟瑟發抖，衝他痴痴呆呆地笑，嘴角淌下流涎。那憔悴的形容神情，確實與瘋子沒有兩樣。

「唐伯虎，你果然瘋了。你好好一個大才子來到南昌，怎麼就變成瘋子回去呢？令人痛心疾首啊。也好，你瘋得恰逢其時，瘋得與世無爭。這個世道，太聰明太有才的人會活得很難，只有該聰明時聰明、該糊塗時糊塗的人，才能活得遊刃有餘。你呀，為什麼要這麼聰明這麼有才呢？」劉養正命船伕撐船啟程。

船夫划動篙櫓向河心划去。唐伯虎仍在顫抖。堂堂江南第一風流才子，半生驕傲清高的世間丹青手，以這種亙古未有的屈辱方式苟且偷生，倉皇逃離。

他望向蒼茫浩渺的湖面，岸邊起伏的蘆葦，餘生將如何過下去？如何？

「唐伯虎，你瘋得好啊，瘋得真真假假，虛虛實實啊。哈哈哈。」岸上的劉養正滿意地揚長而去。與他們謀略已久即將掀開的大業相比，唐伯虎的癲狂與否實在微不足道，不值一提。

唐伯虎躺在船艙，在水浪拍打櫓聲欸乃中，他放聲吟唱：「酒醒只來花前坐，酒醉還來花下眠。半醒半醉日復日，花落花開年復年……別人笑我忒風騷，我笑他人看不穿。不見五陵豪傑墓，無花無酒鋤做田……」

船夫搖搖頭，他聽聞過唐伯虎的名聲，以為那是一個如何才高八斗俊朗有為的大才子，萬萬想不到是這麼個粗鄙的傢伙，看來世間名士多虛名。要不是僱主出足了錢，他才懶得送這種人去蘇州呢。

李八斤和丘十八回到贛南巡撫府時是雞鳴時分，比預計提前了一天。李八斤喜滋滋地說：「陽明先生一定重重有賞。」

李八斤問王陽明：「旗牌為什麼還要千里迢迢跑去兵部領用。」

「大明旗牌本是授給將領的，文臣不能授予。正德七年，巡撫貴州的右副都御使楊茂元擅自製造旗牌各五，以排程軍務。工部得知後，奏稱其未請擅造，要予以懲罰，並毀其旗牌。當時皇上考慮到貴州情形特殊，宥恕其罪，奪俸三月。此後就開了巡撫亦能奏請旗牌的先河。」王陽明左手執旗右手持牌，感嘆此物來之不易。

丘十八接著掏出兵部密函，王陽明一看密函臉色一變。

李八斤嘀咕說他們提前一天完成使命，有沒有犒賞。王陽明沒有理他。丘十八拉他到廚房燒了兩碗米湯，李八斤說早知這樣，該在京師逛兩天再回來。

王陽明接到的兵部敕令，稱福州三衛軍士譁變，命他速去處置。

這是始料未及的變故。如去福州，南昌生變怎麼辦？如不去，福州生變又如何是好？王陽明思慮再三，寧王壽誕，江西境內官員必定前往祝壽，這是勘察寧王動向的最好時機。虎穴再凶險，也須探一探。他決定先赴南昌再察看一番寧王的動靜，如若生變，就當機立斷處理南昌事宜，如若無變則赴福州。

翌日天剛亮，夢中啃雞腿的李八斤被丘十八叫醒，說要護陽明先生再赴南昌，讓他快起來。李八斤說雞腿正啃得香就被打擾了，丘十八說等空了替他烤叫化子雞，李八斤轉怒為喜。李八斤打著哈欠說之前他們剛去過南昌，這又要趕去，難道寧王真謀反了嗎？丘十八讓他最好把嘴縫上，以免半路走漏風聲。

王陽明忙完事務回到內署，諸氏在廚房忙碌，心疼他一夜未眠，要他吃過早餐好好睡一覺。王陽明說要馬上去南昌，一是按禮節向寧王賀壽，二是探查南昌動靜。諸氏略一沉吟，說與他同去。

「夫人，此行有險，妳不宜同去，還是在贛州等我吧。」

「夫君且聽我說。」諸氏從容道：「按禮節，寧王壽辰，在贛官吏均須向寧王賀壽，你若獨自前往，一則不合禮節，再則寧王必然有疑。我與你同行，寧王有所鬆懈，夫君即可便宜行事。」

王陽明深嘆夫人心思慧巧，可還是憂心：「此行實在險惡，我怕到時候不能護妳周全……」

「夫君儘可放心，我一婦道人家，寧王若為難於我，只會惹世人恥笑。再者，當年我與夫君過上饒，拜見婁諒先生，我與婁妃有一面之緣，有她在，寧王奈何不了我們的。」

諸氏轉身去收拾行囊，王陽明只得由她。出發前，諸氏帶上剛做的肉包子，李八斤和丘十八吃得滿嘴流油，說太好吃了。

贛江邊，天色曈曨，王陽明夫婦和兩名護衛坐上贛南巡撫府的官船，往南昌而去。丘十八兼任船伕。身後四十餘丈外的江面上，另一艘船也緊緊跟隨，船上有一小隊灰衣人。

婁素珍完成最後一筆線條，端詳眼前的山水小景畫，一個不經意的念想浮上她的心頭：「唐先生若看到了，會如何評判？」

她依然在意唐先生的審視目光。唐先生授業不長，可於她書畫影響甚深。他的到來，是一場意外之喜，他的離開，是難以言喻的倉皇不堪。

如果不是她要學書畫，如果不是當初寧王為討她歡心從姑蘇請來唐先生，如果她早點提醒他離開，如果以更妥貼完善的方式幫他，他必不會如此無奈決絕地裸裎於光天化日之下奔逃——一名多麼驕傲清高的士子，要被逼到何等道盡途窮之地，才會把做人最後的尊嚴也棄之如敝屣？

二十年前捲入考場舞弊案而入獄，已令唐先生蒙受巨大的羞恥屈辱。這些年他好不容易撿回一點尊嚴和臉面，而今更大的羞恥屈辱，把他徹底推向毀滅的深淵。此後他將何以為生？

她不知道他今後將如何度過一個個難以入寐的長夜。她在侯門深宮的南昌，他遠在桃花流水的姑蘇——但願，他早早忘記這裡的一切。

王陽明，她的師兄，他面臨的威脅和危機，較之唐先生有過之而無不及。

那天她目睹寧王為王陽明和孫燧設下的鴻門宴，目睹了一場蠻野強橫與有節有義的抗衡。除了礙於內眷禮儀不能出場，更令她倍感羞恥的是，師兄與丈夫，贛南巡撫與寧王，是如此雲泥之別的兩種人。羞恥令她無地自容，不敢見王陽明。她只能將一切無以言喻的哀痛歸咎於宿命使然。婁素珍再一次潸然淚下。

侍女安慰王妃不要難過了，王爺催了好幾回，讓她去欣賞官員們送來的各式禮物，再不去王爺要不高興了。兩天後，將是寧王的四十三歲壽辰，江西各地官吏送來的禮物已堆滿了幾間屋。

婁素珍洗過臉，施上淡妝，讓侍女拿出畫軸，走出寢宮。

如果祖父還在世，如果那位有著卓越學問曠達才智的理學家還活著，必能想出一個絕妙的萬全之策，告訴心愛的孫女該怎麼做，告訴她如何保全自己，如何在敬仰的師兄王陽明與同床共枕的丈夫之間，選擇一條安然妥當而不是兵戎相見的路，告訴她該如何在悽惶的世道小心翼翼地活下去……

可是祖父不在了，她只有靠自己，盡最大的心力，幫老師度過劫難、助師兄避免無妄之災，竭力說服那個被野心、妄想、執念糾纏的藩王，拉住他一步步邁向厝火積薪的腳步……

朱宸濠站在堆得滿滿的房間裡，望著一屋琳瑯滿目爭奇鬥巧的禮物，捋著鬍鬚得意不已。這種被朝貢、被奉迎、被簇擁的盛況，以後應該更多。劉養正、李士實嘖嘖稱奇，稱他們活了大半輩子都沒見過這些東西。

「江西大小官員對王爺恭敬有加，此乃王爺德政可嘉也。」

「他日王爺舉事，必定一呼百應，眾望所歸啊。」

「此正應了良禽擇木而棲，賢臣擇主而事。」

「見機不早，悔之晚矣。」

兩位幕官你一句我一句。朱宸濠的目光拂過一件件禮物，心花恣意怒放。驀然目光停住，問還有哪些官員未到禮。劉養正翻閱禮單，說了一些官員的名字，有的還在路上，有的將抵達，接著他念出「王陽明」，朱宸濠的眉毛一抖。

「依我看，他怕是不敢來了。」劉養正乾笑。

「他要是不來，就是藐視王爺，理虧在先。」李士實冷哼。

「豈止理虧，是心虛露怯，如此更好，便可確認他有無異心了。」朱宸濠說。

得到江西大小官吏奉迎，是王爺的威儀所繫，王陽明不來賀壽，從小處說是失面子的難堪，從大處說，更是懷有異心的證實。二者皆是他不能容忍的。

「他不來，我們辦事更俐落了。」李士實說。

「沒錯，他失禮，一是正好落我們的口實，二是我們更無妨礙了。王爺無須為這等人煩心。」劉養正看出其中的機巧。

朱宸濠冷哼一聲，繼續賞玩禮物。

婁素珍進來，侍女呈上畫作。

「愛妃，本王等妳好久。快過來看看，喜歡哪一件儘管取就是。」朱宸濠拉著她，指著禮物很是驕傲。

「王爺，臣妾亦有一件賀禮相贈王爺。」婁素珍讓侍女鋪開畫作，「此乃沈石田先生的〈樵夫上山圖〉，臣妾書寫題詩，還望王爺笑納。」

「好好，名士畫作，配上愛妃的書法，真乃珠聯璧合。」朱宸濠頗為欣喜。

劉養正、李士實看到題詞，倒吸冷氣。朱宸濠的目光落在題詞上：「婦語夫兮夫轉聽，採樵須知擔頭輕。昨宵雨過蒼苔滑，莫向蒼苔險處行。」讀了兩遍，笑顏逐開的臉色頓時變了。

「愛妃，題詞是何用意？」朱宸濠冷然道。

「王爺，臣妾此詩有感於唐時孟浩然〈採樵作〉一詩。採樵入深山，山深樹重疊。橋崩臥槎擁，路險垂藤接。意思說，採樵的山路橋梁崩壞，要用樹木橫臥支撐，險阻的地方，還需垂藤纏繞相接。日落伴將稀，山風拂薜衣。長歌負輕策，平野望煙歸。黃昏時一起採樵的夥伴離開了，山風吹涼了薜衣。樵夫拄著手杖放歌，望見平野上的炊煙，回了家。」婁素珍溫言解釋。

「此詩確實不錯，為何妳題寫的意味卻不同？」

「王爺，採樵人辛苦營生，採樵婦叮囑丈夫要知擔頭輕重，祈願平安無虞，倘若遇風霜雨雪之時，切記莫要往蒼苔溼滑的險象處行走啊。臣妾以為，採樵婦對丈夫的牽掛祈願，要比採樵人更為深切，王爺以為然否？」

朱宸濠一掌重重拍在畫上，臉色鐵青。眾人大氣也不敢喘。

婁素珍神色平靜、不驚不懼。當她選擇這幅畫，題下這首詩，送到朱宸濠眼前時，她就清楚會發生什麼。

朱宸濠面對一屋輝煌炫目的禮物的喜悅，消失得無影無蹤。他死死盯著不動聲色的婁素珍，屋子裡只聽得他的粗重呼吸。他寵愛這個妃子，比府中所有妃妾加起來還寵愛。她的書香門第、家學身世令他青眼有加，她的才貌更超於其他妃子，可是他沒想到，她還比其他妃子多出另一種東西——勇氣。

她如此膽大妄為地警告他：莫向蒼苔險處行。

他需要的是劉養正、李士實這樣的奉迎，是大小官員堆滿一屋的朝貢，是不久之後觸手可及的一呼百諾威儀四海，而不是這個美貌如花的女子看似溫柔，實則不知趣地告訴他——不要謀逆。

兩個幕官大氣也不敢喘，寧王妃一旦失寵，血濺宮闈的事並不鮮見。

朱宸濠按在桌上的手青筋急遽抽搐，最終還是忍下了即將爆發的怒意。畢竟明日是壽辰，他不希望在壽辰前日發生不吉的事，就當她是婦人之見吧。

「我自有宏圖偉業，不是妳婦人之見可以理解的。」朱宸濠讓侍女帶走婁素珍，「妳自當好好梳洗，明日共進壽宴受賀就是了。帶王妃回去。」

護衛急急跑來，報京師來使者，帶來了皇上聖旨。朱宸濠一驚：「皇上怎麼這時候突然下旨，難道祝賀壽辰？——應該不會，沒聽到風聲啊。」他顧不得婁素珍，倉皇地往前庭趕去。兩名幕官緊緊跟上。

婁素珍望著他們如臨大敵的驚惶背影，慘然一笑。昨宵雨過蒼苔滑，莫向蒼苔險處行。是的，她再也擋不住那位王踏向滑溼蒼苔的腳步了……

出贛州，過攸鎮驛，至皂口驛，達五雲驛。王陽明四人日夜不停、舟不停槳往南昌趕。

船過一處狹窄江灣，兩岸是密林。站在船頭的李八斤聞到密林裡飄出的一股凶險氣息，喊「小心」。諸氏正準備出艙，王陽明握住她的手，諸氏臉上沒有半分害怕驚懼，只叮囑他要小心。王陽明說明白。

兩岸的密林像沉默的怪獸潛伏，盯著他們的船。身後江面的那艘船，不知何時已消失了。只有他們的船發出張帆的呼呼風聲。

王陽明警覺地察看四周，江面的空氣潮溼得要滴出水，水鳥驚慌地掠過。

李八斤的目光在密林睃視片刻，心頭一盤算，對王陽明說：「先生，我先上岸察看，若有歹人，我將他們引開，你們的船快快駛離就是了。」

丘十八馬上說：「這個主意好。」

李八斤暗罵：「你這賊土匪，還真盼著我被歹人殺死，看來你也不是個好東西。」

王陽明略一沉吟說：「不行，他只有一個人，歹人定是人數眾多。在船上打鬥是傷敵一千自損八百，歹人一般不會在船上動手，這一處狹窄江灣地勢不利，不過很快就會駛出，江面開闊就安全了。」

話才剛說完，密林裡傳出雜亂的腳步聲，有很多人朝他們奔來。丘十八駛向開闊的江面。

李八斤心急，過了這個村沒了這個店，這對他來說是千載難逢的時機。他瞅著船行過幾株臥倒江面的枯樹，縱身一躍，從船頭跳向枯樹，穩穩站在樹身，隨即踩著樹幹輕捷地躍上岸。他身手靈活矯健，只是弄溼了靴子。

他飛快地奔跑。丘十八看來對王陽明是死心塌地，不可能助他完成大事，那麼他需要藉助外力。如果這夥人是衝著王陽明來的，他會與他們展開談判，幫他們達到目的，只要把王陽明交到他手上就是了；如果這是與王陽明無關的剪徑之徒，他會說服他們助自己完成大業。

十來個灰衣人從密林裡衝出，手提大刀，與李八斤正面相迎。那夥人朝他撲來，李八斤喊：「等等，有話要說。」

那夥人不管不顧揮刀就劈。李八斤心裡罵他們蠻橫不講理，抽出雁翎刀格倒衝在最前頭的兩個強盜。

「住手，我有話說！」李八斤吼道。

其中一個蒙面灰衣人悶聲喝道：「說！」

「你們跟王陽明有什麼仇？」

「干你屁事。你要護他，照殺無誤。」那人冷冷地說。

李八斤覺得聲音耳熟，身形眼熟，只是那人捂著臉面，看不清面目也聽不清聲音，他繼續說：「我助你們。」

「你是王陽明的人，為何要幫我們？」

「我是不是王陽明的人，不要緊。我也不會打聽你們為何要追殺王陽明。最要緊的是，我幫你們成事，也就是你們幫我成事。」

「你到底想做什麼？」

「很簡單，我們聯手，你們交給我活人，我交給你們死人。」

「嗯?」

「我要一個活的王陽明。之後,他的死活與我無關。」

「好主意,你上前一步我們細談。」那人聲音含糊。

李八斤遂大步朝前。就在剛邁出步時,一腳踏入一個被樹枝樹葉精心掩蓋的陷阱,他暗悔自己太急於求成。他眼疾身快,另一隻還未失足的腳迅捷蹬向前頭一個強盜的身體,藉助這一腳蹬力,朝上一躍,攥住頭頂上方一根橫出來的樹枝,身子懸空。再低頭朝下一看,腳下的陷阱布滿尖細的竹梢。

李八斤怒吼:「雜種、老賊,說好了一起成事,你們出爾反爾說話像放屁——」

他正罵得痛快,那夥人突地陣腳大亂,有人衝進人群大劈大砍,嘴裡喊著「狗賊吃我一刀」。他定睛一看,是丘十八。

丘十八像一頭瘋牛,提著雁翅刀橫砍豎劈,全無章法。他這氣勢就嚇倒了一片人。李八斤也不由喊「好身手」,全然忘了自己身處險境。江岸傳來喧譁,幾個灰衣人挾持王陽明和諸氏朝密林深處奔去。

李八斤暗想:「這夥人來路不明,若劫走王陽明,到嘴的肥肉豈不讓人叼走,這麼多年顛沛奔波豈不白費工夫了?」他試圖藉助樹枝往上攀緣,無奈樹枝較細,且被他攥得下沉,難以攀爬。他只得一點一點往裡側粗壯一點的枝幹攀緣靠近。

丘十八邊護著王陽明和諸氏,抵擋灰衣人,一連殺退五六人,肩膀吃了一刀踉蹌倒地,三人被灰衣人團團圍住。

掛在樹上的李八斤看得一清二楚，直喊別亂來。一回神，不對，這話分明就是護著王陽明，那些人豈能再相信他想與他們「聯手」？他懊惱不已，再一想，那就算他們替自己生祭父親吧，雖然不如自己動手來得痛快，但是能親眼看到王陽明是如何死的，也不枉然了。

「爹，兒子不能親手替你報仇，不過也罷，他們馬上要動手了，我說給你聽，他們是先砍頭還是先砍手腳——」他輕聲說。

王陽明把諸氏護在身後，對著面前圍成一圈的灰衣人，神情淡然，好像面對的不是一夥窮凶極惡之徒，而是一群求知若渴的弟子：「贛南巡撫王守仁在此，各位意欲何為？」

諸氏整了整衣衫，不憂不懼。

領頭的道：「我們收人錢財替人消災，不問你們冤仇曲折，只管做事。什麼贛南巡撫贛北巡撫，快快交出你的東西。」

王陽明三人一聽愣了：「他們不是要命，而是要東西？什麼東西？」

「奉僱主之命，取你旗牌。你若不肯交，便取命。」

「要旗牌，還是要命？」

「快繳，別逼我們動手！」灰衣人抖著手中的刀大聲嚷嚷。

他們是來自寧王一方，還是來自福州那邊？眼下兩邊都有隱患，兩邊都需要用到旗牌。若是兩邊同時起事，很可能會雙雙失誤。王陽明急速地思考。

「各位且聽我說幾句也不遲。」他定了定神說。

「行，反正人已落我們手上，且聽你還能說出什麼子丑寅卯。」

「天下最羞恥的，莫過於被人罵作盜賊土匪。人們最痛恨的，莫過於遭受劫掠之苦。如果有人罵你們盜匪，你們定然憤怒。倘若有人焚燒你們的房屋、搶劫你們的財物、奪走你們的妻兒，你們定會切骨懷恨，發誓報仇不可。這種盜匪天下人沒有不怨恨的，你們難道也想成為這種人人唾棄的人嗎？……」王陽明神色沉著，言語鏗鏘。

「世間子民，皆是父生母養，沒有人是天生作惡的。你們孩提時，也天真爛漫，你們謀生之初，也想給予一家人衣食飽暖。成為今日的模樣，並不是你們的錯，錯的是讓你們走上這條路的人。」諸氏言語溫婉輕柔，臉上還帶著母親一般的宥恕微笑。

李八斤想：「這夥人殺人不眨眼，能聽你們的話才怪呢。完了完了，王陽明這人太晦氣了，你死不要緊，我還會被你連累一塊兒死。」

灰衣人們互相從臉上看到了羞愧之色，舉刀的手緩慢低垂。

「守仁曾率兵平汀漳寇亂匪患，痛感做賊是生人尋死路。無故殺一隻雞犬尚且不忍，何況人命關天？輕易殺人，冥冥之中定有還報，殃及子孫後代。你們與守仁並沒有殺父之仇、奪妻之恨，又何必苦苦相逼呢？」王陽明慨然道。

「我們只要你手上的東西，你廢這麼多話做什麼？那就連命一塊取了。」領頭的撲殺過來。

突然，這夥人被橫掃在地，哇哇亂叫。

原來李八斤見無法攀緣上樹，就使勁搖晃樹枝，藉助慣性，像盪鞦韆一樣將自己甩將出去，一下子砸向他們，灰衣人如疊羅漢一樣紛紛倒地。丘十八趁他們自顧不暇，提刀砍將起來。李八斤從丘十八臉上分明看到那日古戰場上殊死一搏的凶猛。他的心念艱難地轉了幾轉，終於站到丘十八一邊——這陣勢看起來，那夥人占不到什麼好處，不如站回原來的陣營再說。

一把雁翎刀、一把雁翅刀，兩人背靠背對敵以一當十，愈戰愈勇，灰衣人血濺四方，死的死、傷的傷、逃的逃。

李八斤追前幾步一揮手，小飛鏢刺中其中一人的腿肚。那人當即跪地，正是剛才與他說話的蒙面灰衣人。李八斤挑開他的蒙面，露出一張熟悉的面孔。

李八斤朝左右看了看，壓低聲音：「我跟你說過，沒有我的話，不能動王陽明一根毫毛，你不聽？」

「你遲遲不對他下手，還莫名護他，一再阻止我等行動，我實在不解，你到底與我是一夥的，還是跟王陽明是一夥的？」汪大用咬牙恨道。

「放屁，我怎麼可能跟他是一夥的？這事三言兩語說不清楚。」

「你說的、你做的，讓我怎麼相信你跟我是一路人？」

「我要將王陽明帶到我父親墓前，讓父親看著他受死。」李八斤惱羞成怒。

「你以為我會信嗎？」

李八斤不禁疑惑：「到底誰指使你們來的？」

「魚有魚路、蝦有蝦路。」汪大用頗得意。

李八斤皺起眉頭：「真是寧王？」

「你不助我成事，總會有人助我。」

密林外，丘十八喊李八斤快回來，他已將這夥人收拾乾淨了，現在快快啟程，以免再生事。

汪大用冷笑：「今日你放過我，我也放過你。我再信你一回。你要是一再欺瞞我，我定將你的祕事大白於天下，讓王陽明知道，你假扮護衛實則想行凶。」

李八斤陡然一驚，與其留後患，不如斬草除根。

「爹，爹，你死得好冤啊。」汪大用似乎看出他的心思，忽地悲聲道。

李八斤愣住。汪大用朝密林深處連滾帶爬，騎上馬倉皇逃離。他正要飛出小飛鏢，又停住。這汪大用成事不足，犯了他爹犯過的錯，只怕也不敢去見寧王。

他回到船上，對王陽明說這夥人是寧王派來的。他沒有正眼看他們，只怕一對眼，會洩露出剛才的曲折變故。

「你忠心可嘉，只是隻身犯險，差點釀成禍事。不過該來的還是會來。寧王的人不會輕易放過我們。」王陽明淡淡地說。

李八斤默默地想，誤會，都是誤會。王陽明誤會他，殺王陽明的也誤會他，而他無法將個中曲直說給任何一方聽。為今之計，走一步看一步，只要能在王陽明身邊，夙望終有一日能實現。

過白沙驛，至金川驛，達劍江驛，抵南浦驛，兩天兩夜後，王陽明一行抵達南昌。

王陽明夫婦帶上壽禮走向寧王府時，互相發現對方臉上是共承生死危難、休戚與共的淡然，他們笑著攜手跨入寧王府。

朱宸濠聽聞王陽明夫婦前來賀壽，一時愣怔。劉養正和李士實也感意外。

他可以輕易誅殺贛南巡撫王陽明，但是還不敢對大明都察院左僉都御史王陽明下手。他派人追殺王陽明派去京城的人，是斬其羽翼；派人劫掠王陽明，是想拿到他的旗牌。他其實一直在等著王陽明來賀壽，若來，則證明還有為己所用的可能。他自認是廣攬英才的明主，連凌十一、閔廿四、胡十三這樣的江洋大盜也要用，何況是王陽明？

去年，孫燧和許逵差點要抓走竄入他家祖陵的盜匪，他驚恐地致信京城要員，要求調走孫燧，哪怕派遣王陽明也行。人才難得，不到萬不得已，他還不願放棄這一枚可用的棋子。現在他找上門來，真的是賀壽，還是來算帳？他到底是不要命，還是太要命了？

朱宸濠看著王陽明夫婦款款走來，王陽明輕裘緩帶，從容閒適，諸氏雲鬟霧鬢，林下風致。他們一步步近前，他緊緊抓著椅背，身子不知不覺局促僵硬，好像進入寧王府的是自己而不是對方。

直到王陽明夫婦來到他面前，作揖賀壽，朱宸濠才清醒過來，發覺手心滑膩，他尷尬地說「請，請」，悄悄往袖子擦了擦手。王陽明不但來了，還偕夫人同賀，禮節比其他官員更上道。他吩咐僕役請婁妃來見。諸氏在，婁妃不能不在。這種人情世故他還得捏著，不能落人一局。

王陽明讓兩名護衛送上賀禮。賀禮不輕不重，符合贛南巡撫對藩王該有的禮儀。朱宸濠道了謝，當下言不由衷地寒暄起來。

婁素珍很快出來與師兄嫂見面，彼此欣喜。上一回王陽明與孫燧來寧王府赴一場劍拔弩張之宴，她只能在屏風後默觀不出。他們初見時，王陽明和諸氏還是少年夫婦，婁素珍還是爛漫孩童，轉眼看朱成碧，不免唏噓韶華如水。

朱宸濠邀請夫婦倆於兩天後參加壽宴時，諸氏對婁素珍低聲道，她衣衫有一處脫線，能否縫幾針。婁素珍拉著諸氏，向男人們作揖離開。

王陽明帶著歉意告訴朱宸濠，因贛南事務實在太多，加上福州譁變，他必須奉兵部之令前去處置，所以不得不缺席王爺壽宴。他還呈上兵部密函給他看，以證所言非虛。

「王爺，是以我送壽禮入府，禮到人不到，望王爺諒之。」王陽明誠懇地說。

朱宸濠與兩名幕官對了一下眼色，王陽明的突然而至以及這番說辭，都是他始料未及的。眼下他只能憑一貫的判斷做出回應了。

「好好，禮到就好，不，人不到就好，不不，人禮都不到亦可。」朱宸濠有點懊惱腦子轉不過彎，「國事為重，國事為重，王都堂為大明盡心盡職，當是我等楷模。」

「王都堂有心了，王爺一向寬厚體恤，不會怪罪於你的。」李士實盼著王陽明立刻從眼前消失。

「王都堂素有心即理之說，此次來南昌賀壽，便是有心有理亦有禮，令我等佩服得緊啊。」劉養正也巴不得他快離開南昌，以免礙手礙腳。

過了會兒，婁素珍與諸氏出來，王陽明和諸氏即告辭。

「暑熱將至，風雨如晦，陰晴無定，望王爺多保重。」王陽明向朱宸濠作揖告別，朝婁素珍也作了個揖，深深看她一眼，便攜手諸氏離開。兩名護衛牢牢跟定身後。

朱宸濠的笑容瞬間消失。王陽明送的壽禮，盡到了一名贛南巡撫無可挑剔的禮儀，可是他還是感覺對方的言行舉動充滿了隱祕的威脅，尤其他提到要去福州處置軍衛譁變，這更像是一種含沙射影的警告和震懾。

他忽然福至心靈地想到，如果王陽明確實去福州，那麼，他這麼做是提前斬斷了對自己將要坐定的江山的某一種威脅，這豈不是有利於自己的好事？再則他離開更是少了障礙。朱宸濠為自己悟到這一點頗感佩服，臉上又露出笑意。兩名幕官看著他陰晴不定的臉，不免愕然。

婁素珍望著王陽明夫婦漸漸遠去的身影，目光幽深邈遠，彷彿要望向很多年前讀書啟蒙的韶華歲月……舊日不再，她能做的，唯有讓自己的良知好過一些。

黃昏時分，王陽明一行出現在離寧王府水觀音亭不遠的茶樓。

王陽明慢悠悠地喝茶，他身穿玄青色袍服，頭戴四方平定巾，手搖扇子，看起來像是一名行色匆匆的老儒生。

李八斤心裡嘀咕：「朱宸濠要知道有人冒死見婁素珍以打探他的動靜，只怕把他生吞活剝的心都有了，這王陽明的膽子未免也太大了。」

此時一個念想竄上他的心頭——向寧王告發王陽明，是不是比寧王僱傭汪大用那個沒大用的傢伙容易多了？他先是被這個念頭嚇了一跳，接著一喜，如此順理成章的計謀，上一次來南昌怎麼沒想到？這幾乎是不費吹灰之力就能辦成的。

他一口接一口喝水，整個人沉浸在混沌模糊的亢奮之中，以至於丘十八喊他都沒聽見。丘十八不耐煩了，索性對他捶了一拳，李八斤吃痛瞪他。

「這麼燙的茶你也喝得下？」丘十八指著他面前熱氣騰騰的茶水。

李八斤一看，丘十八為他和王陽明添的水是滾燙的。王陽明徐徐地喝，他卻像牛一般灌水，連燙也顧不得。這時他才感覺舌頭被燙麻了，不由尷尬一笑。

「你胡想什麼？」丘十八用下巴朝四周一轉，壓低聲音：「我們得顧著周圍情況。下樓去等著，提著神。」

李八斤喔喔應聲，暗罵：「這個賊土匪，剛被擒拿時如茅坑石頭一般又臭又硬，現在對王陽明卻比看家狗還要死心塌地。」

約莫一刻時辰後，一頂精緻的轎子停在茶樓門口。李八斤迎上前一揖，輕聲說「婁妃娘娘請」。婁素珍微微頷首，之前諸氏假稱縫衣衫和她約定與王陽明見面。

婁素珍讓隨從退下，對李八斤道了聲謝，進入茶樓。李八斤看看隨從們的背影，再往樓上看看，神情複雜。

婁素珍上二樓，對王陽明躬身施禮。王陽明單刀直入問寧王最近的動向。丘十八坐在離他們丈把距離的茶桌前，李八斤站在茶樓樓下門口，他們如兩尊會轉脖子的雕像，沉默地守著。

婁素珍如鯁在喉。師兄問的也正是她想說的。這些年，她鬱積了太多難以言表的心事。偌大的寧王府，每個人營營役役於自己的盤算，她的憂慮、鬱悶、恐懼被重門深掩……入寧王府以來，世人渴求的榮華富貴越來越多，「春時並轡出芳郊」的美好越來越少，而抱火厝積薪之下而寢其上的危局感，如影隨形。從寧王府到水觀音亭，從早到晚，從春到冬……

她終於把那些無可傾瀉的恐懼，一點一點傾吐出來……

天空陰暗、雲層堆積，細碎的雨開始飄落。不遠處水觀音亭的亭臺樓閣水榭，罩在濛濛雨水中。婁素珍靜靜地說、王陽明靜靜地聽。

雨水濺在門口的李八斤身上，他依然緘默如雕像，只是目光警惕地轉動。茶樓掌櫃喊他進來一點，以免被雨水弄溼，著了涼，李八斤置若罔聞。掌櫃覺得客人的隨從太實誠了，實誠得有點傻。

李八斤在盤算：現在去寧王府，還是等婁妃離開後再去？或者他去找婁妃帶來的那幾個隨從，讓他們捎上一句話。他相信，不消片刻，茶樓就會被圍得比細雨還要密集。但是這樣做，會連累到王妃。這位王妃身上沒有貴婦的驕嬌之氣，她長相清秀柔和，眼神憂傷，身上飄著淡淡的香，還對他道了聲謝，她——不該受到無辜的連累和傷害。

還有，丘十八不算好東西，但是也不算壞東西，事一起，他必然脫不了關係，以他的個性拚死也得拉自己墊背，這事得避著他耳目才是。不過這人睡覺鼾聲像轟雷，還磨牙放屁說聽不清楚的夢話，夠煩人的。

再有，這茶樓掌櫃似乎也不錯，喊他進去躲雨以免著涼，要是在這裡大動干戈傷及無辜茶客，破人錢財害人生意，也不妥。

再再有……冤有頭債有主，算來算去，這帳還得算在王陽明一個人的頭上。莫急莫急，不是不報，時辰未到。

李八斤的內心翻江倒海，臉上不動聲色，依然如雕塑一般杵著。

王陽明終於確認了一直以來深信無疑的事實——寧王會在近日起事，更可能在兩三天內。謀逆行動只會早，不會晚。

婁素珍把了解的所有都告知了王陽明，更多的機密，已不是她這個不再被寧王信任的妃子所能掌握的。

「師兄，情勢危急，南昌不宜久留，你快走吧。」她懇切地說。

王陽明看著眼前柔弱的小師妹。當年，他與婁諒只是一日求學的情分，嚴謹說來也不算師生，更像是同門。婁素珍那時更是一個未諳世事天真無邪的小女孩。她長大、嫁人、入侯門、居深宮，伴君如伴虎……不堪的時光，把一個原本蘭心蕙質、才貌絕倫的女子，變成一個朝不保夕的深宮怨婦。

「師妹，妳要好好保重。」縱有無限惋惜嗟嘆，王陽明也只能這麼說。

「師兄，如果，有一天——」婁素珍想說，如果有一天寧王起事失敗——她從不認為寧王會成功——師兄能不能放過那個自命不凡、可怕又可憐的人。她想說，如果她也落到師兄手上，能不能念在舊日情分上，給她一個體面的結果。她還想說——可是最終只是輕輕地說：「師兄你也要好好保重。」

王陽明在婁素珍的淚水即將滑落的彈指間，深深地一揖，走向樓下。他不能看到淚水從小師妹臉上落下，那樣他可能會無法確定下一步該怎麼做，所以他只能硬著心腸當沒看見。

諸氏施施然從茶樓樓下出來。李八斤問下一步行程。福建三衛不必再去，南昌已成累卵之危，王陽明稍一停頓，清晰地說出兩個字——豐城。

婁素珍望著雨霧中師兄嫂的背影，臉上的淚水無聲地跌落。

朱宸濠迎來的，是皇帝收回寧王府的護衛和官田的旨意。

他謙卑順從地跪伏在地，從喉嚨底發出「遵旨」的回應，內心燃起的是熊熊恨意。可是他不知道，這其實是內閣首輔楊廷和煞費苦心想出的救他於水火之中的絕計，怒火填膺而不夠智慧的他並不能領會其中深意。

來自各地一封接一封揭發寧王謀逆的奏疏，左都督江彬和皇帝的寵宦張永的反覆陳述，終於使皇帝一點點清醒過來，開始相信寧王真的起了謀逆之心。

「寧王一再說自己賢能，那麼豈不是顯得陛下不賢？一再說自己勤勉，豈不是顯得陛下不勤？」深諳皇帝心思的張永誠懇地說。

朱厚照想到寧王送兒子到太廟司香以表忠心殷勤，一再進貢表達鞠躬盡瘁死而後已的忠心，雪片一樣飛來的一封封控訴其謀逆的奏疏，他長年荒唐迷糊的心智終於清明起來，進而大驚：「臣子們忠肝義膽，為了升官加爵，寧王如此忠心耿耿又為了什麼？他再往上升成什麼了？我又成什麼了？可怕，太可怕了。」

皇帝暫時收斂玩心，急忙召見內閣首輔楊廷和，向老師徵求應對之策。楊廷和胸有成竹地提議，陛下應效仿明宣宗樹立的平叛典範。

明宣宗朱瞻基即位時，皇叔朱高煦謀反，朝廷迅速平叛，朱高煦被廢為庶人。另一位皇叔朱高燧雖有串謀之嫌，但是沒有行動，後來也主動放棄護衛和府宅。「陛下應該像處置朱高燧那樣處置寧王，警誡加褫奪其護衛和官田，斬其羽翼，就難成大器，而不必大動干戈，這樣亦能留得明宣宗那般的英名。」楊廷和煞費苦心地對皇帝進言。

楊廷和這番話是經過深思熟慮後跟朱厚照說的，這樣既阻止了寧王的謀逆行動，也給了他一個嚴重警告，更是保全自己——倘若朱宸濠狗急跳牆把自己咬出來呢？

朱厚照對老師是極尊敬聽從的，覺得大事化小、小事化了不失為良策——說到底這都是朱明王朝的顏面，不到最後關頭，誰也不願捅破最後一層窗戶紙，於是同意了這個策略，下旨南昌，收回寧王府護衛和官田。這道看破不說破的懲戒聖旨，為大明王朝留了顏面，為寧王留了一線生機，也給了內閣首輔楊廷和以應有的尊重。

可是沒有人把如此隱祕淵深詭譎的內情說給朱宸濠聽，這需要極其聰慧的心智方能解其意。朱宸濠不能，他的幕官也不能。陷於狂怒的朱宸濠絕望地想，謀劃十年之久的完美計畫，業已被皇帝識破，褫奪護衛官田只是第一步，接下去他和兒子們會像倒楣的朱高煦那樣最終被殺。

朱宸濠與劉養正、李士實在幽暗的密室共議大事。

時值農曆六月，他們全身滲汗。朱宸濠不停地吃冰鎮西瓜，還是沒有鎮住熱燥，氣得把西瓜砸在地上，弄得一地溼滑猩紅。兩名幕官一口也吃不到，只能噝著口水抹著汗。

「說，我們現在有多少兵馬兵械？」朱宸濠問。

劉養正、李士實你一言我一語稟報。

「前些年招募的死士兩萬多人，一直在南昌操練武藝。」劉養正說。

「凌十一、閔廿四、胡十三等有四萬多人。」李士實說的這些人，是朱宸濠招來的匪幫，也就是丘十八的前同行。

「再加上我們自己的護衛，各縣衙的衙役、護衛等一萬多人，總計有七萬之多，不，八萬之多。」劉養正掰著手指頭算。

「兵械呢兵械？」

「王爺放心，槍刀、箭矢、盔甲、佛郎機銃等兵器早已備齊，保證人手一件，只等舉事。」劉養正很興奮，就差拍掌歡呼終於等到這一天了。

朱宸濠吃過西瓜的嘴角淌著紅水，看起來要吃人一般。

「為什麼，為什麼，為什麼——」他像中箭的野獸一樣嚎叫，「我對皇上忠心耿耿，年年進貢稀世珍寶古器賞玩，他非但不信任我，還加害褫奪於我？都是太祖的子孫後裔，此等放蕩不羈的豎子，何以坐定皇位，我寧王何以苟且偷生偏隅一方？老天爺你何以如此不公，何以？」

兩名幕官臉色煞白。雖然寧王心懷異志在南昌已是不言而喻的事，可是大家都是只可意會不便言傳，吶喊囂叫是大忌，萬一走漏風聲如何是好？本來，他們打算等兵馬兵械再充足一些再動手，可是眼下的寧王已成一隻暴怒的惡虎，與其被寧王咬死，不如跟著他去啃一塊肉骨頭。

「王爺，事情有變，兵貴神速，必須馬上舉事。」劉養正搶先一步說：「明日王爺壽辰，正是動手的好時機，屆時把赴宴的大小官員關起來，逼問他們何去何從，如此正好衡量他們對王爺忠心與否。」

李士實覺得他急於邀功實在奸猾，便說：「明日是王爺大壽吉時，不可沾血光之災，不如趁次日百官赴答謝宴時動手。壽宴也正好驗明眾官對王爺的誠意。」

「劫殺王陽明的那些人呢？」朱宸濠忽然問。

劉養正說：「逃回來一個，其餘人等沒回來。」他打算嚴厲懲處那個叫汪大用的傢伙，只是這幾天連他的人影也找不到。李士實說王陽明身邊有兩名高手，飛花摘葉皆傷人，實在太厲害了。

「告訴他們，暫時不要招惹王陽明。讓他安安心心去福州辦事。」朱宸濠陰狠地說。

兩名幕官先是愕然，隨後恍悟。現在面臨危局，一個王陽明已無足輕重，他們要把江西官場連根拔起，把整個江西放進鍋釜煮一煮。

朱宸濠鐵青的臉色泛起赭紅色，一字一句從牙縫間擠出：「太師劉養正。」

「臣在。」

「擬討正德檄文。」

「遵旨。」

「先祖創立大明，至今已歷百年……」

三顆腦袋湊在一起，嘈嘈切切商議舉事大業。滿屋瀰散汗酸餿味。

婁素珍從走廊經過，在密室前停住，望著從窗紗映出的狀如魑魅魍魎的三個身影，他們忽而咆哮、忽而低嗚、忽而哀號。

她無聲無息地從密室前飄過。「這個時候，師兄嫂應該離開南昌了吧。」

豐城到吉安

按風俗，壽宴之後是主人對賀壽眾賓客的答謝宴，後面還會有陸陸續續的置酒燕樂。這意味著，六月十三日寧王壽辰後的十四日，還有一場盛宴。

壽宴徐徐鋪開，炊金饌玉、歌舞昇平、薰香繚繞。江西大小官員悉數到場，坐在鋪開珍饈的桌案後滿臉堆笑，山呼王爺壽比南山。

他們在味同嚼蠟中度過了漫長的壽宴，走出寧王府後更為惴惴不安——因為第二天他們不得不赴第二場答謝宴。某種意義上，答謝宴比壽宴更不可輕慢，這表明了官員對寧王的感恩。

翌日的答謝宴，菜餚更為豐盛，儀式更為隆重。官員們心裡再清楚不過，這很可能是一場蘸血的饗宴。

朱宸濠一手摟婁素珍、一手摟翠妃，其他妃子依次列席。官員們依官職大小陸續向他敬酒答謝，他縱聲大笑。婁素珍的笑薄薄地掛在臉上，彷彿隨時會被風吹走，朱宸濠已無暇顧及她。

只有一個人看出婁素珍的笑滿是哀傷——江西巡撫孫燧。

孫燧的目光移過她的臉，舉起酒杯喝了口，這場如坐針氈的酒宴什麼時候能揭開它面紗後的真面目呢？按察副使許逵為他倒酒。兩人舉杯對視，默默頷首。這場奢靡的饗宴上，只有他們是同盟。

一曲既罷，舞女又輕歌曼舞元曲〈西廂記〉。

「……這玉簪，纖長如竹筍，細白似蔥枝，溫潤有清香，瑩潔無瑕疵。這斑管，霜枝曾棲鳳凰，淚點漬胭脂，當時舜帝慟娥皇，今日淑女思君子……」

豔詞惹得朱宸濠笑逐顏開，問曲兒誰安排的。回話是婁妃娘娘。

「到底是愛妃深得我心、深得我心啊。賞錢、賞錢。」

白花花的銀子撒向舞女們，舞女們擠成一團搶錢，朱宸濠笑得前俯後仰。眾官員不敢跟著大笑，也不敢不笑，他們的笑僵硬彆扭。婁素珍平靜如水。

「恰新婚，才燕爾，為功名來到此。長安憶念蒲東寺。昨宵愛春風桃李花開夜，今日愁秋雨梧桐葉落時……」舞曲在繼續。

朱宸濠一聽這唱詞臉色一變，喝令停下。舞女們戰戰兢兢停住，眾官員借酒澆糊塗。許逵與孫燧冷眼看這一場醉生夢死。

婁素珍向朱宸濠敬酒：「王爺為何又怏怏不樂？」

朱宸濠冷哼：「大丈夫志在四海，不是妳等女流之輩可懂的。」

「寧王封侯一方，可謂一人之下、萬人之上，遠非黎民百姓所能及。臣妾亦蒙受餘蔭，感恩皇恩浩蕩。王爺若能依從歷代寧王的理法規制，守一方疆土、護一方承平，不奢談四海八荒，怡情於盈尺之地，亦可自得其樂，世世代代永保福祉無窮，有何不樂可言呢？」

「愛妃啊愛妃，燕雀安知鴻鵠之志哉。」

「王爺，此話怎講？」

「寧王世代偏居南直隸一隅，盈尺之地，仰人鼻息，無非嗟來之食，難展宏圖大志。而天子式闢四方，徹我疆土，受四海之圖籍，膺萬國之貢珍，內撫諸夏，外綏百蠻，一呼百諾，盡享洪福齊天，九五之尊。這豈不是燕雀與鴻鵠之別？」

「王爺此言可商榷。孔子云，唯天子受命於天，士受命於君。故君命順則臣有順命，君命逆則臣有逆命。宋時范仲淹亦有言，居廟堂之高則憂其民，處江湖之遠則憂其君。皇上雖位極九五之尊，但時時為江山社稷而夙夜在公，不勝憂煩。何如王爺既能享榮華富貴，又不必擔當社稷重責。王爺而今居豫章故郡南昌新府，大可盡享鐘鳴鼎食之家，青雀黃龍之舳的頤樂，何苦捨近求遠、逐末捨本呢？君命逆則臣有逆命，王爺若執意而為，只怕到時候逆命改勢，悔之已晚啊。」婁素珍用最溫軟的聲音，說最犀利的話。

一隻酒杯砸在地上，應聲而碎。舞樂戛然而止，眾人屏聲息氣。一名官員正好喝了口酒，酒水落到喉嚨發出響亮的「咕嘟」聲，聲若咽泉，那官員惶恐至極。幾個正嚼食物的官員連嚥下去都不敢，憋得滿臉通紅。

「婁妃醉了，扶她下去。各位繼續享用珍饈。」朱宸濠的語氣並不太嚴厲，但是臉色發青。婁素珍和妃妾的身影剛消失，一群盔甲兵士就從四周湧過來，官員們臉色煞白。劉養正稱王爺有令，請大家細聽。眾官鴉雀無聲。

朱宸濠起身撣了撣冠冕，清了清嗓子說：「昨日接太后詔書，當今正德皇帝朱厚照在其位而不謀其政，上不能匡國，下亡以益民，尸位素餐，荒淫無度，天子不仁，大明江山壺漏盞裂，是以太后命我即刻起兵入朝監國，攝行天子之政，以觀天命。各位意下如何啊？」他慢吞吞地掃視一圈。

孫燧與許逵對了下眼神，心裡說「時候到了」。許逵用只有他們才能聽清楚的聲音說：「孫巡撫你先去吧，我追隨你就是了。」

在死一般的靜寂中，孫燧昂然起身走出宴席，走到朱宸濠面前：「王爺，請問太后的詔書呢？」

朱宸濠看著眼前這個一次次向朝廷奏報他謀反的江西巡撫，很是納悶——事到如今，怎麼還會有這種不識時務的蠢人？他為什麼沒讓這樣的蠢人早早消失，以致此時在眾人面前令自己難堪呢？

「大膽孫燧，太后詔書在此，此乃皇家密詔，豈可讓你看得？」劉養正抖了抖手上一份金黃色紙箋喝道。

「王爺之言便是詔書，你信也得信，不信也得信。」李士實捻著鬍鬚冷笑。

「天無二日、國無二君、民無二主，你等假傳聖旨，怎敢稱天子威命？」孫燧指著朱宸濠的鼻子，唾沫星子濺到他的臉上。

朱宸濠抹了把臉，兩名兵士衝過來，挾住孫燧就往外衝。

「朱宸濠逆賊，狼子野心，怙惡不悛，必遭千夫所指，今日你殺了我，等王師一到就會殺了你全家，只是早晚的事——」孫燧一路怒罵不休。

孫燧被推到宮外惠民門，雪亮的鋼刀朝他脖頸劈下的瞬間，他心中說出最後一句話：「伯安，全靠你了——」

血腥味從惠民門飄向寧王府的饗宴，與肉味交融。有官員開始嘔吐了。

劉養正展開金黃色紙箋，捏著嗓門念道：「討正德檄：先祖創立大明，至今已歷百年。不意祖宗血脈，孝宗駕崩而斷。厚照豎子，乃民間野種。奸宦李廣，抱入宮中。張后視如己出，愛如拱璧。遂使草莽無賴，儼然天潢貴冑……」

「還有誰有異議？」朱宸濠怡然地喝了口酒，目光如箭矢掃射眾人。

一個魁偉的身影赫然從席間站起，喊道：「朱宸濠，孫巡撫乃朝廷所派遣的大臣，你濫殺無辜，殘暴橫行，必遭天譴！」

「按察使許逵，難得還有你對孫巡撫忠心耿耿，那麼本王就成全你，下去陪他吧。」朱宸濠有滋有味地嚼肉，都顧不得抹一下嘴角的湯汁。

兵士又把許逵推到惠民門，還未擦乾血漬的鋼刀再次落下，又一顆憤怒的腦袋落地。空氣中再次飄起比肉菜香還濃郁的血腥味。

「……半歲韶齡，立為太子。十四少年，榮登大寶。此君昏庸無道，不唯豹房縱情聲色，鬥雞玩狗。更於宣府營建『家里』，儼然淫窟。濫認義子，一日百名之多；廣選美女，載以十輛大車。權柄下移，錢寧猖狂；信任邊帥，江彬跋扈。祖制蕩然，新法不立……」劉養正繼續念「討正德檄」。

「還有誰有異議？」朱宸濠微笑地掃視眾人。

「擁寧王者，立左。擁朱厚照者，立右。」李士實尖著嗓子喊。有唯唯諾諾者、有義憤填膺者、有無所適從者、有驚慌失措者、有痴呆狂亂者，不一而足。朱宸濠令將所有反抗的拉下關押。剩下的狀若泥塑木雕。

「寧王宸濠，乃太祖皇帝正統血脈。現奉太后詔書，起兵討伐昏君奸臣。大軍到處，秋毫無犯；老宜相迎，少當從軍。革除正德，民心所向。上下同心，共建勛業；昭彰日月，無愧天地。草檄此文，咸使聞之。」劉養正繼續讀檄文。

「即日封李士實為國師，劉養正為太師，事成後二人並拜為左右丞相，爵為上公。凌十一、閔廿四、胡十三等為都指揮使，王倫為兵部尚書……革正德年號，立順德年號，傳檄四方……」李士實中氣十足。

「順我者昌、逆我者亡！」朱宸濠大吼。

留下的官員膝蓋一軟，如同被割倒的稻穗，齊刷刷地跪在朱宸濠面前，山呼陛下，聲音響徹整座寧王府。

朱宸濠捋鬚大笑，通體舒泰。他還沒有坐上皇帝的寶座，已然領略到成為王的威儀，這是歷代寧王都無法比擬的煌煌榮耀。怪不得歷朝歷代都搶著成為王，哪怕弒君也在所不惜。

「可惜啊可惜，少了一個人。」他慢慢斂起笑容，望著簷角陰沉的蒼穹，面色陰鬱。他又焦躁起來，王陽明真的是去福州而沒有異心嗎？

船從南昌沿贛江北上，一路江浪顛簸，經過三晝夜疾行，王陽明一行進入豐城縣域內。

他們甫一停舟靠岸，就見到岸上有一小堆人，其中一個朝他衝過來。李八斤和丘十八的刀一晃，王陽明說無須驚慌，是熟人。

豐城知縣顧佖涕淚交零地奔向他，喊「王都堂你可來了」。

這位正德九年的進士，剛踏上仕途沒多久，就遭遇了這場始料未及的謀逆。因受官場浸染尚淺，他還沒來得及養成附庸作惡的習氣，仍有一腔忠君報國的熱血。他一邊向寧王送上壽辰賀禮，稱遇到不可推卸的要務難以赴宴，一邊悄悄召集地方總甲，做抵擋叛軍攻襲的準備，與此同時在周邊幾處碼頭守候王陽明。在不多的交集中，他憑直覺相信這位贛南巡撫是同路人。

顧佖說孫燧和許逵已在寧王壽宴上被殺，司府縣大小官員不從者均被關押，生死未卜，他早有防備僥倖逃命。寧王起兵叛亂，將各衙門印章公函悉數收去，庫藏兵械搬搶一空，連囚犯都放出來充當叛軍，船隻泊滿江面，寧王聲稱很快將進攻南京，此外還有一支兵馬攻向京師。豐城縣民眾四處潰逃，他很快會成為光桿知縣了。

德成兄，德成兄——王陽明深知孫燧留在江西必是九死一生，沒想到他這麼快就出師未捷身先死了。巨大的痛楚湧上心頭，他強行按捺下去，現在還不是悲傷的時候。朱宸濠的行動比預料的要來得更快更急。

豐城離南昌太近，是寧王盤踞之地，如同虎口，絕不可飼虎。

去吉安。這是王陽明事先想好的第二條路。吉安地處南昌與贛州中間，有進退迴旋餘地。吉安知府伍文定參與過橫水桶岡之役，忠義勇武，是可用之人。

他簡單叮囑了顧佖，他既然肯與寧王割席，自然懂得該做什麼。

一行人來到一處叫黃土腦的碼頭，王陽明讓李八斤和丘十八再找一艘船和一名船夫。兩人搜尋一圈，找到一艘躲在蘆葦叢的小帆船。船夫說：「不想招來殺身之禍，寧願不賺這錢。」李八斤斥他胡說八道。船夫說，豐城傳聞朱宸濠在派兵追緝一名逃離南昌的叫王陽明的官員，他不能確定他們是不是。

王陽明把諸氏扶到一邊：「夫人，事已至此。妳也清楚了。寧王謀逆在即，江西危在旦夕，我決意平叛，眼下安危難料。妳且坐大船回贛州，等候我的音信。」

他懇切地望著諸氏，心頭忐忑，她若要誓死相隨不離不棄……這是令他擔心大於感動的表白，他不希望夫人這樣。

諸氏整了整他的帽子，拍了拍他衣襟的塵埃，神色泰然：「夫君，我回贛州，你只管勇往直前就是，不必為我分神憂心，我自會安排妥當。」

「我讓李八斤護妳回去——」

諸氏粲然一笑，眉宇間盡是浩然英氣：「不必，我會為夫君備好慶功宴。」

王陽明縱有千言萬語也難言，他握緊諸氏纖柔溫熱的手。

李八斤押著船夫過來，輕描淡寫地說船夫答應了，王陽明和丘十八坐上小帆船先離開，他陪夫人留在大船，船夫開大船，在他們後面緩行。等過了險境，他再找機會追上小帆船。

「先生，我與你換衣。」李八斤笑道：「我很想試試穿官服是什麼滋味。」

王陽明和諸氏對視，明白他要做什麼了。

「李八斤，你和丘十八要護衛好先生。我做好肉包子候你們凱旋。」諸氏對李八斤說。

李八斤的喉嚨不自覺地咕嘟一聲，連忙大聲說：「請夫人放心，我們定當捨生忘死，護先生安然。」

小船乘風破浪，李八斤和諸氏的大船隨後緩行。

江面浪急風高，正是張帆的好時機，但這是南風而不是王陽明所要的北風。贛江由南向北流入鄱陽湖，吉安在豐城以南，此時是逆風逆水寸舟難行，船上人能看到岸上黑壓壓的追兵撲來。

王陽明取出線香。他有焚香冥想的習性，便會隨身攜帶一些。丘十八不明白這個火燒火燎的時辰焚香有什麼用，難道叛軍會等先生焚香思考後再追來不成？

王陽明燃香跪禱，默唸南風改北風，以護佑他驅程南下吉安：「皇天若哀憫生靈，許王守仁匡扶社稷，願即反風。若天心助逆，生民合遭塗炭，守仁願先溺水中，不枉餘生矣。」

丘十八也跟著跪禱：「老天爺你行行好颳北風吧，我以後不再亂罵你瞎了眼行不行？」不消片刻，他驚喜地喊「起北風了」。

王陽明臉上浮起若隱若現的微笑。此前遭遇艱難時刻，他也會以這種玄技助己一臂之力。比如弘治十六年，他應久蒙旱災之苦的紹興府佟太守之邀寫下祈雨祭文，於會稽山向天祈禱，果然應驗；正德五年他任職吉安府廬陵縣知縣時，縣城遭大火，火燒連營焚毀千戶，他設壇祈禱，風向改變，大火止息；

兩年前的正德十二年春平定漳州賊寇時，他屯兵於福建汀州府上杭，亦與當地百姓祈雨，果然大雨連降三日，後來他祈雨的都察院行臺大堂被百姓稱為「時雨堂」。

他並不真的認為天命神力能解決一切，若不然，他也不會苦苦追尋思想和心靈的學說，以詮釋人生的種種疑難雜症。他只是藉助這種方式凝神靜氣，釐清紊亂的思緒，明晰目標和方向，明確下一步要做什麼。

藉助驟然而起的北風，船鼓起滿滿的帆，在贛江上疾駛。

大船上的李八斤放鬆地舒了口氣。這時他猛然想到，朱宸濠的兵馬已追到眼皮子底下，這個大仇將遂的好時機，再次白白錯過了，並且他還急著助王陽明逃離——我到底在做什麼啊？他懊惱地直捶自己腦門。

李八斤按了按腰間的雁翎刀，看到前船的丘十八，也不約而同按了按雁翅刀。兩人隔著江面咧嘴而笑。

雁翎刀與雁翅刀一字之差，前者比後者輕巧，後者比前者厚重。雁翅刀刀背厚、刀體重、刀頭寬大，刀背上一般有五至九個小孔，孔內有空穿銅環一枚。揮動時環擊刀背，連連作響，聲似雁鳴，又叫「金背大環刀」。丘十八敲掉銅環，故揮刀時沒有聲響，方便行事。李八斤打量過刀，再打量丘十八鬍鬚虯結的面孔、鐵塔般粗壯的身軀。丘十八的武藝未必勝過自己，但是他孔武有力、粗暴狂野，俗話說「武功再好也怕菜刀」，這土匪癲狂起來，只怕自己不是他的對手……

丘十八突地向他一揮手，一個東西隔江飛擲而來。李八斤伸手接住，是個小布包，包著三塊米糕。

這是王陽明在與婁妃會面的茶樓買的。

「這叫定勝糕。先生說，慢慢吃，別噎著。」丘十八把手攏在嘴邊喊道。

米糕細膩、花紋漂亮，有淡淡的米香。他慢慢地吃，清甜軟糯，吃著吃著，嘴裡泛出一股苦澀味。他艱難地嚥下，猛地打了自己兩巴掌，罵了句自己也聽不懂的話。這兩巴掌太重，他嘴角滲出血，心頭卻痛快。

身著官服的李八斤跪在船頭，腦袋抵在船甲板，身子彎成一張弓，淚流滿面。他向父親的在天之靈跪拜，喃喃地說著父子倆才懂的密語，很久很久……

江風呼嘯，巡撫船的船帆鼓張，幾隻鳥精神抖擻地牢牢站定帆頭。

船行二十來里，風速又慢下來，馬蹄聲清晰可聞。王陽明的小船輕捷，離大船很遠了，幾成黑點。

從吃下白米糕的那一瞬開始，李八斤的眼睛不知為何發了紅。

他走進裡艙，把剩下的兩塊米糕送給諸氏：「夫人，我們都嘗嘗定勝糕，嘗過後，先生自會凱旋。」

諸氏嘗了一口笑道：「不錯。我多年沒做定勝糕了。看來慶功宴上我還得多備一道糕點。」

「請夫人安心歇息，外面無論發生什麼事，請夫人都不要驚慌。」

李八斤走到外艙，抽出雁翎刀，喊船夫進來。船夫泊好船進來，見他一手提刀，一手舉著酒葫蘆喝酒，眼珠通紅，一副要吃人的模樣，嚇得倒退幾步。李八斤把刀擱在他耳朵邊比劃了一下，又放在自己耳朵邊比劃，船夫呆若木雞。

「我們之間必須有一個人要少一隻耳朵，你說，少你的，還是我的？」李八斤喝了口酒，笑著說。

「壯士，為何要少一隻耳朵？」船夫結結巴巴。

「因為不聽話啊。」李八斤嘆了口氣。

他突然手起刀落，血花飛濺。船夫慘叫一聲，緊緊閉上眼。好一會，船夫戰戰兢兢地睜開眼，摸了摸耳朵，好好的，那麼——再一看，李八斤的右半邊臉淌著血，一隻帶血的耳朵落在船甲板，他眼珠通紅，狀若凶神。李八斤喝令他將自己綁起來，船夫不敢相信他的話，又摸了一下耳朵，完整無缺，沒有聽錯。李八斤焦躁地說快動手。

追兵趕到岸上，喝令帆船靠岸。夜色中幾支箭嗖嗖射向船帆，江面也響起嗖嗖的落箭聲。船帆如巨大的蛇皮委頓癱塌，船慢下來，船夫帶著哭腔喊「來了」。

追兵衝進船艙，只見一個青年小吏穿著皺巴巴的官服，雙手反綁，腦袋紮著滲血的布條，地上有一隻帶血的耳朵，一隻酒葫蘆落地，艙板溼漉漉的。領頭的追兵一把揪起他衣領，喝問王陽明去哪裡了。李八斤突然嚎啕大哭。領兵喝令他好好說話。

李八斤說他不知道什麼王陽明李陽明，他去兩廣赴任，途經贛江，好端端賞著風光喝著小酒。突然幾個人跳上船，要把他丟江裡餵魚。他再三哀求掏盡盤纏說盡好話他們才作罷，臨走還割了他的耳朵，因為沒聽清他們的問話。他們言語間還有什麼「王都堂」、「寧王」之類的。

領兵撕下他腦袋上滲血的布條，果然只剩下光光的耳郭。

「耳朵，我的耳朵啊，身體髮膚受之父母，他們竟然割了我的耳朵。」李八斤又號叫起來。

領兵的倒吸冷氣，喝問那些人去了哪個方向。

李八斤和船夫各一指，這是兩個不同的方向。李八斤指的是王陽明離開的方向，船夫指的方向則相反。李八斤懇求他們為民除害，追上那幫凶徒為他報仇，日後他會上報朝廷為他們邀功。船夫暗暗叫苦，這人明明是剛才那官員的隨從，他以為定會與自己一樣，指一個假方向迷惑追兵，沒想到他轉頭就變臉了。

領兵的高高揮起大刀，吼叫：「你們哪個說的是真的？」

李八斤手上綁的繩子其實是活結，能靈活抽出握住身後藏的刀，將襲擊者挾持為人質。船夫馬上改變主意，轉而指向吉安的方向，聲嘶力竭地說：「軍爺，他們真的朝那邊行船的。」領兵的大怒，要殺掉船夫，船夫磕頭如搗蒜。

「軍爺殺他不要緊，只是一時半會兒找不著船夫，我沒法赴任，耽擱了朝廷要務卻是罪責不輕。再說你們公務在身，千萬別耽擱了大事。」李八斤不緊不慢地說。

隊伍中有人說：「萬一此人真是途經江西的外地官吏，會替王爺招來麻煩。」幾個人議論片刻，上岸兵分兩路，各自朝吉安和另一方向奔去。

李八斤本就抱著拖延追兵的想法，多拖一刻，小船就多一分逃生之機。夫人在船上，不到萬不得已他不願動手。此刻，夜色是小船的最好掩護，被割掉的耳朵是最好證明。

「快趕上先生的船。你把夫人毫髮無傷地送到贛州。」他摸著滲血的耳郭，「要是有半點差池——我連自己的耳朵也能割，不在乎割掉別人的。明白嗎？」

船夫一個勁兒點頭，鼓足勁開船。

王陽明站在船頭淌下熱淚，心中盛滿比贛江更澎湃的悲憤。

孫燧，他的同鄉兼好友，已慘死於寧王刀下。「月色高林坐夜沉，此時何限故園心」、「獨夜殘燈夢未成，蕭蕭總是故園情」。四明山川、龍山舜水、煙雨雙城……故園心故園情念茲在茲，他不止一次與孫燧懷想他們的餘姚故里，遙想解甲歸田千歲鶴歸的逍遙，而今一切徒然。世溷濁而不清，蟬翼為重，千鈞為輕。黃鐘譭棄，瓦釜雷鳴。兵禍一起，生靈塗炭……如今，就算不為大明、不為遠在京師的皇帝而戰，他也要為德成兄討回公道，為黎民百姓的生死安危而戰。

那個小護衛不知怎麼樣了，他再勇猛，又如何抵擋群狼？自己與此人素昧平生，他卻要追隨自己，執著得可疑。他很清楚這個小護衛的出現沒有那麼單純，但是事到如今，以種種行跡來看，他就算居心叵測，如今亦以生死考驗證明了他的忠誠……

丘十八邊行船邊朝江面張望，頗為李八斤擔憂。這傢伙機敏狡黠，總有出人意料的鬼點子，可是面對群狼縱有三頭六臂又如何？倘若他有不測，以後只有自己護衛陽明先生了。丘十八陡感腰間的大刀更為沉重了。他心裡跟生死未卜的李八斤說：「如果你還活著，就趕緊跟上來生死與共；如果你死了，也不枉並肩一場，我認你這個難兄難弟，以後年年為你燒紙錢……」

丘十八忽聽得身後江面水聲嘩嘩，一看，巡撫船緊追上來，船頭站著那條熟悉的身影。兩船相距一丈左右，李八斤竟縱身躍向小帆船。此刻月黑風高浪急，倘一失足落入贛江，只能餵魚了。丘十八還沒來得及喊「等一等」，李八斤已穩穩落在船頭，笑嘻嘻地朝他們作揖，說：「還好趕上了。」

「李八斤，你可平安？」

「陽明先生，你沒事吧？」

王陽明和李八斤同時說出，前者欣慰一笑，後者有些許尷尬。

「夫人說，她會在慶功宴上多備一道定勝糕。」

王陽明顰蹙的眉頭豁然一展，點點頭。

諸氏望著船窗外，夜色茫茫，江風呼嘯，小帆船的影子很快消失了。王陽明同樣望著夜色中漸行漸遠的大船，也無法看到夫人的纖弱身影。

王陽明很清楚，平叛不能輸，因為夫人的慶功宴和定勝糕在等著他。

他鋪開隨身攜帶的輿圖，把在船艙找到的小石子、小木片、果核等擱在上面，移過來推過去，推演一場即將到來的戰事。每一步他用了三種以上可能面臨的局勢：勝、敗、平，並熟習於心。

成化十九年，十二歲的王陽明在京師的父親身邊，不肯專心讀書，帶一幫小兒嬉戲。裁紙做旗幟，眾小兒持旗四立，他自封為將居中排程，左旋右轉，戰陣氣勢十足。十四歲時他習學弓馬，通讀兵法，熟習《六韜》、《三略》等兵書，還聲稱：「儒者患不知兵。仲尼有文事，必有武備。區區章句之儒，平時叨竊富貴，以辭章粉飾太平，臨事遇變，束手無策，此通儒之所羞也。」少年深諳文人不懂武備的尷尬痛點，所以早早學會了騎射。

再一年，他隨父親出遊居庸三關，在邊塞策馬揚鞭，追逐騎射胡人小兒，挽弓射大雕，一時嚇得胡兒不敢來犯，慨然有經略四方之志。其時北方乾旱，盜賊四起，屢屢攻破城池，劫掠府庫。王陽明向父親請命，稱自己要帶上萬餘兵馬，削平草寇以靖海內。父親王華瞪他一眼：「你是不是有狂病？區區一個讀書人敢說帶兵打仗?!」

本朝有兩位文臣以戰功著稱於朝野：一是王越，官至少保兼太子太保，戰功威赫，被封為威寧伯；一是王驥，官至兵部尚書，被封為靖遠伯。二者皆是王陽明敬仰之士。弘治十二年他賜二甲進士出身第七名，派至工部見習。踏上仕途的第一件差事，就是督造威寧伯王越的墳墓。這種別人以為晦氣的差使，反令他喜出望外。因他兩年前夢見威寧伯贈劍，醒來道：「吾當效威寧以斧鉞之任，垂功名於竹帛，吾志遂矣。」為心中名士造墳，自當欣然。

王陽明的造墳之術別具一格，以多年熟讀的兵法部署，馭民夫以什伍法，輪流作息，用力少、見功多。閒時讓民夫們演習諸葛亮的「八卦陣」，竟將一群民夫訓練成了強勁的民兵。墳成後，威寧伯家人將寶劍贈予他，他深喜與夢境相驗，欣然受之。此後巡撫南贛汀漳等處，已然鑄成一身戰功謀略。平定寧王，也將只是無數戰役中的一役而已。

放下手中的推演，王陽明的眼中已然有篤定超然之色。

出豐城，過樟樹鎮，到得臨江府。臨江街頭亂作一團，百姓們扶老攜幼奔走哭號，喊著：「寧王謀反了，天下大亂了，活不成了。」一些為非作歹之徒趁火打劫。

王陽明三人被衝撞散開，好不容易找齊後，直奔知府衙署。

衙署門前僕著一具血淋淋的屍身，衙役兵士們驚惶奔走。王陽明聽兵士議論，死掉的是寧王派來收臨江府印的小吏，戴德孺堅拒絕交，小吏傲慢驕橫出言不遜，戴德孺索性將其殺了。

一個慷慨的聲音從衙署裡響起：「我戴德孺誓死堅守臨江，迎戰寧王，若是戰敗，我自沉江中，寧死不負國。」

王陽明心中一熱，撥開眾人上前：「戴知府，王守仁與你共進退。」

戴德孺是浙江臨海人，弘治十八年進士。初任工部員外郎，監督蕪湖稅收，甚有清名，後任臨江知府。

「王都堂，你有多少兵馬？」戴德孺平靜下來問。

王陽明往身後指了指，兩名護衛皆灰頭土臉，一個肩膀包著滲血的布條，另一個腦袋包著滲血的布條，這三個人要平叛有七八萬大軍的寧王？

「王都堂，都這時候了，你不必誑言。我們到底有多少人馬對付寧王？」

「我王守仁在此、你在此、他們在此、整個臨江府的百姓在此，還怕對付不了寧王嗎？」王陽明站在大堂中央，聲音鏗鏘、氣勢沉穩。

李八斤驀然發現，一向瘦弱的王陽明此刻偉岸如松，威儀無比。他走到王陽明身邊，舉刀吼叫：「我李八斤在此！」

丘十八也舉刀高呼：「我丘十八在此！」

戴德孺愣了愣，這是三個比他還要拼的亡命之徒啊。他也跟著喊：「我戴德孺在此！」

一干兵士衙役齊呼：「我們在此！我們在此！我們在此！」

戴德孺問接下去如何集結兵馬迎戰。王陽明說：「兵士們暫時撤退，不必迎戰。」戴德孺如墜雲霧，剛剛一番慷慨陳詞，怎麼喊過就忘了？

「朱宸濠若是出上策，則會趁兵力強盛直奔京師，則大明社稷危在旦夕；他若是出中策，就會攻打南京，那麼南北直隸同樣岌岌可危；他若是在江西境內盤踞不出，等到勤王之師四周雲集，那他就成了鍋釜中的魚，這是他的下策。他的上策，是我們的下策。而他的下策，則是我們的上策。」王陽明說。

「以都堂之計，我們有什麼策略？」戴德孺似懂非懂。

「臨江離南昌太近，非決戰之地。我們兵馬羸弱，尚不能與寧王對峙，是以儲存實力為先，令寧王滯留南昌數日，待我們兵強馬壯，方與之對決才是。」

戴德孺噎了好一會兒問：「王都堂有何高招，能讓寧王滯留南昌而不發兵？」

「給我紙和筆。」

王陽明提筆疾書，筆落紙上沙沙作響，猶如布局千軍萬馬，只待呼之而出。

戴德孺大為不解，難道他寫信給寧王求他不要謀反叛亂？王都堂這是急火攻心了吧。王陽明把密函交給兩名護衛，讓他們速馳南昌，如此這般云云。兩人奔出門。戴德孺看得眼花撩亂。

王陽明才說：「寧王沒有打過大陣仗，看起來氣勢洶洶，其實是怯懦的。我們假借公函，在南昌散布平叛軍即將馳援的消息，他一定有所忌憚，居守南昌，不敢遠出。我現在趕赴吉安，你募集兵士，隨時候命。」

戴德孺震驚而疑慮，王陽明在布一盤很大的棋。這是任性為之率爾操觚，還是深謀遠慮、高屋建瓴，他無法判定。他只有跟著王陽明了。

王陽明帶上戴德孺派遣的一小隊兵馬，繼續奔赴吉安。他身後的隊伍，比離開豐城時龐大一些了。出蕭灘驛、至金川驛、抵白沙驛，經過一天一夜的行船，天亮時，這支蓬頭垢面的隊伍到了吉安府境內一處碼頭。

他們剛上岸，還沒喘一口氣，四周湧出數百名持戈執戟的兵士，還有一群衣衫凌亂的官員。王陽明一驚，難道寧王已行動了？但是不太可能，以寧王的秉性不可能就派出這麼些人馬。

人群中走出一名虯髯客，相貌威猛，朝這支狼狽的小隊伍掃了一圈，一時認不出他要找的人，便喝道：「王都堂何在？」

「我乃贛南巡撫王守仁。」王陽明站到他面前。伍文定參與過橫水桶岡之役，雖不是王陽明直接管轄，但是他聽聞過此人忠義勇武。

「王都堂，我是吉安知府伍文定，你真要平叛寧王嗎？」伍文定一臉凶神惡煞，看不出他是詢問還是質疑。

伍文定若是寧王一派，王陽明說是，那無疑將遭毒手。伍文定若是反寧王的，王陽明說不是，同樣會陷於危難。

「是的。」王陽明心平氣和地說。這不是博弈，不是賭一把，而是源於本性，源於他閎識孤懷的心即理之學，發乎本源之心，本質之心。

伍文定大聲喝好，數百名兵士也齊聲呼號，聲震雲天。

伍文定是弘治十二年進士。他臂力過人、擅長騎射、言談激昂。最初任常州推官，善判決獄案，行事果敢。正德朝受劉瑾陷害入詔獄，貶為民。劉瑾敗後起用到嘉興，之後又任吉安知府。朱宸濠謀逆的消息傳到吉安，吉安人心惶惶，衙役兵士蠢蠢欲逃。伍文定當場斬殺了一名小吏，方定人心。

王陽明精神一振，從告別孫燧到此，他的心情是沉鬱凝重的。在還沒有掌握千軍萬馬之前，旗牌也是徒有虛名。此時此刻，他從兵士們面有菜色的瘦削臉龐上，從他們中氣十足的呼號中，感覺到撲面而來的浩然士氣。

吉安府以及周邊府衙的大小知府知縣七嘴八舌問，朱宸濠下一步會進攻哪一個方向？都堂如何調兵遣將？他們接下去怎麼做？

「寧王進攻的方向是南京，我已派人去南昌，讓寧王在南昌等上十來天，到時我們再起兵發馬。」王陽明徐徐道來。

猶如在沸水中澆了一盆冷水，喧譁凝結，眾人看王陽明的目光錯愕無比。

「王都堂，我們苦苦固守於此，你怎麼說出此等話？」伍文定好不容易勸下蠢蠢欲逃的官員們，迎來寄予莫大期望的贛南巡撫王陽明，結果對方說出了這種話。眼前若不是如假包換的大明朝都察院左僉都御史、贛南巡撫王陽明，他真要暴跳如雷了。

王陽明開始解釋這麼做的理由。他的娓娓講述中，官員們褪去急躁，微弱的笑意浮上臉。

回到贛南巡撫府的諸氏，讓衙署主事照常處理日常公務，將家中事務安排定當，即命僕役收集大量木柴，團團圍住她住的廂房，不留出路，只留尺餘小窗。

僕役愕然問：「為何要這樣做？」

諸氏說：「只管按吩咐做就是。」

僕役們只得照做，把廂房圍得狀若木堡。

諸氏隔著小窗對眾僕役說：「先生南昌平叛，倘若凱旋便罷了。倘若失利，你等即向木柴澆油點火，不得有誤、不得救我。」

「夫人，這怎麼行？」僕役們大為驚慌。

「先生為國平叛，我不能助他一臂之力，也不能因敗局而遭辱，只求烈火焚身自求清白。從現在起，只需將先生消息傳遞於我，將每日飲食送至窗前，其他一概勿擾。你們只管照常做事，恪守規矩。切記、切記。」諸氏說罷擋住小窗，安安靜靜地禪坐，默祈上天佑護先生平安。

僕役們悄然離開。贛南巡撫府的人經王陽明長久以來心智啟發，朝夕薰染，都明白先生是與眾不同的，夫人自然也不俗。

兵者詭道

進南昌城時，李八斤慌慌張張的神情和動作，很快引起守城門的兵士的注意。他攜帶的祕密公函，很不幸也被搜到了。

被搜出密信的李八斤恐慌不已，一再聲稱進城前有人給了他一點碎銀，讓他把信送去南昌府。他哀求官爺放過，家裡上有八十老母、下有三歲小兒要養。五個兵士押著他往城裡走，他惶恐而順從地一路哭泣。

他和丘十八事先計劃，等隊伍經過約定的脂粉鋪門前，他裝摔跤，丘十八則製造一場混亂引開兵士們的注意力，他便趁亂逃離。

李八斤一路淚水漣漣，他混跡江湖多年，對這套裝瘋賣傻把戲太過熟稔，把江湖上聽來的各式人間悲情都攬在身上，添油加醋，以至於忘了意欲何為，不覺過了脂粉鋪，急得蹲在屋頂的丘十八連拍大腿低聲痛罵。

李八斤猛然回神，收腳不及，暗暗叫苦。此時離寧王府還有一個街口，進了寧王府大事露餡且不管，自家性命定是難保。想到這裡，他就地一摔，兩個兵士揪起他。他就勢抽出兵士的腰刀，左右一格劈倒兩個。兵士們紛紛抽刀逼過來，街上雞飛狗跳，膽大的三五成群圍觀。

李八斤掃了眼，眼下只有五個兵士，兩個已各吃一刀倒地，他對付剩下的三個綽綽有餘。他揮刀與之搏殺，沒過幾招又有兩名兵士倒下。他正準備對付剩下的那個，猛然間一想：「若都殺光了，誰去寧王府報信？」

一遲疑，那兵士狂奔而去，邊逃邊吹哨子。李八斤還在回味這一場痛快的殺伐，暗想送密函的事差點毀了，不由自嘲一笑。他逃進一條小巷，思索著跟丘十八會面後如何扯一個謊。小巷前頭，一隊兵士挎刀站定，有十來人。他回頭一看，身後也有十來人。他抬頭看兩側，是森然高不可攀的牆。

隊伍押著五花大綁的李八斤回到剛才那條街，經過脂粉鋪時，他不動聲色地朝上掃了眼，瞥見一張猙獰的面孔對他齜牙咧嘴，狀似要生吞活剝他。他赧然一笑，很是不好意思。

丘十八看著李八斤被押走，恨不得衝上前暴揍他一頓。他不覺得自己是聰明人，可是這傢伙比最蠢的豬還要蠢。他坐在屋頂，一時無計可施。

朱宸濠發現，兵士搜獲的是提督兩廣軍務都御史楊旦寫給兵部的公函。

信中說，他奉兵部指令，已率四十八萬兵馬奔赴江西。沿途傳閱這一公函的各州府，必須備好四十八萬兵馬的糧草，如若有誤，一律嚴懲不貸。公函口氣強硬地提到，朝廷早已覺察寧王朱宸濠有叛亂企圖，所以在江西境內要害處均設有埋伏，一旦寧王輕舉妄動，即對其進行嚴厲打擊。他此次來江西正是要與王師裡應外合云云。

朱宸濠想到剛被褫奪護衛官田的屈辱，再想到朝廷對他的暗算，驚恐之餘不無慶幸——幸虧還沒有出兵，不然必遭迎頭痛擊。

劉養正和李士實看後連連搖頭，一口咬定這是反間計，如此絕密的兵部公函哪會這麼巧被他們搜到呢。

「那你們解釋解釋，我的護衛和官田是如何被褫奪的？」朱宸濠拍桌喝道。

兩名幕官不作聲，這事他們也想不通。不管怎麼說，褫奪不是好兆頭。

兵士們則一口咬定他們如何機警地在紛亂的人群中找出那個可疑的信使，搜出公函。那信使還砍傷了四名弟兄，現在等候發落。

朱宸濠不耐煩地揮手，讓他們將信使關入寧王府內獄，他此刻哪有心思管這等芝麻綠豆小事。

「提督兩廣軍務都御史楊旦，當年是劉瑾的死對頭，對朝廷死心塌地。只會讀死書的庸才，若不是這個消息攔截得及時，我們遭人暗算還不得知！」朱宸濠拍著桌案雷霆咆哮。

兩人頓時面如土色，半晌小心翼翼地問什麼時候起兵南京。

「一動不如一靜，我們且在南昌停留數日。我們按兵不動，他們師出無名，也不敢造次，還不活活熬死了這四十八萬大軍。」朱宸濠得意地笑。

兩名幕官對了眼，從對方眼神中看出「不可信」三個字。

「王爺萬萬不可啊，楊旦從兩廣趕來，還需十天半個月，我們趁此襲擊南京，正是最好的時機。」劉養正使勁搖頭。

李士實捏著信瞅了好久，正色道：「王爺，公函的字跡與王陽明頗有幾分相似。依臣看來，此為王陽明假借楊旦之名發的偽文，意在嚇唬我們。」

「對對對，我看著也眼熟。王陽明心竅狡詐不比常人，王爺切不可上當啊。」劉養正附和。

「你們懷疑本王的判斷嗎？你們如此急著要本王去送死，到底有何居心？」朱宸濠怒不可遏。這兩人違逆上意，無疑在質疑他明智的判斷。

兩人再不敢多言，找了個藉口灰溜溜跑掉。

朱宸濠把屋內的瓶瓶罐罐摔了個痛快，大罵朱厚照、王瓊、楊廷和、張永、錢寧、江彬、王陽明、楊旦……有朝一日他定鼎天下，定將這些人食肉寢皮銼骨揚灰。

李八斤捱了一頓暴打後被推進牢房，趴在地上好一會兒才緩過氣。

牢房裡還有四五個人，沉默地為新來者讓出僅供容身的地盤。屋子陰暗、臭氣熏天、鐵欄高牆，只有一個巴掌大小的窗，插翅也難飛。想到自己為殺王陽明而來，結果可能因王陽明而死，他覺得比幾年前在賭場輸了一把銀子還委屈難受。

告訴他們真相？告訴朱宸濠那封信是假的，是王陽明的離間計，實際他手上只有少得可憐的百把號人馬，一個病歪歪的官員你真指望他能帶兵打仗嗎？要不使一些詐術你真以為他能挽弓射箭嗎？上當了上當了，寧王啊，我們做個交易，我告訴你真相，你抓到王陽明，把他交給我，你做你的皇帝，我呢，大仇得報歸隱江湖，我們各自心願了了皆大歡喜，豈不樂哉？李八斤奮力搖動欄杆喊：「快來人，他要見寧王。」

他叫喊了好一陣子，一個獄卒搖搖晃晃過來，大罵驚擾他打瞌睡，見寧王有什麼屁事。他張著嘴，盤算了一堆的話乍然混沌，一個字也想不起。

獄卒一鞭子抽來，狠狠甩在李八斤扒著欄杆的手上。他陡然吃痛忙縮手，手背已有一道血痕。獄卒罵罵咧咧走開。

李八斤小聲罵了一堆雜種王八蛋等。同牢者冷眼旁觀，他覺得丟臉，也懶得理會他們，便在牆角坐下。他剛蹲下身，有人大叫，他扭頭一看，才發現牆角還有人。李八斤來氣了，此刻逃出還一籌莫展，但是對付這些人還是綽綽有餘，便破口大罵怎不讓開。那人嘆氣說等他死了自然讓人。

李八斤聽聲音有點熟，便把那人拉到稍亮一點的巴掌窗下，藉著微弱光線瞇眼一瞧，發現此人是之前光顧過的酒館的店主，當時他在酒館醉倒，醒來已是日暮時分，他扔了五文錢抱走一罈酒，結果酒罈還在跟汪大用打鬥中砸碎了。

店主不認得他，李八斤便說之前光顧過他的酒館。店主忙拱手喊「客官」，多了幾分親熱。李八斤問他因何被抓，店主帶他到稍遠幾步的角落，低聲說起。

前幾日，店主老婆與隔壁柴行店主老婆起了口角，當街罵將起來。這種街坊口角一般只是相罵不動手，後來柴行店主老婆罵豬頭，酒館店主老婆依禮回敬，也罵豬頭，說她全家都是殺千刀的豬頭。酒館店主老婆正罵得痛快，忽地十幾個執甲兵士奔來，一夥衝進店鋪砸店，一夥將她按住要帶走。店主嚇壞了，跪地詢問為何要抓人，隊正說寧王路過，從轎子裡聽見有人罵殺千刀的豬頭，這「殺千刀」和「豬頭」犯了大忌，所以她得去挨殺千刀了。酒館店主再三乞求，腦門磕出血，求放過老婆，家中還有老母小兒，他願代過。隊正動了惻隱之心，放了他老婆抓了他，這便是他入獄的緣由。

「寧王朱宸濠就是江西閻羅王，寧王府附近的民宅陸續被他兼併，他看中的店鋪、生意、良田、民財，皆擄為己有，遇有反抗者皆屠之。進了寧王府內獄等於進了閻王殿。我們原本早就死於屠刀之下，只因寧王還喜歡把人犯累積起來，一次殺個痛快。」酒館店主訥訥地說。

李八斤驚怒不已，說會幫他逃出這閻王殿。話剛講完，周圍倏地圍上一圈人，小聲說「好漢救救我們」。他的腦袋一下子大了幾圈。

天色暗下來，酒館店主貢獻了一枚鞋釘，李八斤拿鞋釘撬門鎖。多年行走江湖學的伎倆沒有白費，片刻，門鎖開了。他從靴底夾層抽出小飛鏢，有過不下五六次越獄經歷的他，對此經驗老到。兩名獄卒在長廊盡頭喝酒，外面還有多少人暫且不管，先出這道門再說。李八斤帶著悄無聲息的五人，一步步趨前。

「救救我們，好漢也救救我們！」旁邊牢房的人犯攀著欄杆小聲喊。

李八斤停下腳步，從依稀光亮中看到一條條伸出欄杆的手臂，一張張近乎溺水者撈到救命稻草一般的哀懇面孔。他想說不行，他不是神兵天將，再救更多的人是死路一條，一個都別想活著出去。身後那幾個推著李八斤往前走，生路只有一條，走的人太多，會有人被擠出去的。

李八斤等人又走了幾步，牢房中突然有人高喊「有人越獄了」。一個獄卒奔來，另一個往外奔去，一邊敲響報信鼓。頃刻間，外面湧進十幾名提刀兵士，從長廊那頭逼將過來。

李八斤往身後看了看，那些手無寸鐵的人犯一個個像霜打的倭瓜，唯有酒館店主攥著塊石頭，全身抖得厲害。他手中的小飛鏢也不覺低垂。十二年江湖行走，這一回栽了，且栽在他原本想殺死的王陽明身上——若不是為他辦這一趟差，怎會遭此大劫？

「放過他們，越獄是我的主意，與他們無關。」李八斤朗聲道，又加了一句：「是我挾持他們，逼他們跟我走的。」

他可以拚個你死我活，可是身邊這些可憐人是無辜的。

「你倒是好漢，敢作敢當。可惜進了寧王府，一個個都在閻王簿上勾了圈。」隊正冷笑，上來五六名兵士擒住李八斤，一腳踢進牢房。

這回李八斤被單獨關押，其餘人捱了一頓毒打後被關進別的牢房。隊正稱他們明天會痛痛快快死於寧王刀下。他接過獄卒遞來的鞭子，走向李八斤，準備好好賞這個挑事者一頓飽鞭。這傢伙害他差點丟飯碗，不，丟性命。

隊正推開牢房門時，突然嗅到異樣的凶險，屋頂轟然巨響，垮塌出一個偌大的洞，接著一條粗碩長繩垂下，跟著一聲暴喝「快抓住」。李八斤稍稍一愣，旋即抓住長繩，整個人騰空、離地、飛天。

隊正和兵士們奔過來，試圖抓住李八斤的腳。李八斤凶猛地揮腳，重重踢中隊正的額頭，隊正倒地，頓時額頭湧血。兵士們眼睜睜看著人犯消失在屋頂。

奔過幾條街後兩人歇下來。李八斤在丘十八嚴厲的目光下低頭，承認自己差點誤了大事。接著他說起酒館店主和那些人犯，說寧王喜歡把人犯累積起來殺個痛快……丘十八聽著，攥刀柄的手頓時青筋畢露。

離開南昌前，兩人喬裝一番又潛回寧王府。他們爬上牢房外一棵茂密的大樟樹，潛藏了約莫一刻鐘，人犯們如一串螃蟹被拉出來，跪在空蕩蕩的場地上。一個衣著華貴的中年王爺被眾兵士簇擁著，走到場地中間叉腿坐下，扶著手中的大刀，細細打量眼前待宰的人犯，似乎在揣摩如何下手更俐落。

李八斤一眼發現那個酒館店主，跪伏在地瑟縮著。一場無妄之災，活生生毀了一個安分守己的商人和他的家庭。他清楚地聽見自己的牙齒格格作響，丘十八眼中憤怒的火焰正向寧王噴射。陽光從樹葉間隙落在李八斤眼中，他眼前一片白花花，瞬間又一片血茫茫。寧王揮刀如舞，那些人哼也沒哼一聲，一個個倒在酷冷的刀舞下。

「刀刃開了血光，這一場征戰必定如蛟龍得水，遊刃有餘，哈哈哈。」寧王仰天放聲大笑，驚飛了樹枝間的飛鳥。

兩人離開南昌城時，李八斤拉著馬韁望著天：「我在酒館醉倒，他替我蓋了一塊薄毯，他是好人，不該死。殺千刀的，朱宸濠該死、該死。」

「朱宸濠一日不擒，江西一日受難。所以，陽明先生要平定這個亂臣賊子。我們定要護好先生，不能有分毫差池。」丘十八說。

李八斤的腦袋「嗡」一聲，此前所有的異心雜念蜂擁而至，一波一波重重捶擊著他，令他臉色發白。丘十八以為他在獄中捱打禁受不住，便說陽明先生很快會為他報得入獄之仇，朱宸濠的好日子快到盡頭了。

此時的王陽明坐在吉安知府衙署，寫起了真正的奏疏和公函咨文。

首先是寫給朝廷的〈飛報寧王謀反疏〉。「臣於本月初九日，自贛州啟程，至本月十五日行至豐城縣，地名黃土腦。據該縣知縣等官顧佖等稟稱，本月十四日寧府稱亂，將孫都御史、許副使並都司等官殺死……」

念及孫燧，王陽明痛徹心腑，強忍悲痛繼續奮筆疾書，並詳細稟報如何在吉安募兵，如何平定朱宸濠的作戰策略等，「日望天兵之速至，庶解東南之倒懸，伏望皇上省愆咎己，命將出師。國難興邦，未必非此……」

一封封要求各地勤王的咨文調令，密集地發向兩廣、布政司、各衙門和府縣等。〈咨兩廣總制都御史楊共勤國難〉，送往兩廣總制都御史楊旦，列舉唐朝忠臣名將郭子儀為國盡忠的例子，力邀共勤國難；〈行福建布政司調兵勤王〉發往福建布政司，〈預行南京各衙門勤王咨〉發至南京各衙門，謀劃南北夾攻叛軍的策略；〈案行南安等十二府及奉新等縣募兵策應〉，令江西南安等十二府及縣調集士卒，〈調取吉水縣八九等都民兵牌〉，調集吉水八都、九都的民兵，頒布〈牌行吉安府敦請鄉士夫共守城池〉，要求吉安府各縣鄉村的民夫壯士守城禦敵……

王陽明沒日沒夜地書寫咨文調令，派遣兵士快馬加鞭往各地送信。

伍文定籌備糧草兵械火炮，對各地陸續招來的壯丁加緊日夜訓練。

兩人眼珠通紅、頭髮蓬亂，精氣神倒是十足。

王陽明的沉痾似乎也好了，很久沒有咳嗽了。

李八斤和丘十八從南昌回來，李八斤向王陽明一通吹噓辦事如何手腳俐落，丘十八直搖頭。王陽明讓他們歇幾天再去辦個事。

丘十八在吉安知府衙署兼起門丁的差事。李八斤被派到廚房當伙伕，他很高興，因為有得吃。

晚間，李八斤蹲在王陽明書房外的樹上，啃著雞腿，靜靜地看著昏黃燈光下那奮筆疾書的身影。他清楚地記得，當年父親說過，那回他和汪衛挾持在杭州聖果寺養病的王陽明，也是趁著他身邊無人。此時的吉安知府伍文定日夜操兵，府裡有用的人都派出去了。此刻他若是將王陽明挾持，或一刀斃命，也無人察覺。

他看了看昏黃的燈光，閉上眼。

「是。倘若沒有靖難之役，沒有兵連禍結、沒有連年征戰、沒有千里白骨，我們何嘗會顛沛流離？我趙家世代忠厚，讀書行商，又怎麼會淪落到今日助桀為虐的地步？是朝廷、是大明、是朱家皇帝，是朱家兄弟叔姪子孫爭權篡位、爾虞我詐，把天下百姓害到這般苦難田地」、「我先喪妻後失子，孤身一人，還想著有朝一日體體面面南歸。如今，什麼都沒了，好了、輕鬆、好啊。」趙店主說。

「為了不再有靖難之役，為了天下不再有顛沛流離的可憐人。我算是知道陽明先生為何要這麼做了。」丘十八說。

他睜開眼，朝昏黃燈光下看了看，又閉上眼。

「寧王朱宸濠就是江西閻羅王，寧王府附近的民宅陸續被他兼併，他看中的店鋪、生意、良田、民財，皆擄為己有，遇有反抗者皆屠之。進了寧王府內獄等於進了閻王殿。我們原本早就死於屠刀之下，只因寧王還喜歡把人犯累積起來，一次殺個痛快。」酒館店主訥訥地說。

「朱宸濠一日不擒，江西一日受難。所以，陽明先生要平定這個亂臣賊子。我們定要護好先生，不能有分毫差池。」丘十八說。

他再睜開眼，對著燈光處喃喃地說：「我會殺掉你的，有朝一日，我一定會殺掉你的。」

「喂，你怎麼像鳥一樣蹲在樹上，快下來。」丘十八在樹下喊。

李八斤敏捷地跳下。丘十八說他剛放衙，買了壺酒，問有沒有下酒菜。李八斤說：「有有有！」跑進廚房弄了塊滷肉。

兩人回到寢舍，丘十八喝了兩口酒吃了一塊肉後，煩惱地說他碰到了曹二，就是當日在古戰場抓他的那哨長。此人升營官了，率數百軍衛從贛州趕來，愈發驕橫。兩人乍一照面，曹二像惡狼一樣瞪著他。

李八斤拍拍胸口：「十八哥你無須擔心。我李八斤別無所長，難以與曹二正面匹敵，但是我有的是暗算之技。他若欺凌於你，我定會讓他叫苦不迭。」

丘十八直搖頭：「我丘十八最不喜暗箭傷人，那是小人之為……」

李八斤一下子把滿嘴酒水肉末噴出來，噴了丘十八一臉一身。

「好兄弟，十八哥，我們第一次相識是何時何地？你在古戰場用暗箭射陽明先生，知道是誰把那支箭打落下來？」李八斤嘎嘎大笑。

丘十八抹著臉，疑惑：「難道，是你？」

「正是小弟，哈哈哈。所以你說最不喜暗箭傷人，豈不是可笑之至？」

丘十八頗為尷尬：「我不過，偶爾為之嘛。先生日夜為平定寧王而操勞，我也不想多事，讓他分心。江山為重，天下為重，我亦奈何不了曹二啊。」他忽然激動地抓住李八斤的手：「當日我若射中先生，便是鑄大錯了。你救了先生，就是救了我，也是救了這個朝廷啊。」

李八斤置若罔聞，呆呆怔怔。丘十八正詫然，李八斤忽然激動地讓他把剛才的話再說一遍。丘十八以為這人沒喝兩口酒又發酒瘋了。

「江山為重，天下為重，我懂了我懂了。」李八斤興奮，為自己終於找到還未對王陽明下手的充足理由而興奮。

在去吉安的船上，他跪在船甲板上向父親的在天之靈懇求，再給他一段時間，等到王陽明平定朱宸濠後，他再動手。至於為什麼要等到那時候，他腦中模糊，道不出所以然，只覺得似乎應該這樣。現在他終於弄清楚其中的糾結了。他不是不想殺王陽明，也不是沒有能力殺王陽明，而是看在江山社稷的分上，暫且放王陽明一馬。等到平定朱宸濠之亂後，他還是會找王陽明算帳。如此，父親亦不會怪罪於他了。李八斤心上沉甸甸的石頭落地，身心一輕，把杯中酒一飲而盡。

「你剛才蹲樹上，說要殺誰？」丘十八冷不丁問。

「保護王都堂，若有人暗算於他，我定會殺了他。」他眼皮也不眨一下。

丘十八沉默片刻，嘆氣：「我本是鄱陽湖漁民，靠捕魚養家餬口，可恨漁霸橫行，官府苛捐雜稅，我才上山為匪。若是太平盛世，誰願意做盜匪？」

李八斤默默地想：「要是我爹好好活著，穿上飛魚服佩上繡春刀，我跟著享盡榮華富貴，才懶得做刺客呢，又沒薪俸又沒好吃好喝還生死難料。」

「陽明先生治下的南贛，日漸安居樂業。天下若都是先生這樣的好官員，百姓才有活路啊。願此次平叛後，我們都能過上好日子。我回鄱陽湖打魚，到時娶妻生子，早打魚、晚狩獵，豈不快哉。」丘十八無限憧憬。

李八斤嗚咽起來，丘十八吃驚地問他怎麼了。

「你娶妻生子，好不逍遙快活，可憐我無父無母，孤苦伶仃、江湖漂泊、無以為家啊。我不活了不活了，嗚嗚嗚——」

「哭什麼，此次平叛後我帶你回鄱陽湖，我們兄弟有福同享有難同當，有我捕的魚，定有你喝的魚湯。」丘十八安慰他。

李八斤一骨碌跪地，拉丘十八也跪下，對著夜空說：「皇天在上、后土在下，我李八斤和丘十八——」他心裡說其實我叫王小七，「二人二姓，義結金蘭，以後有福同享、有難同當，如有違背，亂箭穿身，不得好死。」

丘十八愣了愣，也跟著說了一遍。

「因事出匆促，未備三牲五鼎，待日後諸事齊備，歃血為盟，恭行大禮。」李八斤又說，心裡想的是到時跟丘十八說了真相，正正經經義結金蘭。

丘十八笑道：「我丘十八不過盜匪而已，也值得你結拜？」

「大哥與我患難與共、恩同再造。大哥，受小弟一拜。」李八斤恭恭敬敬真心真意地磕了個頭，又敬上一杯酒。

王陽明帶著一幫人抄寫了一天告示。傍晚出來時，這些人額頭鼻尖沾著墨水。王陽明交給李八斤和丘十八一封公函，讓他們再跑一趟南昌，如此這般交代一番。兩人帶上公函和厚厚一沓告示，帶上一小隊人馬再赴南昌。

朱宸濠揣著楊旦的密信忐忑了幾天，四處打探也沒見什麼動靜，疑慮自己是否中了圈套。此時兵士們又呈來一份密函，這回是從丘十八身上搜到的，當時他傻乎乎地打聽寧王府幕官劉養正、李士實的下落，說贛州有人捎密函過來。

丘十八說罷老老實實地伸手過去，讓他們綁上。兵士們中間流傳著上次抓了個信使，結果大鬧寧王內獄，死了一名隊正的事。這回他們誰也不想吃虧，再說這信是捎給寧王幕官的，沒必要節外生枝，於是他們繳了信讓他快滾。

信是王陽明寫給江西境內各府縣的通告。信中詳細地說，除了兩廣軍務都御史楊旦的八萬先鋒已達贛州，兵部也已調集各路人馬揮師而來。湖廣先鋒六萬已達黃州。太監許泰率邊軍四萬，從鳳陽走陸路奔南昌。劉暉、桂勇領邊軍四萬，從徐州、淮安走水路進南昌。王陽明本人起兵十萬，率先鋒兩萬已屯駐吉安……這些兵馬分道並進，剋期夾攻南昌。

朱宸濠將這封信與楊旦的密函一對照，發現與前次提到的各要害處設定的埋伏點嚴絲合縫，人名真實、路線詳實、行程合理，他再一次恐慌而慶幸。

王陽明還告諭各府縣，如果朱宸濠堅守南昌擁兵不出，那麼各部師出無名，對朱宸濠亦是束手無策，只能靜待時機；如果他離開南昌，那必將陷入重兵包圍，王師對他的夾攻將易如反掌。

朱宸濠越看越焦慮，看到最後幾行字，整個人幾欲爆裂。

信中說劉養正、李士實二人身在曹營心在漢，前幾回已收到他們效忠朝廷的密函，他日會向朝廷論功請賞，當務之急要設法誘朱宸濠離開南昌。信中還提到凌十一、閔廿四、胡十三等遞交的投名狀，他們也表示要臨陣倒戈向朝廷表忠。

王陽明、王陽明，原來他沒去福州，原來他一直盤算著對付自己——

朱宸濠保持著僅存的冷靜，牢牢攥著信，嘶喊叫來兩名幕官。兩名幕官恰好跌跌撞撞進來，他們分析了各處打探來的情報，一合計，認定所謂兩廣四十八萬大軍以及王師來襲，根本是子虛烏有。

「王爺，快快離開南昌，向南京出發。」劉養正人還沒進來，就遠遠地喊。

「王爺，這是王陽明的陰招。前次密涵意在拖延我們的時間，他們尚在募兵，我們再不舉兵就來不及了啊。」李士實帶著哭腔。

朱宸濠把信擲向他們的眼鼻。兩人看後大呼：「王陽明狡詐。」兩封信前後呼應，牢牢鎖定他們滯留南昌不出。

「倘若是真的呢？我十年辛苦盤營豈不是毀於一旦？你們——」朱宸濠的嗓子都吼啞了：「我待你們不薄，你們到底得了王陽明多少好處，竟然與他裡應外合陷害於我，還有凌十一這些狗匪——」

兩人大呼冤枉，他們腦肝塗地為王爺做事，到頭來王陽明的一封偽信便讓王爺質疑他們的耿耿忠心，真是冤比竇娥。

朱宸濠其實也不確信兩名忠誠的幕官真投靠了朝廷，可是在極度的焦慮之中，他覺得身邊每個人全身都布滿密密麻麻的疑點，每一個疑點都在不斷膨脹。

幾名兵士跑來，舉著一堆亂糟糟的紙，說大街小巷貼滿了這種告示。告示內容是揭露寧王要謀逆，朝廷各路平叛兵馬行進的路線，還有鼓動寧王的人馬倒戈投降，必將獲得獎賞等等。

朱宸濠撕碎告示扔在地上，跺著碾著吼道：「還要離開南昌嗎？還要向南京出發嗎？還要去送死嗎——」

吼聲還沒完，又有幾名兵士跑來，抱著一堆溼漉漉的木牌，說江面飄滿這種牌子，兵士們搶奪後四下逃散，兵力少了很多。朱宸濠抓過一看，木牌上書「謀逆者持此牌即免死」。他順手砸向兩個一臉生無可戀的幕官，一個砸中腦殼、一個砸中鼻梁。

「離開南昌離開南昌，說，你們有何居心？是不是一心要本王送死？」跟著木牌砸過來的，還有朱宸濠憤怒的唾沫星子。王陽明來祝壽時，為什麼不狠心要了他的命？他竟然還指望著他為己所用。

兩名幕官連抹臉也不敢，齊聲說：「一切以王爺旨意為上。」一個暗暗痛罵可惡的王陽明，一個偷偷痛罵自己草率行事。

一切安排停當，王陽明才歇息下來。身心一寬，頓時劇烈咳嗽，咳得頭痛欲裂喘不過氣。

李八斤哼著小調、哨著雞爪從書房外經過，一聽就跑進來，又是拍後背、又是倒熱水，王陽明才緩過氣來。李八斤說他去藥鋪買梨膏糖，王陽明讓他去校場叫伍知府來。

李八斤跑到藥鋪，跟小夥計要止咳梨膏糖。小夥計拿出幾罐形狀不一的問：「要哪種？」

他咬咬牙說：「要最貴的。」

小夥計說：「二錢銀子。」

他往懷裡一摸，一文錢也沒有。小夥計冷冷一笑把藥膏放回去。李八斤很難受，悻悻地朝校場走去。

校場喊聲震天，殺的殺、砍的砍，射箭騎馬，刀光劍影。他東張西望想找人問伍知府在哪兒，突地兩手被人擒到身後，有人吼叫：「什麼人？」他一看，曹二率幾名兵士抓住了他。他忙說陽明先生派他過來找伍知府。

曹二打量他兩眼，陰惻惻地笑：「原來是你，一個雞鳴狗盜之輩搖身一晃，居然成了王都堂身邊的人。」

「我是陽明先生的好友舉薦來的，名正言順，有何不妥？」李八斤想起丘十八說起這個曹二愈發驕橫，心中極是反感。

「是你死乞白賴留在王都堂身邊的，狗皮膏藥。」曹二一臉不屑。

「能做狗皮膏藥是我的榮幸，可見我乃有用之人。曹哨長，不對，曹營官，你得跟我學學，要緊緊追隨王都堂，做一塊上等的狗皮膏藥啊。哈哈哈。」

曹二拎起皮鞭朝他甩來。李八斤抬頭看到伍文定過來，掙脫兵士，推了曹二一把，大喊著「伍知府」奔去。

伍文定聽後便馬上回府，李八斤跟在他的馬後跑，對曹二做了個鬼臉。曹二惱怒而無奈，對伍文定行禮，順便連他也敬上了。等他們走遠，曹二忽發現腰間佩戴的一塊祖傳護身玉不見了。這塊玉隨他征戰多年，每每護他死裡逃生。他突地想起剛才李八斤推了他一把，頓時嚎叫「該死」，又不敢追上去盤問，只能眼睜睜看著他耀武揚威地離開。

李八斤到了藥鋪，把那塊玉珮拍在櫃檯上，傲慢地讓小夥計取出十罐上好的梨膏糖。小夥計忙把玉珮呈給掌櫃的，掌櫃的鑑別後如獲至寶，親自取了十二罐梨膏糖，說兩罐是送的，還讓小夥計幫送回去。李八斤說不必，要小夥計以後不要狗眼看人低，要了個竹籃，提著籃子大搖大擺走了。

伍文定來到王陽明的書房，擦著汗水說正要向都堂彙報，練兵差不多了，隨時可以舉兵。王陽明問目前有多少兵馬糧草，伍文定說：「外地軍衛還沒有消息，只有江西境內的兵馬日夜趕來，加上他手上的也就兩萬多兵馬，與寧王的十萬大軍相差甚遠。好在我軍士氣旺盛，正是一鼓作氣之時，應盡快舉兵。」

「伍知府，你繼續好好操練軍衛，舉兵且緩。各路軍衛暫且駐守南昌外圍，不要輕舉妄動。」王陽明說。

伍文定瞪著豹眼大為不解：「王都堂，早先我們無兵無卒，你虛張聲勢，號稱各路大軍將至。現在我們手上有兵馬了，雖為數不多，但是士氣振奮，足以與寧王抗衡，你為何又畏縮不前呢？」

「早先我們勢單力薄，只能虛張聲勢無中生有，示強於敵，讓朱宸濠不敢輕舉妄動，緩其出兵，從而贏得調兵遣將的時間。現在我們兵強馬壯，但是仍遜於叛軍，故須儲存實力，示弱於敵，誘叛軍主動出擊，我軍則伺機而動，一舉殲敵。」王陽明細細道來。

伍文定回想這段時間王陽明不停地散布各類偽文，寧王原本大肆進攻的行動遲遲不見動靜，看來果然奏效了。如今又來這一出「示弱於敵」的計謀，他不得不佩服王陽明果然是出了名的「狡詐專兵」。

「心動，行亦動。心不動，行亦不動。凡事在心，則無往而不勝。朱宸濠心雖動，行卻不動，如此身心分離，必難舉逆亂。不過他雖一時滯留南昌，但是不會太久，下一步會向鄱陽湖出發……」

兩人又商議了一會兒，伍文定走出書房。

李八斤拎著一籃梨膏糖進來，說先生為國事日夜操勞，咳喘病又起，征戰在即，他弄些藥幫著調理身體，又殷勤地舉起一罐問伍知府要不要。伍文定說他好棒，叮囑要護好都堂，日後必將論功行賞，便離開。

李八斤這輩子還從來沒有被當官的誇過。以前江湖漂泊，他見了當官的都繞著走，要是不小心碰撞到還會挨鞭子。如今兩位官爺待他和顏悅色，還說要「論功行賞」，這是祖墳冒了青煙啊。要是父親還活著，一定會替他高興。當年父親奉命追殺王陽明，亦是想要「論功行賞」，只不過陰差陽錯被「論罪受死」……

他進書房，把梨膏藥放在書桌。王陽明問他哪來錢買藥，他說有個結拜兄弟在吉安開藥鋪，送的。

王陽明臉色一沉：「甘泉先生來信我已收悉，你身世可憐，故甘泉先生舉薦你。但你是燕趙人氏，怎會有南直隸的結拜兄弟？你是否仗著巡撫府的勢力，擄掠商家？」

李八斤跪倒在地：「冤枉啊先生，我是真金白銀買來的。」他定了定神，發揮多年行走江湖的詭辯之術：「我自小父母雙亡，母親留有一塊玉珮給我，我再窮再苦也不捨賣掉。後來我以苦力為生，再後來又得湛先生留用。湛先生南歸前又舉薦我為先生做事。我雖跟隨先生不久，每見你日夜操勞咳喘不止，實在難受，所以賣掉了母親留給我的玉珮，換來十罐梨膏糖，喔不，十二罐，兩罐是藥鋪贈送的，不信你可以去打探。先生，冤枉啊，我此心可比日月啊。」

王陽明臉色和緩：「你這是何苦啊。」

李八斤慷慨激昂：「先生以江山為重、以天下為重、以蒼生黎民為重，區區一塊玉珮算得了什麼，我李八斤的身家性命都可以奉上。」

王陽明說過幾天將迎來惡戰，讓他早點歇息。

李八斤欣喜，今日懲治了曹二，又得伍知府誇獎，更討得王陽明信任，可謂一舉三得。

贛南巡撫府內署一切如常。僕役把食物遞到木堡小窗，興奮地告訴諸氏，兩廣軍務都御史楊旦的四十八萬兵馬將抵南昌，陽明先生看來不日將得勝歸來。

諸氏先是一喜，思忖片刻淡淡地說有數了。

以她與夫君三十年相濡以沫的相知來看，這四十八萬大軍，極可能只是先生的兵術。若如此，說明夫君的境況極為不利。僕役覺得詫異：「為什麼夫人聽了這等好消息，卻好像不怎麼開心呢？」

吉安到南昌

朱宸濠在南昌過著如坐針氈的日子，每天派出兵士打探江西境內軍情，回稟消息不一，有的說大軍埋伏、有的說連人影都沒有。

苦熬半個月，他連敵軍的頭髮也沒找到一根，終於確信——所謂勤王之師根本就是子虛烏有。反間計。他暴怒不已。

他召來劉養正、李士實和授都督、都指揮等一堆馬前卒，號令立即舉兵鄱陽湖，再順流而下圍攻安慶。他無法向他們解釋半個月來的煎熬，他們更不會自找沒趣詢問。隨後他直奔後院婁素珍寢宮，大喊：「婁妃快隨本王走。」

婁素珍問：「去哪裡？」

「太后娘娘宣旨，召親王攜妃子前往南京祭祖，我們速去速回。」朱宸濠怕她不肯去便這樣說。

婁素珍面對這張霸道驕橫的面孔，知道逃不過了，問其他人呢？朱宸濠惱怒地說只帶她和兒子們還不夠恩寵嗎？婁素珍說要整理行裝，朱宸濠只好答應。

婁素珍進內室取了筆墨紙硯，帶了幾件隨身衣物。她很清楚，從離開寧王府的那一刻起，她就走上了不歸路，身外物也就不必累贅了。

登船前，朱宸濠設壇祭江，以佑大捷，將抗拒絕從的瑞州方知府的腦袋砍下當祭祀之禮。祭祀時案幾忽地斷裂，方知府的腦袋骨碌碌滾下。朱宸濠大驚，命丟入江中。船隊正要開拔，天象大變，雲氣如墨、雷電大作。前船上朱宸濠的宗弟朱宸澅竟被雷電劈死，兵士們譁然。朱宸濠又驚又怕，李士實說：「不過是天象變化而已，沒什麼好怕的。」

一連串意外搞得他鬱悶不樂，遂飲酒解憂，夢中攬鏡自顧，愕然發現髮白如霜雪。他驚醒問劉養正、李士實，李士實稱寧王貴為親王，夢見白頭，即是「皇」字，此行必得大位。他遂轉憂為喜。

朱宸濠留下一萬餘名精兵駐守南昌，率領六萬餘兵馬出征。他放出風聲，大軍號稱十萬之眾。浩浩蕩蕩的船隊離開南昌，駛向鄱陽湖。

時人謂之「殺氣悽悽紅日蔽，金鼓齊鳴震天地。艨艟壓浪鬼神驚，旌旆凌空彪虎聚」。

安頓好四個兒子，婁素珍望著船艙外的煙水濛濛，想起三十年前初遇王陽明之時。

那時她還是小女孩，聽不懂祖父與王陽明之間的一問一答，只是覺得此人聽祖父講學的神情是那麼崇敬欣喜，就像一個跋山涉水唇乾舌燥的人喝到了雨露甘霖。他還親切地叫她「小師妹」。

後來祖父婁諒親授她以琴棋書畫身心學問，她學來亦如逢雨露甘霖，方感同身受師兄渴求學問的心境。再後來，她聽說師兄得祖父「聖人可學而致之」的格物致知之學後，回家格竹七天七夜而病倒，覺得師兄真是性情中人，倘若與其談論學問，必是談笑風生、妙趣橫生⋯⋯再再後來，她嫁給了寧王朱宸濠，一入侯門深似海，從此他們成了兩個世界的人。

而今他們更是兵刃相見的敵人——只要她一天是寧王妃，他們只能被迫為敵。可是他們本不應這樣的，就像她與老師唐伯虎，原本也該是善始善終。

婁素珍淚眼矇矓，望向浩淼壙埌的水面，祈願唐先生逃離是非之地後安好。再不濟，也要比與天下萬民為敵、遭後人唾棄要好過吧。

朱宸濠望著旌旗獵獵殺聲震天的船隊躊躇滿志，令護衛擺上酒菜壯行色，喊婁妃出來陪酒。過了好久婁素珍才過來，他不快地問：「何以如此緩慢？」

婁素珍說：「剛為王爺寫了一幅字。」

朱宸濠說：「快拿來看看。」

「金雞未報五更曉，寶馬先嘶十里風。欲借三杯壯行色，酒家猶在夢魂中。」

「好詩好詩，愛妃為本王寫詩壯行，真是有心，不枉本王素來寵愛於妳。」朱宸濠其實無心細品詩意，只覺得「壯行色」三字是好話。

「王爺若是行正義之師，臣妾定當為王爺歡欣鼓舞，只怕王爺壯志終化為泡影夢魂——」

朱宸濠怒目圓睜，婁素珍的神色憂傷而勇敢。

「婁妃，妳仗著本王寵愛於妳，一而再、再而三地掃本王的興，妳以為本王不敢懲戒妳嗎？」

「臣妾實為王爺、為累代寧王的英名而憂，故大膽進言。」

朱宸濠將酒菜掃落在地，走出船艙、站在船頭，對著蒼茫的湖面厲聲喝道：「速速前行，延誤軍情，殺無赦。」

出鄱陽湖、占南康、據九江，直指安慶，朱宸濠的隊伍一時所向披靡。安慶，是南京與南昌之間的重要據點。攻下安慶，猶如拔下南京的門牙，屆時沿長江順流東下，取南京便是探囊取物。兩京制的大明，南京雖已貴不如北京，畢竟還是太祖開國的首府，大明的第一張顏面。在南直隸的老臣舊部乃至民間百姓心目中，南京依然是一座威儀八面的大明朝堂。

攻取南康和九江對朱宸濠來說易如反掌，但是安慶沒有前面兩城那麼好攻取了。安慶知府張文錦和都督楊銳是兩塊難啃的硬骨頭，一點也不把兵臨城下的叛軍放在眼裡，連殺數名守城不堅的官兵，喝令死也要守住安慶。

滾木、礌石、火炮、石弩、弓箭暴雨一般噴向寧王的大軍。楊銳派人在城牆四周豎起「剿逆賊」的大旗，令兵士們站在城頭日夜咒罵：「宸濠反賊，王師馬上就到了，到時候剿滅你全家！反賊反賊，千反賊萬反賊，千刀萬剮的大反賊……」

劉養正和李士實煞費苦心勸說朱宸濠放棄安慶、直襲南京，南京若得手，何愁降伏不了區區安慶。朱宸濠因前面吃了盤踞南昌不出的暗虧，對兩人的進言聽從多了，覺得他們說得有理，準備繞過安慶直取南京。

此時兵士前來稟報安慶城頭的狀況，朱宸濠怒火中燒，小小的安慶官吏竟然如此惡毒攻擊，讓他一刻也忍受不了，決定先攻下安慶殺了楊銳。舉事以來，官吏們只有唯唯諾諾俯首稱臣的份，他無法容忍任何一個官吏對他的冒犯。

劉養正和李士實叫苦不迭，他們好不容易說動寧王放棄雞肋般的安慶，先坐上南京的正位。安慶府這一招分明是拖延之計，瞎子也能看出其心叵測，可是他們沒法讓寧王意識到自己比瞎子都不如。

此時的朱宸濠被怒火燒紅了眼珠和心胸，他們只要說出一個拂逆的字眼，快刀就會朝他們後脖頸砍下來。兩人害怕像被祭江的方知府那樣連腦袋都被丟入贛江，只得縮回脖子，嚥下苦水，默默退下。

朱宸濠坐上旗船，停泊於附近一處叫黃石磯的湖泊親自督戰。望著城池上下膠著的廝殺攻守，之前占南康、據九江的威儀失去一大半，他焦灼不已。他叫來船工問泊船處之名，船工如實答「黃石磯」。他倏然眼冒凶光，二話不說抽出佩劍殺了船工。可憐船工到死也不明白自己死於何因。

兵士們心驚膽顫：「殺人到底得有個理由啊。」劉養正和李士實會意對視，黃石磯、王失機，這豈是寧王能忍受的不祥之言？

朱宸濠吼叫：「區區安慶尚不能攻克，還指望能攻下南京嗎？」

他跳下船，親自搬運土石，填平戰壕，以示攻克安慶的決心。官吏隨從們也不得不跟著出苦力，可憐這些以筆為器的官吏，不一會兒就大汗淋漓蓬頭垢面。

安慶城固若金湯。除了兵士，眾多百姓也參與守城。青壯年上陣殺敵，老弱婦孺生火做飯，連石頭土塊也成了武器。城頭擺了很多鐵鍋燒水，叛軍來襲時，石塊滾滾、滾水披頭、火龍蓋腦。登上雲梯的叛軍死傷無數，哭聲震天。

更有甚者，城頭雨點般射來的箭頭還帶著讓他們就地逃逸的勸降書。面對如此軟硬兼施的對手，一些叛軍開始逃跑，士氣大為低落。

城上城下烽火連天，兩軍始終處於反覆較量的狀態。

消息傳到吉安府，伍文定催促王陽明快快舉兵解安慶之急。

王陽明站在輿圖前久久不出聲。這張輿圖都快被他看爛了，難道還能看敗了朱宸濠？王陽明要他召集各知府知縣通判推官都指揮使等前來議事。

一干人等聚集後，王陽明說朱宸濠已攻向安慶，這時候他們應該救安慶，還是攻寧王的老巢南昌？眾人一致認為該救安慶。安慶一破，南京必定岌岌可危。

伍文定胸有成竹：「叛軍已連攻南康、九江兩城，目前遭遇我安慶守軍頑強抵抗，士氣低落。我軍士氣正揚，與安慶守軍裡應外合，必能將其擊潰，救南京倒懸之難。」

「南昌是朱宸濠的老巢，盤踞多年固若金湯，實難攻下。」

「朱宸濠旨在南京，就算南昌不保，他也在所不惜。」

「安慶危在旦夕，解安慶之難迫在眉睫。」

眾人紛紛發聲。李八斤殷勤地倒上一圈茶水，心裡想：「陽明先生一定另有高明計謀，才不會像你們這些人出平庸無奇的點子呢。」

「我以為應先占南昌。」贛州府知府邢珣朗聲道。

眾人詫異地望向他。王陽明用鼓勵的目光示意他說下去。

「朱宸濠傾巢東下，我們宜快速進兵，先占南昌，斷賊後路，他必返兵救援，我們趁此南北夾攻，陷朱宸濠於困境而全殲之。」邢珣侃侃而談。

他是弘治六年進士，博通經史、熟讀兵書，正德初年授南京戶部郎中，後轉任南京刑部郎中。他也是劉瑾的受害者。劉瑾被誅後他任贛州知府，之前隨王陽明參與過桶岡之役。

當下眾人議論紛紛，認為策略甚通，可是實際戰術極險。

王陽明靜靜地聽他們說完，喝了口梨膏糖水說：「邢知府的策略甚好，我也正有此意。目前我軍合多少兵馬？」

「三萬四千餘兵馬。」伍文定此時不像剛才胸有成竹，有點心虛。

「嗯？」

「實際，只有一萬四千餘人可參戰。」伍文定的聲音更輕了。這支由老弱病殘者湊成的勤王之師，已逃遁很多人。

王陽明淡然道：「讓它成為二十萬，也必須讓寧王知道我們有二十萬。三萬餘兵馬編成十三哨。」

眾官員瞠目，是他們聽錯了，還是王都堂說錯了。

王陽明指著輿圖繼續說：「諸位請看，南昌、南康、九江均在安慶以南，後二城已被叛軍占據，南昌更是叛軍老巢，我軍若是直奔北首的安慶，南昌叛軍和安慶叛軍必會回兵死鬥，令我軍腹背受敵。更不用說，我軍此去安慶路遠迢迢疲憊不堪，不比叛軍以逸待勞。我軍攻南昌則不一樣了，朱宸濠絕不肯放棄數代寧王祖蔭地，必定會回兵救援。此時他們路遠迢迢疲於奔命，我軍則以逸待勞，而安慶之危自然可解。」

眾人順著王陽明的指向和分析，發現這一著果然獨闢蹊徑，一個個嘖嘖稱奇。

「朱宸濠揮師北上，對南京志在必得，必定帶走精兵強將，留守南昌的無非是虛張聲勢的空架子，正是我軍攻城擒敵的良機。邢知府與我不謀而合，各位以為然否？」

這豈不是著名的圍魏救趙之計？豈不是上上乘的兵家計策？眾官員再也沒有二話，整齊地向王陽明作揖，說：「一切聽憑都堂指揮。」

李八斤悄悄笑了。他不懂用兵打仗，可是他懂下棋，聽著先生有條不紊道來，覺得這是博弈高手才會布的棋局。雖然棋局與戰局不同，可是當一個人心中布下一盤大大的棋局時，他會離戰無不勝攻無不克越來越近。天底下怎麼會有如此智慧之人，先生的額頭似乎還有一隻天眼，能看到很多，看得很遠，看清別人藏匿的不可告人的祕密……他忽覺後背陣陣發涼。

晚上李八斤和丘十八密謀一番後，來到王陽明的書房，一進屋兩人就跪地，懇求先生出征一定要帶上他們。王陽明拿筆在紙上塗塗畫畫出兵線路，似乎沒聽見，兩人耐心地跪地等候。

王陽明放下筆，看著他們：「你們是我的私人護衛，征戰由各路軍衛兵士統一部署，如何隨我出征？」

「先生乃千軍萬馬的主帥，若有不測，必動搖三軍之心。我們雖算不得武功蓋世，亦可護先生左右，避不時之險。」李八斤朝丘十八使眼色。

「當日我說過，陽明先生有本事就去對付江西最大的土匪，你還問我誰是江西最大的土匪。我本是頑劣的土匪，是先生教我重新做人。我這個小土匪此次請求出戰，就是想親手滅了那個江西最大的土匪。」

丘十八理直氣壯。

多年戎馬倥傯，王陽明見過太多為戰而戰的莽夫士卒，他們不知何為敵、何為仇、何為正義之戰、何為莫名殺戮，很多只為求一口溫飽，就不明是非不辨黑白燒殺擄掠。丘十八懂了，這個當過土匪的莽夫已懂得了粗淺的做人之道。

心即理，人人皆可為聖賢。若千千萬萬的人懂得這個理，天下便再也沒有無謂的紛爭殺戮了。王陽明頗為唏噓。

李八斤聽得丘十八的話，內心翻江倒海。他鼓動丘十八見王陽明，理由是他們要在此次征戰中大顯身手，把那驕橫的曹二比下去，再一個，他想把時不時浮現的心虛心悸壓下去。丘十八自然萬分願意。他隨口而謅，丘十八卻是發自肺腑。

回到寢舍，他坐在床上發愣。丘十八催了幾遍都沒回應，罵他一句就睡。

李八斤想，父親當年追殺王陽明，到底是秉公還是枉法？朱宸濠起事謀逆，陽明先生率兵平叛，到底秉公，還是枉法？如果父親是好人，那麼王陽明必是壞人。可是一個壞人怎麼會念江山、念天下、念蒼生黎民呢？如果王陽明是好人，那麼父親必是壞人。可是父親怎麼可能是壞人？如果是，那麼是誰把父親變成壞人的？大明？皇帝？劉瑾？錦衣衛？大紅飛魚服欽賜繡春刀？從每年二十兩銀子增加到上百兩銀子的巨大誘惑？……

李八斤抱著欲裂的腦袋繼續苦苦思索。

倘若王陽明真不該被殺，那麼老天又怎麼會把自己推到他身邊，害得他殺也不是、不殺也不是。這十二年來江湖漂泊遊遊蕩蕩的日子，其實也不賴，可是老天陰差陽錯讓他果真遇到了王陽明，難道，難道……

李八斤眼神恍惚，一個全身罩著光亮的人影在夜色中浮現，朝他飄來，身影熟悉之極，父親，是父親——

「小七，刀從來都是用一回短一寸，從來沒有一把刀會長個頭。所以，不要輕易用刀，尤其是對一個好人。」王二郎的聲音還像以前那樣略帶沙啞。這一回，他把臨死前還沒說完的話，完整地說了出來。

「我知道，爹，我知道。」李八斤哽咽著說。

「你遇到王陽明，是代我償還當年的追殺之錯，老天讓你承接父親曾經的過錯孽債。你要好好護衛王陽明。」

「償還當年的追殺之錯？」李八斤全身一凜。

「好好用刀，重新做人——」王二郎的身影和聲音渺然飄遠。

原來，這就是他遇到王陽明的真正原因。

原來，十二年來他一直背負著護衛王陽明的天賜使命。

原來，世間的一切恩怨離亂紛爭終有可追可解的淵源。

原來，丘十八那麼一個頑劣的土匪，都能被陽明先生教化得重新做人。

原來，他弄錯了，險些鑄成彌天大錯——

李八斤撲倒在床上，像一匹中了箭又拔出箭得以療傷的獸，發出低低的痛快淋漓的哭聲。

正德十四年，綠樹蔭濃夏日長的七月，王陽明從吉安府舉兵，直指南昌。

各府衙知府知縣奔赴而來，齊聚於豐城縣樟樹鎮。軍衛兵士黑壓壓一片。

王陽明舉行誓師大會，稱此次出征為正義之師，叛軍為非正義之師。道高一尺、魔高一丈。冤業隨身，終須還帳。朱宸濠謀逆多年冤業深重，如今已到算帳還帳之時，所以此戰必大捷而歸……

「第一哨：吉安府知府伍文定。統部下官軍兵快四千四百二十一名，進攻廣潤門，就留兵防守本門，直入布政司屯兵，分兵把守王府內門。第二哨：贛州府知府邢珣。統部下官軍兵快三千一百三十餘名，進攻順化門，就留少量兵力防守本門，直入鎮守府屯兵。第三哨：袁州府知府徐璉……第十三哨：撫州府通判鄒琥、傅南喬。統部下官軍兵三千餘名，夾攻德勝門，就留兵防守本門，隨於城外天寧寺屯兵……」王陽明調兵遣將，進攻屯守，指揮若定，一一擺布停當。

一路大軍迅速破襲了埋伏於豐城縣為南昌作防守的一支叛軍，首戰告捷。大軍士氣高漲乘勝追擊，隔日就抵南昌城外。

王陽明令在城外三里處安營紮寨，當日不急於攻襲。伍文定心知他又有出其不意的點子，便問：「何時發兵？」

王陽明說：「定於亥時，當下讓大軍養精蓄銳。」

「王都堂，我們已兵臨城下，將至濠邊，士氣昂揚，何不於白晝起兵，偏要等行動不便的深更半夜？」

「我已派人進南昌城張貼安民告示，喻曉百姓關門閉戶，守備兵士棄械倒戈，從逆官員投誠撫民。之後，我們起兵不遲。」

戰事一起玉石俱焚，百姓必會遭殃，這是明擺著的事，王陽明還是顧念百姓的存亡。伍文定感慨，自思若能學得王陽明之萬一，亦是上天有德了。

李八斤和丘十八帶一小隊兵士溜進南昌城。他們如同疾風掠過南昌的街頭巷尾，所過處，牆上多了一張張告示。告示內容除了安民勸降，還聲稱勤王之師有二十萬之眾，守軍若是執迷不悟負隅頑抗，必殺無赦。

南昌守軍本不多，聞訊趕來的守軍發現，只要這些詭異身影閃過，牆上便會多出一張張勸降告示，正欲追趕，卻聽得多處告急，只能東奔西突氣喘吁吁。

他們離開時天還沒暗，南昌城老百姓紛紛關門閉戶，只有鳥雀驚懼地飛過南昌的上空。城樓守軍呆若木雞地看著遠處詭異的身影從雉堞坍塌處爬走，覺得面臨的將會是一場難以抵擋，且不會持續太久的戰事。

深夜時分，王陽明大軍沉沉地壓到南昌城門外。城牆固若金湯高不可攀，看起來守備極為森嚴。

「此次攻城，只可勝、不可敗，一鼓而附城，再鼓而登城，三鼓而不克誅伍長，四鼓而不克斬將。」王陽明在陣前厲聲號令。

李八斤、丘十八站在他身邊，握緊各自的刀，警惕地觀望四周。

第一陣鼓點擂響，十餘路軍衛兵士嘶喊著衝向城牆，幾十架登雲梯齊齊架在牆腳下。第二陣鼓點擂響，大軍如蟻群般爬向城牆。幾十名兵士扛著巨大的木樁狠命撞擊城門，喊殺聲響徹城牆內外。

登上城樓的兵士與守軍激烈搏殺。守軍力不從心地抵擋，隨著登樓大軍越來越龐大，守軍紛紛倒戈。城門那邊忽然傳來消息，說城門大開，不必登城樓了，大軍瞬間如潮水湧入城門，長驅直入直搗黃龍。

城裡一片空巷，家家閉戶，更沒有抵抗的守軍。原來前段時間滿城釋出的勤王大軍即將抵達的消息，白天的安民告示，使得從逆官員和守軍紛紛逃命，南昌早已是一座不設防的城。

叛軍官員隨後也束手就擒。王陽明令封府庫，守關防，搜獲被朱宸濠劫走的各府縣官印公文，釋放被抓的官員、安撫百姓、打掃戰場，並再三嚴令兵士不得擾民。有幾個膽大妄為的兵士仗著得勝擄掠搶奪商號，王陽明聞訊大怒，稱此等行徑與寧王逆賊有何兩樣，喝令立即斬首，以儆效尤。

李八斤看到曹二和幾名兵士衝過來，揪起幾個搶劫的兵士，推到街上。一個兵士嚎叫冤枉，曹二手起刀落，那兵士人頭落地血濺大街。

曹二得意揚揚地擦著滴血的大刀，目光驕橫地朝四周掃視，似乎在問：「哪一個還想試試？」

李八斤與曹二的目光在空中相撞，彼此互不相讓瞪著對方。李八斤心裡說：「你敢對我試一試？」

曹二的神情似乎也在說：「終有一天我會對你試一試。」

城中忽地火光大起，直衝半空。兵士報寧王府失火了。王陽明急令救火。

火是寧王府內眷嬪妃們燒的，她們見大勢已去，索性投火自焚。王陽明抵達時已來不及滅火救人，但見宮闕燒成灰土殘垣，昔日繁華徒成煙雲。

王陽明派李八斤、丘十八搜尋了一圈，不見婁素珍的遺體，他稍鬆了口氣，想定是被朱宸濠擄去了。他吩咐將自焚的寧王內眷用棺木收殮，好生安葬。他們亦是無辜的受苦者。

站在已成廢墟的寧王舊宮，聞著刺鼻的焦土氣息，王陽明想起不久前在這裡與孫燧共赴的鴻門宴，當時鐘鼓饌玉，寧王驕奢淫逸，婁素珍幽寂淒傷，他陡然生出物是人非的感喟。

「師兄，情勢危急，南昌不宜久留，你快走吧……師兄，如果，有一天——你也要好好保重。」

忽聞空中隱隱的低語。王陽明朝四周看去，眼前只有灰飛煙揚，鋪天蓋地的悽愴悲涼。

李八斤跟在王陽明身後。寧王府雖已人去樓焚，他還是不敢懈怠。不知先生為何要在廢墟上走來走去，望著斷垣殘壁傷神。他不是平叛寧王抓反賊嗎，為何要為反賊傷心難過呢，反賊死光不是更好嗎？

伍文定跑來說：「朱宸濠已得知南昌老巢被攻，派了大批兵馬從安慶趕來救援。」

「那麼我們就堅守南昌，作壁上觀，又可休養生息，等朱宸濠的疲軍從安慶趕到，我們以逸待勞將其一網打盡。」伍文定信心十足。

王陽明搖搖頭說：「錯了。」

伍文定只能用眼神表示疑惑，這不就是他之前的主張嗎，怎麼又改主意了？

「不可勝者，守也；可勝者，攻也。善守者，藏於九地之下，善攻者，動於九天之上，故能自保而全勝也。叛軍如今進不能得逞，退沒有迴路，氣勢越來越沮喪消沉。南昌一戰我們消耗的兵力不多，氣勢正強，可趁勢追擊，出奇制勝，不戰而潰敵。這就是先人有奪人之氣也。」

伍文定眼前一亮：「那，我們下一戰——」

「鄱陽湖。」王陽明說出三個字。

贛南巡撫府。僕役跌跌撞撞地奔向諸氏的小窗，喊：「夫人，出大事了！」

「慢慢說，不要驚慌。」諸氏打開小窗。她在縫一件青灰暖袍，夫君很早說要回餘姚故里，此役若勝，夫君穿上暖袍，雙雙歸鄉，此役若敗，她則著袍自焚。

僕役說：「朱宸濠進攻安慶，雙方死傷很大，先生的兵馬越來越少了。」諸氏臉色一變，縫衣針戳中手指，她渾然不覺。

僕役說：「後來先生圍魏救趙攻打南昌，寧王回救不及，先生已攻下南昌了。」說罷嘿嘿笑起來。

「好，這乃是我夫君所為。」諸氏也笑了，這是她閉關以來第一次笑。

僕役喜滋滋地說：「是不是該準備慶功宴了？」

「為時尚早，屆時我自會吩咐。」諸氏幽幽地說。

安慶久攻不下，南昌又失守，朱宸濠急火攻心昏厥過去。醫士和劉養正、李士實又拍又喊，總算弄醒他。

朱宸濠一醒來就朝外衝。兩名幕官忙拉住，問：「王爺去哪裡？」

「南昌，立刻回救南昌。傳淩十一、閔廿四。」朱宸濠大吼。

「不可，萬萬不可。」兩名幕官同聲驚叫。

「王爺，別管南昌了，安慶守軍已疲，我們只待數日就能攻下，便可直取南京。」劉養正說。

「王爺，攻襲南昌是王陽明的圍魏救趙之計，我們若回救南昌，必被其反噬，不如直奔南京，半壁江山亦能得手。」李士實說。

「南昌乃我歷代寧王祖蔭地，慘淡經營百餘年，南昌若失，我根基何存？有何面目見列祖列宗？王陽明狡詐專兵，偽文欺我軍情、毀我宮殿、滅我家眷，我十年苦心經營將成泡影，將其碎屍萬段也難解我心頭之恨！」朱宸濠狂吼：「安慶留守部分守軍，其餘隨我南下。淩十一、閔廿四速遣千餘人前鋒，抄小道直奔南昌。」

「王爺萬萬不可啊。」劉養正追上去哀求。

朱宸濠拔出佩劍劈下一旁的桌角：「誰擋道，當如此。」

兩人看著朱宸濠怒髮衝冠的背影，相對欲泣。良禽擇木而棲，良臣擇主而事。他們自認是良臣，卻遇上這麼一位冥頑不靈又愚不可及的主。現在他們被綁上同一艘千瘡百孔的船，除了跟著一起沉淪，還能有什麼辦法？

婁素珍安撫過哭泣的兒子們，在營帳內畫桃花源。一朵朵桃花從她筆下綻放，燦若雲霞。在人仰馬翻兵荒馬亂中，她唯有為自己營造一片表象的世外桃源。

朱派濠衝進來，大喊：「愛妃快隨我回南昌！」

婁素珍還沒放下筆，朱宸濠撞倒畫案，筆墨紙硯落地，紙上的桃花頓時湮滅。他不管不顧，拉起她朝江邊的船奔去。

婁素珍回頭望了眼地上的凌亂，心裡明白，這一生她不可能再遇見桃花源了。

王陽明讓李八斤拿來黃酒，再拿一碟茴香豆。李八斤猶豫著，王陽明問他為何不動。他說昨晚聽他咳嗽了好一陣，擔心喝酒傷身子。王陽明說快快備好，把伍文定等人也叫來。

李八斤備好酒菜，請來伍文定、邢珣、徐璉等人，退出營帳外。

酒過三巡，王陽明以茴香豆作兵陣，商議策略：「目前我方兵力號稱與朱宸濠相當，實則數量遠少於敵方。各地援兵遲遲不發，朝廷也不發一兵一卒。朱宸濠大舉回援，氣焰囂張，我們一則迎敵，再則也要將兵力用在刀刃……前方適才來報，朱宸濠已派出一支千餘人先遣軍回援南昌，我們須時時防範，誘敵為上……」

伍文定生性勇毅，敢殺敢拚，最痛恨自不量力的人還向他炫耀武力。須得狠狠煞一煞朱宸濠的驕橫氣勢才是，他暗暗盤算。

李八斤在四周蹓躂一陣，忽見營帳前的樹叢晃過幾個人影。他輕捷地跟上去。那幾個人影來到一處湖泊的蘆葦叢，蘆葦叢裡又閃出另外一個人影，他怕碰到蘆葦發出動靜，不敢再追。好在他們停下，雙方圍攏說話。

「你說的話可是當真，寧王真是這麼說的？」一人問。

「這是劉太師和李國師傳給我的寧王旨意，說你們若能策動內應，傳遞消息，待寧王奪得天下，必將高官厚祿封蔭三代。」另一人答。

「如今寧王大勢將去，王陽明士氣正揚，你們勸降是不是太遲了？」問的那個人疑道。

「非也，寧王仍氣勢強盛銳不可擋。況且，寧王若舉兵不成，無非是大明的家事，皇帝都不在乎，外人又能如何？若是成功，你我便是一等一的功臣了。曹二，你已收受寧王這麼多財物，再推三阻四就不仗義了。」答的那人冷哼。

李八斤聽得驚魂，這分明是曹二與汪大用的對話。這倆傢伙什麼時候勾搭上的？這曹二雖只是小小的營官，可是他若慫恿其他哨長營官倒戈，其危不可小覷。此時他只有一人，難與他們對決，況且那汪大用也會狗急跳牆，抖出自己的底細。若回去向王陽明稟報，只怕來不及，人證物證俱失，曹二也會抵賴。

李八斤正著急，忽覺肩頭一重，暗叫不好，扭頭看，是丘十八在拍他。兩人默契地一點頭，朝蘆葦叢撲去。

十來個人慌忙逃竄，有人往湖岸逃去，有人跳進蘆葦叢。兩人顧不得他人，李八斤揪住曹二，丘十八按住汪大用。那兩人沒防有人偷襲，旋即束手就擒。仇人相見分外眼紅。李八斤和丘十八交換手中的俘虜，各自拉到一邊，面對昔日的宿敵和對手。

李八斤瞪著汪大用：「你一次次追殺陽明先生，果然受叛黨所指，實在可恥之極。」

汪大用冷笑：「你投靠殺父仇人王陽明，我投靠寧王，人各有志，各求其主。有何不可？」

「你我父親死於劉瑾之手，王陽明也是被劉瑾所害，我們共同的宿敵是奸佞劉賊，事到如今你怎麼還糊塗至此？真是不知好歹混淆黑白的混帳東西。」李八斤怒罵。

「劉瑾已死，我上哪兒尋仇？我父當年若殺了王陽明，豈不是能取得封賞厚祿？只因殺不了他，我父才受連累而死。所以王陽明必須死。」汪大用叫罵。

「有我在，你動不了陽明先生一根毫毛。」

汪大用的雙目噴火，牙齒格格作響，忽大喊：「快來人，王小七要殺王——」

李八斤眼疾手快點住他的啞穴。汪大用只能發出沙啞的啊啊聲。

「雜種，我一次次放過你，念在你我父親舊識一場，你也命苦，我姑且不殺你，本想你改邪歸正，可你還是執迷不悟……」

另一邊，丘十八對付綁在樹上的曹二。

「昔日古戰場上，你視我如草芥，肆意踐踏欺凌於我。後來幸得陽明先生教我重新做人。知道我為何心甘情願追隨王先生嗎？我就是為了有朝一日堂堂正正站在他身邊，叫你這個狗眼看人低的東西，不敢小覷我。」丘十八掄起一把蘆葦朝曹二狠抽。

「我乃堂堂大明營官，你個土匪莽夫竟敢動用私刑，快快放了我。」曹二狂傲地吼叫。

丘十八狠啐一口：「你還有臉自稱大明營官？陰謀作亂，勾結逆賊朱宸濠，陽明先生定會將你斬首。」

曹二心裡最清楚不過，攻陷南昌城的那天，正是自己指使那些兵士肆意搶劫珠寶鋪，他還拿到了最大的夜明珠。所以他就迅速斬落兵士的腦袋以滅口。他委屈地擠出笑容：「大哥手下留情。曹二當日愚昧無知，多有得罪。我腰帶上縫有一個好物，求大哥拿走，留小弟一條賤命——」

丘十八一掌打去，曹二的腦袋一歪，嘴裡吐出一顆帶牙的血。

「賤畜，你當人人都是你等見利忘義的小人？還記不記得，當日我在贛南巡撫府刑房，你把我當死狗一樣踢。我說過，你有本事跟我在戰場決一死戰，乘人之危算什麼本事。當時你罵我還想上戰場，能不能活到明天還不知道呢。記得嗎？」

曹二渾身抖得如篩糠。

「走，跟我去見先生，他自有發落……」

李八斤還在氣勢洶洶地怒斥開不了口的汪大用，汪大用朝他身後一瞪眼，臉上露出一抹喜色。李八斤不及躲閃，被身後的木棍擊倒。來人用刀子割斷汪大用的綁繩，兩人朝湖岸狂奔而去。丘十八奔來，那兩人已不見蹤跡。丘十八扶起李八斤，李八斤捂著生疼的腦袋，指著曹二說：「別再讓他逃了。」

兩人把曹二扔在王陽明面前。

李八斤稟明情況，丘十八把他縫在腰帶的夜明珠取出，夜明珠的綢囊上印有商號名字。曹二供認不諱。王陽明審問得知他還不及勾連其他哨長營官。

「爾曹一則勾結奸佞，貪圖榮華。再則貪生怕死、畏首畏尾，無擔當無勇毅，若是戰敗，亦會如此苟且。爾等之輩，損我大軍風紀尊嚴，豈可留得？」王陽明怒不可遏，令將其拖下去當眾行刑，以儆效尤，又吩咐伍文定將此事傳遍全軍，若有居心叵測者必嚴懲不貸。

行刑的兵士高高舉起寒光閃閃的刀。曹二感覺脖頸一鬆，碩大的頭顱飛出身體，還未閉合的眼，看到了比他砍下別人的腦袋還要猩紅的漫天血花。

李八斤起夜小解，見營帳門口一些兵士朝著南昌方向眺望，指指點點議論紛紛。他過去打聽發生了什麼事。

值夜兵士說伍文定率五百奇兵，去迎戰朱宸濠回援南昌的先遣軍了。李八斤眉頭一皺，按王陽明之前部署，伍文定以「誘敵」入鄱陽湖為上，何以這會兒跑去南昌「迎敵」？再則先遣叛軍有千餘人之多，他五百兵力能對付得了嗎？再一打聽，兵士說伍知府說了，眼下兵力不足，他的五百雄兵足以對付從安慶趕來的疲軍。李八斤暗想「沒好果子吃了」，便緊了緊褲腰帶跑回營帳，叫醒丘十八。

兩人一合計，認為伍文定急於取勝，想先滅掉朱宸濠的氣焰，情理可解，可是萬一未取勝呢？李八斤不免為伍文定著急，丘十八說著急也沒用，他這兩天也聽說了，一些知府知縣通判對王陽明的「先人奪人之氣」方策有異議，他們不想行軍疲憊，就想在南昌坐等叛軍，所以伍文定八成是被那些人唆使的。

「這事非同小可，我去跟陽明先生稟報。」李八斤說。

「你我是先生的私人護衛，戰事輪不到我們操心，我們只管護衛先生的性命安危就是了。再說他很晚才睡，別驚動他了。」

李八斤暗想伍文定是好人，就是性子急躁了些，到時還得替他說兩句好話。

一早，沒睡安穩的李八斤跑去看王陽明，還沒進營帳，就聽見他的喝斥從內傳出，隱隱聽見「各執己見」、「一意孤行」等語。他不敢進去，就在營帳外候著。過了會兒，幾名灰頭土臉的官員從裡面出來，悄沒聲息地走掉。

李八斤去夥房煮了碗梨膏糖水進營帳，王陽明背對著他在看輿圖。

「先生該喝梨膏糖水了。嗯，我聽聞伍知府率兵突襲朱宸濠的先遣軍，想必是為了替大軍進攻鄱陽湖掃清路障吧？」

「擅自行動，擾亂方策大略。不可取，實不可取。」王陽明臉色鐵青。

「先生，您喝糖水，消消氣。」

王陽明喝過糖水，舒了口氣。

「先生，我有點不明白，叛軍先遣軍來襲，我們迎敵有何不當？」

王陽明緩緩述來，李八斤聽懂了。

伍文定此次迎戰先遣軍，即相當於王陽明征戰朱宸濠的演習。伍文定若是勝了，則眾軍在南昌作壁上觀坐等叛軍之策是對的，王陽明趁勢追擊出奇制勝的「先人有奪人之氣」之策是錯的，這樣一來，作壁上觀的想法會越來越多，結果會陷整個策略部署於死地；伍文定若敗了，則證實王陽明之策是對的，但是代價是損兵折將，可能導致戰局由勝轉敗。可是戰事並非演習，伍文定無論是勝是敗，皆會陷整個戰局於不利。他的首要職責是誘敵入鄱陽湖，而不是其他任何行動。

李八斤一驚，王陽明以一己之力，面對諸多官員對他獨樹一幟的攻敵之策的質疑，需要多大的雄心膽略？甚至連一向站在他身邊的伍文定，都受不住別人的唆使而擅自行動。不知道王陽明這麼多獨特的想法是怎麼來的，又是如何堅守的，最後往往又驚人地正確。

他到底讀了多少書、悟了什麼道、修練了何等本事，才達到這等境界？李八斤覺得自己不知道的事太多了，但是知道，陽明先生說的一定是對的。

這是個奇人，與天下很多很多人不一樣的奇人。

李八斤看王陽明的目光，多了以往沒有的一種神色——崇拜。

他猶豫了一下又說：「先生，伍知府為人忠義，此次定是一時意氣……」

王陽明看了他一眼說有數，讓他出去。

「先生，戰事繁雜，您得養好身體。」李八斤退出去。

伍文定果然折兵兩百戰敗而歸，跪在王陽明面前謝罪。王陽明盛怒之下要將他軍法處置。伍文定自知壞了大計，甘願受罰。邢珣、徐璉、戴德孺等人求情，稱大戰當前正是用人之時，懇請都堂酌情處置。

王陽明喝了幾口糖水，緩了緩神，念及伍文定一向忠義，大敵當前姑且寬宥。

接著他擺開桌上的筆墨硯臺花生豆子作兵陣，又跟他們推演，堅守南昌即是坐等敵方來殲，伍文定此戰即是明證，為何要「誘敵」而非「迎敵」，何為誘敵之長，何為迎敵之短。「我軍雖然人數不敵敵軍，但是兵貴善用而非人數。道義上，朱宸濠是叛軍，竊國者居心叵測道義兩虧，我軍則是正義之師，有天道人道助之。再則，南昌已為我軍占據，朱宸濠以己之目光衡量我軍之長短，定認為我們小勝即驕，固守南昌不出，我軍唯有出其不意方能致勝」等等。

前有實戰明證，再曉之大理，鞭辟入裡，伍文定深以為然，眾官員徹底心服口服，一致聲稱此後一律奉都堂的指揮是從。

眾官員離開，伍文定仍不動，王陽明讓他回去歇息備戰。

伍文定臉色燥紅：「都堂，文定有負您的信賴，深感愧疚。我必將功贖罪，不負都堂厚望。」

「你若有錯，我也脫不了關係。日後行事還須多思慮才好。回去吧，硬仗還在後面。」王陽明端起梨膏糖水碗，問他要不要喝。

伍文定連忙擺擺手，作揖致禮：「謝都堂寬宥。」

「你要謝，就謝它吧。」王陽明舉了舉手中的梨膏糖水碗。

伍文定不明所以，王陽明輕咳一聲又喝了口。伍文定看看門外有所悟，走到營帳外，對李八斤一抱拳說「謝了」。李八斤忙還禮，誠惶誠恐地說「不敢」。

李八斤望著伍文定的魁偉背影，覺得這個武將縣令很有趣，他忠良耿介、有勇缺謀，有時不免陷於局促，一旦意識到做錯了，亦勇於擔當責任，能屈能伸，絕不推諉詭辯。對這樣的人他一向佩服得緊。

翌日，吶喊聲雷鳴般四起，百舸爭流、千舟競發，王陽明的大軍向鄱陽湖浩浩蕩蕩開拔。

王陽明站在鄱陽湖西側黃家渡的船頭，目光透過蘆葦叢，望向浩渺江湖。大戰前的湖面，靜寂得如一匹光滑的絲綢。更遠處有幾艘漁船悠悠飄動。

距此一百五十多年前的元代至正年間，鄱陽湖有過一場浩蕩的戰事。當時湖面火光沖天，兵士的屍體漂滿湖面，大半個鄱陽湖是猩紅的。此後多年無人敢捕魚，更無人吃魚。

那是還沒成為大明太祖的朱元璋與陳友諒的戰爭。朱元璋手上是二十萬兵力，陳友諒則有六十萬大軍。陳友諒「聯巨舟為陣，綿亙數十里，旌旗戈盾，望之如山」，處於鄱陽湖上游，據有利地勢。朱元璋兵力不及且處於鄱陽湖下游，只能靠拚死廝殺才與陳友諒死傷相當。朱元璋之後以數艘船隻滿載柴薪火藥，火攻陳友諒船隊，陳友諒最終敗於鄱陽湖。朱明王朝就此登場。

如今又一場戰事即將拉開。與王陽明對陣的是朱明的子孫，可是王陽明不是陳友諒，更不想成為陳友諒，相反，他為了大明江山而被迫與朱明子孫對陣。

風起鄱陽湖。這一座湖山，實是血雨腥風是非成敗之地。

李八斤和丘十八守在王陽明身後。湖面不時有魚躍出，水花四濺。

「十八哥，你在鄱陽湖捕了多年魚，哪種魚最好吃？」李八斤問。

鄱陽湖東南面那個叫清風村的小村落，是丘十八老家。多年前，他在鄱陽湖上撒網捕魚，過著勉強填飽肚子的日子。後來漁稅越來越重，賣掉所有的魚還倒欠漁霸一筆稅錢。有一天夜裡，他終於跟著幾名鄰居上山為匪了，至少官府無法向土匪收稅。不知道那兩間臨湖的舊草房還在不在，小漁船是否破漏得不像樣子，父母的墳塚是不是長滿青草，左鄰老翁右舍老嫗還在不在人世……

丘十八眉頭一揚：「當然是最有名的鄱陽湖銀魚了。樣子像玉簪，又白淨又細嫩，鮮掉你的小舌頭。」

李八斤嚥口水，朝湖面瞧來瞧去：「怎麼捕撈銀魚，你教教我，煮著好吃，還是蒸著好吃？」

王陽明察看好湖面情況說回去。

「想吃銀魚嗎？我做給你們吃。」他們在湖岸走了一段路，王陽明忽然說。

大戰在即，先生還有心思做魚？不會是剛才聽見他們閒聊故意說的吧。李八斤忙說自己胡說八道。

「伍文定派人送來了魚，銀魚趁新鮮才好吃。」王陽明頓了頓又說，「你們跟我這麼久，還沒吃過一頓好的。」

王陽明打了兩個雞蛋，倒入銀魚碗，撒入細鹽料酒，再細細打散。油鍋發熱後將銀魚蛋液倒入，複用鏟子輕翻。臨出鍋前撒一撮蔥花。接著又做了一道銀魚湯。他的動作嫻熟如老廚。

銀魚雪白、蛋面金黃、蔥花碧綠，品相尤為喜人。李八斤一嘗，果然細膩香滑鮮美之極。丘十八詫異，先生的廚藝，既不輸自己這個會魚的七種做法的鄱陽湖漁夫，也不輸他領兵打仗的本事，他到底還有什麼不尋常的能耐啊。

「乾若會稽筍，色比荊州銀。熟宜爂粟米，飲助擁爐人。」王陽明有滋有味地吃著銀魚，吟起宋代梅堯臣讚美銀魚的詩。

李八斤心裡嘀咕，先生不像面對一場洶洶的戰事，更像來鄱陽湖休沐散心。

「要是沒有朱宸濠搗亂，在鄱陽湖垂垂釣、烹烹小鮮還真是樂事啊，古人怎麼說的？」李八斤想起說書先生愛說的那句古話，「治大國，治大國，治大國——」

「治大國若烹小鮮。」丘十八不比李八斤多認幾個字，這話也聽過。

「對對，治大國若烹小鮮。先生，治大國跟烹小鮮有什麼關係？」

王陽明喝了口銀魚湯：「這話出自老子的《道德經》，字面之意是說，治理國家如同烹飪食物。」

「那，治國不是很簡單嗎？十人八九會燒菜做飯。我雖不太會燒，但是我很會吃啊。」李八斤嘿嘿地笑，又吃了口銀魚炒蛋。

王陽明微笑：「治大國若烹小鮮，油鹽醬醋配比要恰到好處，不能太鹹、也不能太淡，不能過，也不可不及。火候要得當，不可太猛、也不可太弱。不能翻炒過多，以免肉質散碎；也不可翻炒過少，以致焦鍋。所以《詩經》毛傳說，烹魚煩則碎，治民煩則散，知烹魚則知治民。」

「就是說，烹魚不能多翻，不然魚肉會散碎；老百姓不能多攪擾，不然民生會不安。原來，燒菜還有這麼深的道理啊。」李八斤略有所悟。

丘十八心裡一嘆，他會魚的七種做法，可是從來沒有想過，烹小鮮與治理國家有相通之處。所以他只能是打魚狩獵當土匪的丘十八，陽明先生才是讀書悟道治國平天下的陽明先生。

「大捷後，請容我為先生做一席道地的鄱陽湖湖鮮美食。」丘十八誠懇地說。

王陽明微笑著點點頭。

飯後他們再去湖邊察看敵陣的夜間動靜。

「治大國，若烹小鮮。以道蒞天下，其鬼不神；非其鬼不神，其神不傷人；非其神不傷人，聖人亦不傷人。夫兩不相傷，故德交歸焉……」王陽明望向暗沉沉的湖面低吟，遠處隱隱千帆張揚，近處的水鳥低鳴掠過湖面，消失在蕭蕭作響的蘆葦叢。

兩人似懂非懂，又覺得入心入耳。這世上，有人生來是烹小鮮的，有人生來就是治大國的，有人把好好一鍋小鮮攪成亂粥，那就得有人收拾這一鍋爛攤子。

起風了。湖邊的蘆葦輕輕起伏，先是窸窸窣窣，再是嘈嘈切切，繼則嘶嘶嘯叫，漫天蘆葦風起雲湧。湖面也由波瀾微漾，而波濤翻滾，而澎湃洶湧，最終如千軍萬馬咆哮而來，一浪一浪擊打湖岸，彷彿要將他們吞噬入湖。

王陽明深吸一口潮潤的湖氣：「風起於鄱陽之湖，浪成於微瀾之間。一切，該開始了；一切，也該結束了。」

朱宸濠的船隊浩浩蕩蕩，風帆蔽江，前後綿延數十里，兵士呼喝聒噪。所到之處，江上的漁船早已逃遁無影。

劉養正的頭髮白了一大半，李士實的鬍鬚全白了。他們搜腸刮肚，也想不出一個既不惹怒朱宸濠，又能勸他直驅南京的好辦法。他們只能眼睜睜坐著船進入大夜彌天的鄱陽湖。

兩個愁眉苦臉的幕官，不約而同想到一百五十多年前那場鄱陽湖大戰。

「當年鄱陽湖之戰，太祖奠定大明江山，這一戰說不定也能贏。」劉養正的話其實自感虛浮。

「世道輪迴，今時今日只怕難逃一劫。」李士實悲聲道。

劉養正驚惶地左右張望，小聲道：「李國師莫出此言，萬一被王爺聽見，我們更不好過了。」

「你我已坐上漏水之舟，隨時有傾覆之厄。我李士實一生堂堂正正，致仕後本可頤養天年，想不到落得如此窮途末路。」

「李國師不必悲觀，我軍兵力雄厚，王陽明不過聚集一幫烏合之眾——」

「劉太師，事到如今你還要騙自己嗎？」李士實又狠狠一戳。

劉養正無言以對，艱難鼓起的勇氣很快如被戳破的水囊，癟塌下去。兩人望著船艙外漸漸發白的湖光山色，內心的恐懼氾濫漫溢。船隊的呼喝聲此起彼伏，聽起來儼然如得勝歸朝。兩人互相看了眼，發現對方臉上流露的是心照不宣的苦笑。

朱宸濠目不轉睛盯著前方黃家渡駛來的數十艘船隻，凌十一、閔廿四、胡十三稱船隊正是王陽明部。朱宸濠渾身發熱、眼珠發紅，緊緊咬住牙根。

王陽明，正是這個小小的贛南巡撫王陽明，詭計多端、狡詐善兵，害得他不得不從安慶趕回來。要不是此人，他此刻早已直取南京，坐上留都的宮殿。他非常後悔心慈手軟，沒能早早要了王陽明的命，以至於留下今時禍患。

朱宸濠瞪著越來越近的對方船隊，吼道：「船隊加速，全力開拔。襲擊賊軍，擒拿王陽明！」

船艙裡，婁素珍將一件白衣撕成細長布條。

朱宸濠衝進來，婁素珍將手中的東西塞到身後。朱宸濠沒顧上她的神情，摸了把匕首揣上，叮囑她不要出艙。他會護好兒子們。婁素珍的嘴唇動了動，也想叮囑幾句，又覺一切徒然。他但凡能聽得她三言兩語，也不至於落到今日的地步。

走到船艙口的朱宸濠又轉回來：「愛妃，此番大捷在望，登基之日，便是愛妃封后之時，也不枉愛妃多年來忠誠追隨。」

婁素珍笑了，笑容慘淡。朱宸濠無心與她多言，匆匆出去。

妻素珍望著他的背影。這就是多年前「春時並轡出芳郊」的那人嗎？這就是她期盼的夫妻舉案齊眉嗎？蘭因絮果，終有算時。

她自小熟讀詩書，翰墨丹青雙絕。到頭來發現，筆墨詩文並不能讓她過得更好，連坊間不識字百姓的尋常光景也不及。在這場屬於男人的摧枯拉朽的爭雄中，一介女子如何全身？

她舉起手中的布條，它細長柔軟，沒有半點殺傷力，但是不久會成為保護自己的武器。她繼續撕著，漫天的呼號嘶喊聲中，裂帛之聲細微無聞。

黃家渡湖面的數十艘船，正是伍文定迎襲朱宸濠的船隊。

伍文定莽撞迎戰朱宸濠的先遣軍，差點闖下大禍，這回他卯足了勁，非要與對方拚個死活不可。兩軍相交、箭陣亂發，沒幾個回合，伍文定就落了下風，掉轉船頭就逃跑。朱宸濠聞報大喜，令乘勝追擊。

劉養正勸道：「王爺，幾個回合敵軍就逃逸，其中有詐。」

朱宸濠不屑道：「上次我先遣軍大勝敵軍，這一回敵軍仍不敵我軍，只需乘勝追擊，狠狠煞一煞王陽明的驕氣才是。」

「臣懇請王爺三思——」

「三思你個娘。凌十一、閔廿四、胡十三，給我衝。」

劉養正跟李士實訴苦，李士實冷哼拂袖而去，懶得聽他嘮叨。劉養正對著茫茫湖山暗嘆：「老天爺，我為何投了這麼個冥頑愚痴的主子。昔日屈子大夫報國無望而投江，難道我劉養正也要步其後塵嗎……」

伍文定船隊惶惶敗走。朱宸濠部全力追趕，戰線拉長，船隊首尾不顧。驀地四周吶喊陣陣，鼓聲震天，湖面前後兩翼突然冒出一大圈船隊，數不清的船隻密密麻麻叮住朱宸濠的船隊，如同千百隻螞蟻咬住垂死掙扎的青蟲。本就首尾不顧的朱宸濠部愈發亂作一團。朱宸濠大駭，令兵士拚死抵抗。

這是王陽明安排的誘敵深入計。

鄱陽湖刀光劍影、血色彌天、屍身浮湖，哀鴻響徹湖山。

劉養正往船艙深處逃去，卻見李士實早已躲在艙底瑟瑟發抖。劉養正窺望艙口外被紛紛斬落於水的兵士，暗想到底是投江而死呢，還是等著被俘。

他從角落摸了瓶酒，顫著手擰開瓶蓋，一口一口往嘴裡灌。李士實不知何時爬到他身邊，虛弱地說：「給我一口。」

他喝了口，連連咳嗽，上氣不接下氣。劉養正厭惡地瞪他一眼，心想：「咳死了算你這老傢伙有福了。」

李士實啞著嗓子吟道：「七碗清風自裡邊，每隨佳興入詩壇。纖芽出土春雷動，活火當爐夜雪殘……」

「李國師，你還有心思吟詩？」劉養正驚詫，都死到臨頭了老傢伙還吟風弄月。

「陸羽舊經遺上品，高陽醉客避清歡。何時一酌中霖水？重試君謨小風團。」渾濁的老淚從李士實的眼角淌下，「昔日我與李東陽、蕭顯聯句〈詠六安茶〉，一時成名句，流傳甚廣。若我不入這一趟渾水，致仕後喝茶作詩吟風弄月，何至於今日之不堪？」

劉養正垂首不語。無論學識還是資歷，他都遜於李士實。年輕時他自視甚高，屢屢懷才不遇，後得寧王青睞，本以為平步青雲，未曾想終究還是落入無法自拔的泥淖。哪像李士實，死到臨頭還能記起幾樁名士風流逸事。倘若他不入這一趟渾水，今日會是何等模樣？他亦有一手出眾的書法，在坊間甚有名望，亦能以筆墨度日，若得一眾喝采逢迎，也好過今日窮途末路……

江面一陣潑響，幾條魚不安地竄出水面。鄱陽湖翻江倒海，早把牠們驚得難以安生。一條鯉魚突地跳進視窗，落在他們面前，撲稜稜地跳躍。

兩名幕官愕然。要是往日，鯉魚跳躍實乃大吉兆。現在他們一動不動，彼此心照不宣——此時就算龍王爺跳上船，也是無力挽狂瀾於既倒了。

「涸轍之鮒，涸轍之鮒也。」李士實顫聲。

劉養正打了個寒噤。沒錯，他們正是兩條涸轍之鮒，儘管置身於浩渺江湖。李士實顫著手把魚捧回湖面，魚躍入湖中消失無蹤。劉養正趁機拿過酒瓶，李士實奪過，劉養正再奪回。兩人死死抓著酒瓶不放，惡狠狠瞪著對方。劉養正驀感辛酸，鬆開手。李士實喝掉最後一滴酒，將酒瓶砸在地上。兩名末路幕官緘默相對，兀自抹著老淚。

朱宸濠兵敗如山倒，急令船隊退守鄱陽湖東岸的八字腦，同時令將九江、南康的守軍悉數調出，以補充損兵折將。

早有防備的王陽明部趁機而入，迅速收復九江、南康兩城。

至此，朱宸濠已無兵可援無路可退，唯有背水一戰。

夜色降臨，雙方暫且按兵不動、伺機而發。

一箱箱金銀財寶搬到船頭，船舷吃水線立刻沉了幾分。兵士們的目光如蒼蠅逐臭，牢牢盯著它們。

「殺敵勇猛當先者，賞千金。殺敵負傷者，賞百金。不戰而退卻者，殺無赦！」朱宸濠吼道。

歡呼聲響起，頹敗低迷的兵士們眼裡射出耀眼的光，就是戰死了也能為妻兒老小換得不愁飢寒，橫豎一條命，值得。兵士們血紅著眼哇哇亂叫又殺過來。

驟然而來的殺戮，使得王陽明部數十名兵士傷亡，隊陣連連後退。

坐定指揮船的王陽明喝令伍文定出陣。

伍文定拔劍而出，在船頭畫了一條線，吼道：「越過此界者，斬立決。」

兩名不知死活的兵士剛從陣前逃來，腳底一溜就過了界。伍文定手起，劍下人頭落。兵士們大驚失色紛紛衝向陣前。仍有三五個兵士從陣前逃回，伍文定再次血濺船塢。這下所有的兵士們拚命衝向敵陣，與其死於伍文定劍下落得個戰場逃兵的名聲，不如戰死沙場賺幾個撫卹金。

伍文定身先士卒奮勇殺敵，兵士們愈戰愈勇，兩部呈激烈絞殺狀。

突然一陣雷霆巨響，朱宸濠部的水師船隊射來銃炮，王陽明船隊這邊的湖面激起巨浪，被擊中的船隻一時眾多。伍文定的鬍鬚被銃炮火屑點燃，哧哧燃燒。兵士驚呼，伍文定仰天長嘯，巋然不動，連抹一把鬍鬚都沒有。

站在王陽明指揮船上觀戰的李八斤直跺腳。丘十八從船艙出來，喊先生找他有事。他說：「伍知府快烤焦了。」

丘十八說：「焦不了。」

王陽明讓他們用竹竿紮起白布舉到船頭。李八斤一看白布上書「寧王已擒，我軍毋得縱殺」。李八斤納悶，他剛才明明見朱宸濠在船頭竄來竄去活得好好的，陽明先生這也太會吹牛了。他小聲問丘十八：「什麼意思？」丘十八說他白跟先生這麼久，先生的雄才大略還不懂。李八斤醒悟，這不就跟當初他們去南昌城散布兵家計謀差不多嘛。

兩人來到船頭高高舉起招降旗，兵士敲響鳴鑼齊聲呼號：「寧王已擒，我軍毋得縱殺。寧王已擒……」

朱宸濠的船隊分散，首尾不接，不知真假，頓時陣腳大亂。

此時銃炮從王陽明部呼嘯而出，掠過血色湖山，射向朱宸濠部。這是王陽明的殺手鐧，箭在弦上，不到關鍵時刻輕易不用，此時一觸即發，發出最致命的一擊。接二連三的銃炮擊沉了朱宸濠的護衛船，朱宸濠的船也載浮載沉。

藉著漫天的煙屑，朱宸濠率餘部逃向鄱陽湖岸邊的樵舍。

王陽明望著樵舍方向，湖面靜寂，彷彿不曾有過彌天烽火，而這也正是戰事的可怕之處——風起風落、生死寂滅，如水流風過無痕。

煙水茫茫處有隱隱的琵琶聲飄來，如歌如訴。他撫鬚長嘆。

婁素珍坐在船頭撫琵琶，江風掀動她的衣衫翻飛。真是一座好湖山，前人的鄱陽湖詩章依然不廢江河。

宋代蘇東坡吟：「鄱陽湖上都昌縣，燈火樓臺一萬家。水隔南山人不渡，東風吹老碧桃花。」楊萬里贊：「半篙已湖心，一葉恰鏡面。仰見雲衣開，側視帆腹滿。天如琉璃鐘，下覆水晶碗。波光金汁瀉，日影銀柱貫。」最大氣的是宋代周弼的詩句：「鄱陽湖浸東南境，有人曾量三十六萬頃。我昔乘槎渤澥間，眇視天濱坎蛙井。浪何為而起於青雲之底？日何為而碎於泥沙之裡……」

倘若她不曾嫁與朱宸濠，倘若她是男兒身而不是身不由己的弱女子，她也會像蘇東坡、楊萬里、周弼一樣，泛舟江湖，詩劍吟嘯：「胸中八九吞雲夢，似此蹄涔亦何用。安得快意大荒之東東復東，指麾魚鱉騎蒼龍。」

倘若這個時候她乘槎浮海至天河，俯首藐視人世間的刀劍紛爭，看到的是否正是一片聒噪紛亂的「坎蛙井」？

琵琶斷弦，婁素珍慘然一笑。

湖面忽地傳來輕呼，「婁妃娘娘，婁妃娘娘」。婁素珍循聲望去，只見一片偌大的荷葉在幽暗的湖面飄動。再看，有人躲在荷葉下。

「娘娘勿驚，陽明先生派我來的。」那人低聲急切地說。

婁素珍一看，正是師兄身邊的小護衛。李八斤說，是陽明先生要她隨自己逃離。原來世間還有人記得她。她泫然淚下。

「娘娘，前方蘆葦蕩有小舟，妳快隨我離開。」李八斤催促。

「小兄弟，謝謝你。素珍已身不由己。請你轉告師兄，素珍感恩於心，唯有來世再報。」

「娘娘，妳好好一個書香門第的女子，何苦為那逆賊而捨生，快隨我走吧。」李八斤緊張地觀望四周。丘十八的小船藏在蘆葦蕩，只等他發出水鳥的叫聲就來接應。

「來世，我只做婁素珍，再也不為他人之人。請你轉告師兄，只求死後給我一個清白身。小兄弟，你快走吧。」婁素珍低聲而決然道。

李八斤眼見巡邏的兵士朝這邊過來，只得隱入荷葉下。遊了一段，他掀開荷葉看去，婁素珍依然坐在船頭，身影蕭瑟如葦，他嘆了聲隱入水下。

「野鷹兀兀平沙上，折葦蕭蕭古渡頭。滿眼荒寒底處所，令人腸斷五湖舟。」婁素珍低吟范成大的詩，望著湖面上泛起波瀾的水影，心中的悲慟摻了些微暖意——這蒼涼的人世，至少還有人記得她。

血色湖山蕭蕭古渡，不久後會歸於靜寂，當後人泛舟鄱陽湖時，會記得這裡有過的血腥廝殺嗎？只怕唐先生的畫筆，也畫不出滿眼荒寒吧？

幸虧唐先生遠離了，幸虧他沒有看到這一幕。

她想過有一天造訪桃花塢，賞滿園桃之夭夭灼灼其華，與師兄和唐先生在桃花樹下喝桃花酒，賦桃花詩，畫一抹殘紅散綺霞……如今，只能等來世了。

蘇州城北桃花塢。桃林裡紅紅綠綠的桃子掛在枝頭，風中輕晃。幾隻鳥雀飛來偷偷啄食。三分鐘熱風過，被鳥雀啄過的桃子撲撲落地，又被樹下覓食的雞叼去，繼續啄噬。桃子已坑坑窪窪。

唐伯虎在院子的夢墨亭揮毫作畫，此刻他的心沒來由地忽地一顫，好似一塊石頭從懸崖落下深谷，骨碌碌沒個著落。手上原本豎畫的筆橫向一處，錯了筆，畫面顯得突兀奇怪。

從南昌到蘇州，從威赫的寧王府到落寞的桃花塢，唐伯虎以為遠離了那場夢魘。但是他沒想到，坊間關於他與寧王之間的沆瀣勾連傳得有鼻子有眼。同時，寧王謀逆兵敗的風聲也飄到蘇州上空。這意味著，一旦寧王失勢，他也會是臭名昭彰的叛黨。

他去市集買菜，菜販子不肯賣他；他去茶樓酒館，茶客們鬨然離開，或在角落睨視於他，弄到後來店家求他不要上門了……他無力辯解，只能默默離開。

喝酒、喝茶、畫畫、寫詩，見僅有的幾個密友，如此度日。好在蘇州畢竟離南昌遠，世事倥傯，人也是健忘的，沒多久人們不再談論他，或者說遺忘了他。他不再賣畫，而是以畫換酒。酒可換唐伯虎的畫，這樣的消息在蘇州城裡不脛而走。求畫的人又絡繹不絕了。

只有他心裡清楚，「不使人間造孽錢」，才是以酒換畫的真正想法。

他不明白剛才的心頭一顫從何而起，也許有人惦記他，也許有人憎恨他，也許有人又拿他的舊事當茶酒點心咀嚼，可是又能如何？從二十年前的弘治十二年開始，他已是被人反覆咀嚼的話題了。他重新描繪畫錯的一筆，幾筆鐵鉤銀劃，畫面又有了別樣意境。他自嘲地搖搖頭，畫錯的畫能補救回來，可是走錯的人生，如何補救？

柴門外有人在敲門，他蹣跚地走到門口。

門外是一個衣著光鮮肚腩腆凸的胖財主，身後僕人挑著兩個酒罈子。

「唐先生，這是去年春上釀的桃花酒，蘇州人都知道您不愛錢，就愛喝這酒。」財主謙卑恭敬地笑，期期艾艾地想請唐先生為他母上大人畫一幅壽桃。

唐伯虎聞到壇身飄出的酒香，同意了這樁交易。

胖財主又提出，壽桃要畫得大一點圓一點紅一點，如此方能彰顯富貴人家氣象。唐伯虎漠然點頭，一句話也不肯多說。胖財主拱手致謝，定了取畫的日子便匆匆離開。放在多年前，他絕對不肯與這般俗人打交道，連多看一眼都覺得醃臢。如今，「不使人間造孽錢」——酒總還是要喝的。

他打開酒罈。酒水嘩嘩、酒香漫溢，他有了幾許隱祕的喜悅。

「桃花塢裡桃花庵，桃花庵裡桃花仙。桃花仙人種桃樹，又摘桃花換酒錢……」他提起筆，筆墨間小蕊嫣然、春色暄妍，隱隱還有血色彌天。

風定鄱陽湖

鄱陽湖樵舍的指揮船上，朱宸濠盯著陰黯天色中七零八落的船隊，要劉養正和李士實盡太師國師之責，力挽狂瀾。

兩人沒有像以往那樣爭著貢獻錦囊妙計，他們像失水的瓠瓜，蔫頭耷腦畏畏縮縮，站都站不穩，更別說出主意了。劉養正說：「王爺撤吧！」李士實悶聲不響。朱宸濠摔了個杯喊「滾」。兩人立刻滾了。

朱宸濠又叫來凌十一、閔廿四、胡十三，他們倒是義薄雲天，叫嚷著要與王陽明決一死戰。朱宸濠問他們：「有什麼反敗為勝的絕招？」

他們氣勢洶洶地說：「先殺過去再說。」

朱宸濠很絕望。正是因為他們徒有莽夫之勇而缺少王陽明的機巧狡詐，這場謀劃才一再吃大虧。莽夫之勇有何用？當年楚霸王更勇，還不是垓下悲歌？他無比後悔，沒有更早一點招攬到像王陽明那般狡詐的謀士。他的指揮船已被擊破半邊，連一塊平穩的甲板都沒了。他需要一個絕地反擊、絕處逢生、置之死地而後生的高明策略，可是這一群飯桶——他悲傷得快要大哭了。

「你們看看、看看，出發時浩浩蕩蕩的船隊，現在七零八落，如何與敵軍抗衡，難不成拼成一塊鐵板嗎？」朱宸濠指著船隊吼叫，突地眼前一亮，死死盯著殘存的船隻，手指激動地抖著。凌十一們茫然地看著這位越來越不可靠的王，捉摸不出他到底有何用意。

朱宸濠用盡一生的智慧，終於想出一個絕妙主意——他命令眾人用鐵索將船隻串連起來，連舟為方陣，這樣就擁有了一塊獨一無二的水上陣地，可為船、可為陸地，進退皆可，出入自如。他覺得這簡直是天才才能想出來的絕妙策略。

有人說如此或有風險，朱宸濠霍地抽出劍。眾人跑開，照他說的去做了。

躲在船艙偷窺的劉養正看著兵士們忙碌地連舟為方陣，不可置信地瞪大眼，他要衝出去阻止這天底下最愚蠢的做法。李士實拉住他問：「什麼時辰了？」

劉養正說：「七月二十五日子時。」

李士實掐指一算，嘆息：「寧王謀逆十年之久，王陽明起兵僅四十餘日，便風捲殘雲勢如破竹，令寧王棄甲曳兵土崩瓦解。正所謂，見機不早悔之晚矣。」

「李國師，非你我愚鈍，而是王陽明太過狡詐，專事旁門左道。」劉養正不滿他長別人志氣滅自家威風，辯解道。

「罷了罷了。時運不濟、命運多舛。馮唐易老，李廣難封——」李士實扯起袖子揩老淚鼻涕。

劉養正討厭他動不動掉書袋子，還吟誦王勃的詩，把自己比作馮唐李廣。可是再想想，他沒說錯啊。

「愚不可及愚不可及，居然把船隻連起來，到時候如何逃得脫。」劉養正急得團團轉。要是會游水，他早就跳進鄱陽湖潛逃了。

「時也、命也、運也。」李士實望著船艙外那幫人，他們興高采烈大呼小叫，好像不是在搭戰船而是在搭一座唱戲的畫舫，他苦澀地笑了。

王陽明望著朱宸濠的船隊忙碌地鐵索連舟，驚訝得不敢置信。李八斤疑惑朱宸濠是不是要在湖上唱大戲。

「李八斤，看過《三國演義》嗎？」王陽明問。

「先生，我小時候常聽說書先生講三國，我喜歡這個故事。」

「想看火燒赤壁這一齣戲嗎？」

「火燒赤壁？好啊，難道朱宸濠要唱大戲？有趣，真是有趣。」

王陽明讓他把伍文定、邢珣、徐璉、戴德孺等人喊來。眾人先是訝然而笑，接著慨嘆不已，經過短暫的商討後他們隨即散開。

幽暗的鄱陽湖上，兩支船隊各自做著要將對方一舉全殲的最後準備。

翌日，天色曈曚、煙水紛緼。婁素珍在梳妝打扮，鏡子裡出現她楚楚動人的臉龐。片刻，鏡子裡出現一張陰沉沉的臉，兩人目光交接，靜默著。

朱宸濠露出一絲僵硬的笑，把她摟起來：「愛妃，我們盡享世間榮華富貴的日子不遠了。」

婁素珍神情木然：「不遠了。」

朱宸濠抬起她下巴：「對本王笑一個。」

婁素珍的嘴角一牽，露出一個艱澀的微笑。

「好好等著本王。」他一甩袖子走出船艙。

婁素珍走到案几前，提筆書寫：畫虎屠龍嘆舊圖，血書才了鳳眼枯……

朱宸濠站在船頭，船頭有一張桌，桌上一側擺一堆銀子，另一側擱一把大刀。當下生死存亡之際，他要再一次殺雞儆猴——誰是忠勇者、誰是無能者，嘉獎衝鋒陷陣的勇士，也要殺幾個儆儆貪生怕死之徒。

他指著一個軟癱在甲板的官員，喝令將他斬首並扔下湖。兵士剛拎起官員的後衣領，突然有兵士驚呼：「起火啦起火啦——」

湖上怎麼可能起火？荒唐……他回頭一看，敵軍的火器火箭齊刷刷朝船陣射來。船身一觸即燃，木料畢畢剝剝燃燒，一時濃煙靄靄紫焰烘烘，船隻盡焚旗幡作灰。兵士們紛紛跳水。

剩下的兵士拚命划船，龐大船陣猶如老邁的水牛，緩慢地移動。

朱宸濠如夢初醒：「火燒赤壁、火燒赤壁，劉養正、李士實你們這兩個飯桶，出來，滾出來！為何不早提醒我？為何不早提醒我？」悲愴的嘶吼衝出瀰漫的硝煙，在湖上久久迴盪。

婁素珍把筆擲入湖，用長長的布條裹住自己，身體旋轉，一小步一小步艱難地挪到船艙口。她望了一眼江上的火光硝煙、水天如墨，還望見一條小船朝她的方向急急划來。她臉上露出決絕的笑，縱身跳入湖中。

「婁妃娘娘，你為什麼要這麼做啊？」李八斤再一次划船過來，痛心地喊。

除了李八斤，沒人看到火光沖天中夾雜的這小小一幕，更多的官員、兵士接二連三跳水。婁素珍之前叮囑過兒子們，她在船上，他們也在，她在湖中，他們也跟隨。寧王世子們見母親跳湖，也哭著接連跳下湖。鄱陽湖血色連天，風聲嗚咽。

船艙裡，一張淌著殘墨的宣紙寂寞地飄蕩，發出微弱的窸窸窣窣聲，上面是婁素珍寫的最後兩行詩句——迄今十丈鄱湖水，流盡當年淚點無。

船陣熊熊燃燒，落在船艙、漂在湖面的屍身越來越多，朱宸濠脫下冠服，扒下兵士衣裳套上身，跳過幾艘空蕩蕩的船往岸上逃。他正四處張望，忽見蘆葦叢中有一艘小漁船，一個戴斗笠的漁翁悠然垂釣，全然不被火光刀兵所驚。

他驚喜地喊漁翁過來。漁船慢悠悠過來，他把兩錠銀子塞到他手上說：「快逃。」漁翁沒作聲，划動小船駛離。

朱宸濠癱坐船艙，長長吁了口氣。這時才想起婁素珍，想起帶出來的世子們，想起翠妃和其他妃子，想起離開南昌的前呼後擁叱吒風雲，如今的狼奔豕突孤家寡人，不由悲從中來。他不是沒想過輸，但是沒想到輸得如此之慘，就像被人從賭場趕出連內褲都輸掉了的賭徒。

「客官去何處？」漁翁問道。

朱宸濠失神，去何處呢？湖山浩渺，天大地大，當年太祖以寡勝眾，鄱陽湖一戰定鼎大明江山。而今他堂堂大明王孫，在鄱陽湖輸給一名南贛小巡撫，日後如何去見太祖？都怪那可惡的王陽明，當年他貶謫貴州龍場怎麼就沒被劉瑾派去的錦衣衛殺手殺死呢？

「去沒人的地方，去找不到我的地方，快，越快越好。」朱宸濠又掏出一錠銀子扔到漁翁面前，讓他加速划船。

「客官閒著也是閒著，我講個鄱陽湖小故事給你聽聽？」漁翁慢吞吞地說。

朱宸濠此時怎敢得罪這個掌握他命運的漁翁，便可有可無地說好。

「鄱陽湖東南首有個清風村，村裡有二十二戶人家，他們以打魚砍樵為生，過著尚能餬口的日子。最靠湖的一戶人家，母親早逝，父子倆相依為命，兒子叫丘十八，因為他生下來，家裡只有十八合米了。那年漁霸收漁稅，每斤魚要收稅五成。漁民說太重了求減一點。第二天他們收稅七成。漁民們怒了。第三天官府小吏帶來漁霸，這回要收稅九成，說再不繳稅把漁船漁網都砸了。漁民跟他們打起來，一個被他們打死，十三個被抓走。被打死的是丘十八的爹，因為他衝在最前頭……」漁翁一邊搖船一邊說。

朱宸濠打著哈欠，眼皮越來越重。

「丘十八的爹臨死前跟兒子說，天底下只有一種人官府不敢跟他們收稅，那就是土匪。丘十八就跟當土匪的鄰居上了山。開始他覺得丟臉，後來有人說，知道苛重的漁稅是誰讓收的嗎？是江西最大的土匪，他橫徵暴斂，擄奪百姓田產，結交江洋大盜，還有謀反竊國之心，我們跟他比不過是小巫見大巫。客官可聽說過這個江西最大的土匪？」

朱宸濠覺得這故事有點耳熟。多日來疲於奔命，他眼皮滯重哈欠連天，懶得再想，很快睡著了。漁翁無聲地笑了，加快船速。

小船轉了幾道湖灣，順風順水到了王陽明的船陣。朱宸濠睡得快、醒得也快，他仰起身，驚恐地看到王陽明的戰旗在風中獵獵作響。

朱宸濠跳入湖中，不想湖水只到小腿。兵士們把他從水裡撈起來。摘下斗笠的漁翁牢牢按住他，像手法老練的漁夫叉住一條魚。

「我叫丘十八。」漁翁冷冷一笑。

朱宸濠發出絕望的嚎叫，聲音在湖面傳得很遠，驚飛了蘆葦叢中的鷗鳥。他抬頭仰望，王陽明坐鎮的指揮船如泰山高聳、如天穹壓頂。那個看起來被風一吹就會倒的瘦削身影，如泰山上的巨石，有著強大的壓迫感，彷彿隨時會把他砸個粉身碎骨。他已無所逃遁於天地之間。

風凜凜、江渺渺，王陽明想起在江西任過職的李夢陽筆下敘述太祖鄱陽湖之戰的詩句：「太祖平陳日，樓船下此湖。波濤留壯色，天地見雄圖……血染猶丹草，骨沉空白蕪。汀洲夜寂寂，霜月鬼嗚嗚……英謀協睿算，勇奮想長驅。劍瘞神仍王，舟焚勢與徂。康山巍廟在，忠武激頑夫。」

此時此刻，恰如彼此彼刻。

王陽明的胸臆如江潮湧動，終化為澎湃詩情，〈鄱陽湖捷〉油然而出：「甲馬秋驚鼓角風，旌旗曉拂陣雲紅。勤王敢在汾淮後，戀闕真隨江漢東。群丑漫勞同吠犬，九重端合是飛龍。涓埃未遂酬滄海，病懶先須伴赤松。」

正德十四年六月十五日，王陽明於豐城驟聞寧王謀逆，此時他手上無一兵一卒。之後抵吉安謀平定。向各府縣募兵士、調民兵壯丁，誓師勤王，守安慶、拔南昌、決戰鄱陽湖，至七月二十六日生擒寧王朱宸濠，及後掃平餘寇，前後不過四十三日，鄱陽湖交戰則七日，「蓋自起兵至破賊，曾不旬日」。

其間向各地求援至戰捷，朝廷無一援軍，連稟報寧王謀反的奏疏都沒得到回音，僅憑號稱二十萬、算起來只有三萬四千餘、實際只有一萬四千餘參戰兵力，「以萬餘烏合之兵，而破強寇十萬之眾」，實為大明乃至前朝所罕見。

回到南昌都察院，王陽明寫下〈江西捷音疏〉、〈擒獲宸濠捷音疏〉和懇求對平叛有功人員加以嘉獎的名單，派快馬送至北京。與奏疏一併呈上的，還有〈乞便道省葬疏〉，希望朝廷批准自己回鄉省親，安葬祖母。

之後他安撫民生，遣散臨時招來的兵士，撫卹勇士，處理堆積的公文，調遣官吏，開啟中門為弟子講課。他言語從容、思辨清晰，絲毫不提剛經歷過的那場驚心動魄的戰事，好像他只在講課間歇出門打了一場獵，捕獲了幾隻野豬野兔，無須誇誇其談。

朱宸濠坐著檻車被押解進南昌，這與出發前浩浩蕩蕩的場面相比，無疑有雲泥之別。他望著昔日跺一跺腳都會搖三搖的南昌城，街頭行伍肅立、鋼刀出鞘、盔甲鋥亮，百姓指點竊笑喧譁，他心中的悲憤惱恨蜂擁而至，面上仍是不屑一顧的冷笑：「這是我老朱家的事，用得著外人如此費心嗎？」

兵士喝令他老實點，朱宸濠怒氣沖天說：「要將這個不知天高地厚的小子滿門抄斬。」兵士們笑起來，就像笑一個輸得一無所有仍紅著眼珠子要扳本的賭徒。

朱宸濠被押至王陽明堂前，仍嚷嚷：「這是老朱家的事用不著外人費心。」

王陽明一言不發看著他。他想起慘死的孫燧和許逵，想起師妹婁素珍，想起許多喪生於朱宸濠刀下的官員，想起因這場戰事而殃及的無辜百姓。他的眼神像銳利的刀，把朱宸濠身上跋扈的鋒芒紛紛削落。

「王都堂，我可以盡數削去我的護衛，降為庶民，這樣總行了吧？」朱宸濠仍有不甘心的傲慢，這小巡撫不太懂老朱家規矩。

「有國法在。」王陽明簡單地說。

朱宸濠的臉色頓時萎黃。他看了一圈，兵士肅穆冷峻，都察院森然，他就算是一隻鳥，也飛不出昔日是他的家天下的南昌。曾經，有人一再伸出手，要救他於水火泥淖，可是他一再拒絕……

他落了幾滴淚，哀懇道：「陽明先生，婁妃是一位賢妃，她一開始就勸我不要起兵，可是我未納苦諫，害她投水而死，還望先生好生安葬她——」

王陽明再也抑制不住憤懣，高聲說：「你還有臉提婁妃？」

那天李八斤眼睜睜看著婁素珍跳水，帶兵士們跳入湖中，打撈起用布條包裹身體的婁素珍，為此，他深深自責盡職不力。

「昔日商紂王聽婦人之言而滅亡，我卻因不聽婦人之言而滅亡。但凡能夠聽得她隻言片語，我也不至於落得今日的地步，追悔莫及、追悔莫及啊。」朱宸濠悲從中來，這是他一生中對婁素珍最真誠也是最遲的懺悔。

李八斤按著雁翎刀怒視朱宸濠。他為僅有數面之緣的王妃哭過，就像失去了親人。此時若不是丘十八按著他，他真會一刀劈了這狗王爺。

「婁妃怎麼會嫁了你這個不是東西的東西！」他惡狠狠地罵。

王陽明離開大堂，不想多聽朱宸濠的一句話，怕自己會立刻起殺心。

「嗜欲深者天機淺，嗜欲淺者天機深。」李八斤聽見他丟下一句話。

獄中的朱宸濠，此後每至進食，就跟獄卒多要一份飯菜，祭祀婁素珍。

「賢妃，用膳了。今日有炙蛤蜊、炒大蝦、烹河豚、燒鹿肉、金齏玉膾，冰桃雪藕……」他喃喃地畫餅充饑，「吃吧吃吧，多吃點。」說著嗚咽起來，「妳跟我享福甚少，受累甚多。我有負賢妃，有負賢妃啊……」

很多時候，他靜靜地靠在牆角，一遍又一遍苦苦回想舉事以來的每一處細節，以及歷代寧王的起起落落，到底是哪些失誤導致了寧王世系的落敗。有一回他突然驚覺，倘若當年所謂「靖難之役」，手握重兵的先王祖朱權沒有被燕王朱棣「事成之後，平分天下」之詭言所矇蔽，而是趁勢而為，奪得天下，勝者將是先王祖朱權而不是朱棣，那麼數百年後，他極有可能面臨朱棣的子孫對他的殺戮征討。他會是遠在京師的朱厚照，朱厚照則會是今日落敗的朱宸濠。

千百年史書從來都是如此不動聲色地書寫，每一頁史章都滲透著獘骨成丘、屍橫遍野的血腥味。這個重大省悟，讓朱宸濠全身悚然，僵成了一具行屍走肉。

諸氏在縫暖袍的最後幾針。她的女紅一向精湛，這次精雕細琢縫得很慢。

這時她聽見有許多凌亂的腳步聲傳來，夾雜欣喜若狂的呼聲：「夫人夫人，先生打勝仗了，先生平定寧王朱宸濠了，寧王被俘獲了！」

諸氏等僕役們安靜一些，問：「是不是真的？」

「真的真的，夫人，千真萬確。」

「真的，整個江西都在傳這起大事。」

「夫人，先生四十餘日平定寧王謀逆，人人都說先生是天兵天將下凡。」

僕役們嘰嘰喳喳眉飛色舞。

「撤走木柴。」諸氏朗聲說。

僕役們七手八腳撤走木柴。諸氏邁出幽居四十餘日的廂房，但覺天地明麗敞亮，花木芳香清逸。她自閉幽居的這些日子，心內焦灼，身體還是無恙的。先生卻在刀鋒箭陣中死生交替，他是如何度過這些艱難時日的啊……她心疼不已。僕役們說這回該準備慶功宴了，諸氏略一思索說此役奇捷，有人為之欣喜，也會有人為之嫉恨。風雖定，波未靜。

「我們做一桌酒菜相賀，權當為先生慶功。我代他多喝幾杯。」諸氏把暖袍的最後一針仔細縫好，打上線結，笑著說。

王陽明將婁素珍安葬於南昌贛江南岸，儀規盡到了對寧王妃的禮數和對小師妹的同門之誼。

三十年前的弘治二年，十八歲的他與婁諒先生討論「聖人可學而致之」之學，深以為然，自是奮然有求為聖賢之志。那時婁素珍還是個未諳世事的小女孩，倚在門框邊偷聽講課，一臉天真無邪，滿眼好學求知。他逗趣地喊她「小師妹」，考她學問，冰雪聰明的她對答如流，他讚嘆不已。其實按長幼輩分來算，王陽明是婁諒的弟子，婁素珍是婁諒的孫女，則他的輩分大於她。

當時的他，怎麼會想到有一天小師妹會捲入一場慘痛變故，且與他息息相關。若能改天換命，他多想回到三十年前，告訴她要避開命運前方的一個噬人大坑。也許當時他還沒有學透「聖人可學而致之」，難護小師妹以命運周全……

贛州傳來消息，說夫人回府後將自己關在廂房，木柴圍合，僅容小窗遞消息和飲食，說先生若勝則好，先生若敗，則焚火燒身。直至平定寧王的消息傳至，夫人才離開廂房。僕役也才敢把此事告知於他。

這些女子，苦於時世，不能像男人一樣征戰沙場，可是她們的骨子裡一樣有英烈剛毅的品格，沒有人天生願意為誰而殉難，她們只想用微薄的力量，維護最後的體面和尊嚴。今時戰敗的若是他，夫人也會像溺水而亡的師妹一樣殉道。三皇五帝定國開疆，為江山權杖名利而起的戰事，最後卻由女人們承受水深火熱。

王陽明在婁妃墓前佇立良久，淚水從眼角落下……

王陽明結束講課送走弟子後咳嗽不已。李八斤送上梨膏糖水，勸先生不要太過勤奮講課。

王陽明喝過笑道：「李八斤，俗話說近朱者赤，近墨者黑，你隨我多時，可曾讀過我的詩文？」

「我，我是先生的仰慕者，常讀先生的詩文啊。」李八斤大言不慚。

「那你讀幾句來聽聽。」

李八斤的目光朝書案亂轉，見攤開一本書法冊頁，便覷著眼結結巴巴地念：「我愛龍泉寺，寺僧，僧，僧——」後面的字他不認得了。

「我愛龍泉寺，寺僧頗疏野。盡日坐井欄，有時臥松下。一夕別山雲，三年走車馬。愧殺岩下泉，朝夕自清瀉。」王陽明悠悠念道。

「先生，這詩什麼意思？」

「這是我十多年前寫的，念故里餘姚的龍泉山龍泉寺，它在我宅第瑞雲樓前面，我常去山林寺院遊走，坐井欄、臥松下，看岩下泉朝夕流瀉。千歲鶴歸，思鄉念親甚深矣。」王陽明眺望窗外的雲山渺渺，神情悵然。

「餘姚有什麼風光，有什麼好吃好喝的？」

「龍泉山、祕圖山、餘姚二山下，東南最名邑也。美食嘛，閩廣荔枝、西涼葡萄、未若吳越楊梅……」王陽明追憶遠鄉時，神情疏朗明快多了。

「楊梅？我吃過我吃過，酸酸甜甜，天下第一果品，原來出自先生故里。如今已平定叛亂，先生趕緊整理行裝回鄉省親，我護衛前往。」李八斤心裡癢癢的，恨不得拔腿就走。

「風生於青蘋之末，浪成於微瀾之間。」王陽明沉聲道，眉宇間憂慮重重。

李八斤不懂這話的意思，不好意思再問，只得撓頭顧自思索。「都打勝仗了，先生怎麼還心事重重？他還怕什麼啊？」

伍文定進來說：「一干叛黨已抓，接下去是送南京還是北京？江西沒了巡撫，一堆爛攤子，朝廷有何打算？還有……」

王陽明說：「捷報奏疏已飛馬報京，現在等朝廷回音，暫且做好日常事務就是了，急不得。」

伍文定憂心忡忡：「王都堂，我只怕善後事務節外生枝。」

王陽明望向帝都的方向，煙塵茫茫處，藏匿著變幻莫測的詭譎風雲。一大群飛鳥從晨霧瀰漫的邈遠天邊飛來，遠遠望去，猶如三分鐘熱風沙來襲。

這一幕陌生而熟悉，遙遠而咫尺，似乎不久前見過。他長久地遙望。

唐伯虎提著一小罈酒走在蘇州街頭。經過一處說書攤，見人們伸著脖子聽說書先生講得頭頭是道，也駐足聽著。

「……那安王被王明仁打得落花流水春去也，竟丟下珍妃逃之夭夭，實為無情無義之極。那珍妃乃理學之後，書香門第、冰雪聰慧、才貌雙全，琴棋書畫無一不絕，曾拜江南第一風流才子唐不凡為師。可憐這好女子，為免遭戰禍塗炭，跳水而盡，一代才女，瘞玉埋香……」說書先生舌生蓮花，悲情溢於言表。

為免口舌之禍，坊間奇談人物往往用化名，聽的也心知肚明。唐伯虎初聽饒有興趣，愈聽愈驚疑不已，這說的不就是——

他拉過一個聽書人問說的是什麼書。那人眉飛色舞說講的南昌寧王朱宸濠的故事，他謀劃謀逆十年之久，被贛南巡撫王陽明僅區區四十餘天打敗了，朱宸濠的愛妃婁素珍和好多人跳水而死，世子國師太師等一干亂黨死的死，抓的抓……說著那人驚訝地叫：「你不就是唐伯虎嘛？大家快來看，江南第一風流才子唐伯虎……」

唐伯虎拎著酒罈落荒而逃，冷不防撞上路邊石階，酒罈碎裂，酒水灑了一地。他顧不得心疼，急急離開。

他回到桃花庵，關閉柴門，身子貼著門板顫悠好一會，才踉踉蹌蹌回到書房。他拿出一幅畫鋪開，畫中仕女在桃林摘桃花。他凝神片刻，提筆繪色。仕女與他記憶中的妻素珍重合，舊時言猶在耳——

「先生，弟子有一事欲請您釋疑解惑。」

「王妃請講。」

「世間凡事皆可更改。技藝意境，加以苦練，自然有一日會精進。可是人性中的愚頑痴迷，如何點化？」

「這個——」

「『春時並轡出芳郊，帶得詩來馬上敲。著意尋芳春不見，東風吹上海棠梢。』我自以為可結廬人間……可人間的另一面，滿目山河空念遠，落花風雨更傷春。」

「春榮秋枯乃是萬物規律，人間草木皆如此。秦宮漢闕，都做了衰草牛羊野，不恁麼漁樵沒話說——」

唐伯虎的淚水落在畫中，他繼續蘸墨繪色。

「唐先生，南昌近來陰晴不定、忽冷忽熱，還望先生留意天象，若有不測風雲，及早避離，以免受風寒之侵。……唐先生在蘇州築有桃花塢，春時落英繽紛，此時想必已碩果纍纍了。」

「簡陋小築，聊以棲身而已。」

「桃花塢裡桃花庵，桃花庵裡桃花仙。桃花仙人種桃樹，又摘桃花賣酒錢。弟子當年若是不入侯門，亦是對這般世外桃源的生活心嚮往之，一生寄情書畫詩文、桃紅柳綠，而不是朝堂混沌。」

畫中的婁素珍漸漸豐盈，對著唐伯虎嫣笑。三分鐘熱風吹過，畫中桃花飄飄揚揚，桃林裡的桃子落在泥溝。

「可憐這好女子，為免遭戰禍塗炭，跳水而盡，一代才女，瘞玉埋香……」

說書先生舌生蓮花，悲情溢於言表。

唐伯虎拿過桌上的酒瓶，仰首喝了口，一邊作畫一邊放歌：「酒醒只在花前坐，酒醉還來花下眠。半醉半醒日復日，花落花開年復年……」

押俘杭州行

夏末秋初的紫禁城，天氣還很熱，兵部尚書王瓊與大臣們站在乾清門外聊天，一邊用手帕擦汗，臉上喜形於色。

正德皇帝朱厚照長駐豹房和宣府，他對皇宮和大臣們有一種與生俱來的厭惡，要求將奏章公函一件不少都送到宣府，但是絕不願他們接近自己一步。王瓊最近一次覲見皇帝是三年前，而有些大臣都快忘了皇帝長什麼樣。儘管如此，他們還是不得不十幾年如一日到紫禁城，上奏下達，為大明操碎了心。

王瓊這些天心情舒暢，在大臣們面前慷慨陳詞。

「當初我派伯安鎮守南贛，正為今日做準備。伯安果然不負我望，區區四十餘天就平了朱宸濠十年謀逆之亂，有他在，反賊手到擒來。」王瓊捋鬚大笑。

「王陽明早年因劉瑾所害，貶謫貴州龍場，臥薪嘗膽悟道修心，遂得心即理、知行合一之說。此次平叛，果真是身體力行『知是行的主意、行是知的工夫』之說了。」

「大司馬深謀遠、慧眼識才，高人，真是高人啊。」

眾臣紛紛奉迎，王瓊心花怒放。

內閣首輔楊廷和與其他大臣經過他們旁邊，楊廷和冷冷瞥他一眼走開。王瓊趨前作揖問好。楊廷和後退了一步，厭惡地瞪他一眼。他一向不喜為人圓滑的王瓊。

王瓊笑容可掬：「首輔近來可好？皇上常年不坐朝，宮裡大大小小的事還要有勞首輔多操心啊。」

楊廷和瞪他：「你還笑得出來？」

「喔，王陽明剛剛平定寧王，這天大的喜事，我為何不能多笑笑呢？哈哈哈。」

「張忠、許泰、江彬這些混蛋為皇上出主意，要皇上御駕親征寧王。這等喪心病狂的主意都想得出來。」楊廷和憤怒的唾沫星子濺到王瓊的臉上。

王瓊知道朱厚照很荒唐，但是沒料到荒唐到這個地步，他半信半疑：「首輔從哪裡聽來的街談坊議？」

「你一向眼觀四方耳聽八路，這一回怎麼就聽聞閉塞了？虧你跟江彬交好多年。這回你是搬起石頭砸自己的腳，害慘的是你的王陽明。真是沆瀣一氣。」楊廷和怒氣沖沖拂袖而去。

王瓊看著楊廷和踉蹌的背影，心中一沉，適才的欣喜一掃而光。

皇帝御駕親征，這種聽起來很風光的事，實則帶給地方和百姓負荷苦難，而這偏偏是正德皇帝的喜好。兩年前的應州大捷讓皇帝嘗到甜頭，對於御駕親征這事一發不可收拾。這回，隨心所欲的皇帝，將指揮棒指向了剛剛經歷過苦難的江西。

王瓊望見紫禁城飛簷翹角的上方，層層疊疊的灰雲鋪滿天空，如同黑幔，罩住了整個煌煌禁城。他長嘆，覺得自己真是五更天唱小曲——高興得太早了。

李八斤端著梨膏糖推開書房門，王陽明一邊看信一邊咳嗽，咳得氣喘力虛。李八斤把碗遞到他手上，催他快喝。

王陽明面色鐵青，把信摔在書桌。李八斤問他為何生氣。

「皇上要御駕親征，親率六師征討寧王，此刻萬餘兵馬已南下了。」

「什麼？寧王不是抓了嗎？」李八斤以為自己聽錯了。

擒獲朱宸濠的捷音疏，沒有等來朝廷的批覆，懇求回鄉省親的奏疏，倒是等來了不允的回音，而始料未及的「御駕親征」，卻如晴天霹靂從天而降。

王陽明喝了口糖水說：「江西遭寧王盤剝多年，本就民生凋敝。皇上絕不能來江西，帶給江西百姓無妄之災。」

「朝中的忠臣良將不勸勸？」

「皇上說，再言之，極刑。幸得大司馬捎來快信，不然我事到臨頭還不得知。」

「先生，我們快想辦法阻止皇上南下吧。」

「李八斤，磨墨。」

王陽明奮筆疾書：「……親征反賊朱宸濠之舉危險至極，請聖上立刻中止。今寧王已被擒，臣將親自率軍，押解朱宸濠前赴闕下……」

晚上睡前，李八斤跟丘十八喝小酒說起這事，說：「皇帝的腦子一定壞掉了。」

「八斤，還記得我怎麼當土匪的嗎？」丘十八說。

「官逼民反嘛，我要不是碰到陽明先生，死纏爛打要跟隨他，恐怕現在也是非偷即盜。」

「自古官匪本一家，做官的做土匪的，撈的都是不義之財，今天是官、明天是匪，亂著呢。那寧王看起來是皇親國戚，其實就是江西最大的土匪。」

李八斤思索了一下表示反對：「陽明先生可是個好官，我從來沒見過比他更好的官。十八哥，這叫出淤泥而不染，出官場而不沾。」

「世道黑白顛倒，總有一些宵小陷害忠良，先生平定寧王未必是幸事。」

「你的意思是說，先生不但無功，還會被人陷害？太沒天理了。」

「皇帝就是天理，皇帝說是天，沒人敢說是地，皇帝說是地，沒人敢說是天。現在皇帝歪了心眼，手下那些大臣太監能好到哪裡去？」

兩人默默地喝酒。八月大熱之際，可是他們感覺涼颼颼的。平定亂黨的喜悅沒嘗到多久，他們很快感到捷音背後的陰雲彌天。

「大捷後，我本想為先生做一席鄱陽湖湖鮮美食慶賀，只怕他現在沒心思吃了。」丘十八一臉憾意。

「先生要押朱宸濠北上，我們盡心護衛就是了。」李八斤嚼著豆子。

「朱宸濠是死是活跟我們無關，可是先生的安危，由我們說了算。」丘十八口氣硬邦邦地說。

正德十四年八月，一南一北兩京的水陸路上，兩支隊伍朝著相對方向緩慢而堅定地行進。

北上的是大明都察院左僉都御史、贛南巡撫王陽明，帶著隨身護衛李八斤、丘十八和數十名精兵強將，押著寧王朱宸濠，出南昌、過趙家圍、過瑞虹、至貴溪、達弋陽，方向是南京。

晝夜兼行的王陽明，焦慮的是能不能趕在皇帝到南昌之前阻止他。這名以不務正業聞名天下的皇帝每前進一步，便對江西多一分威脅。

南下的是大明正德皇帝明武宗朱厚照，帶著太監張永、張忠、安邊伯許泰、平虜伯江彬等寵臣，跨正陽門、出順城門、過盧溝河、至良鄉縣、抵涿州，目的地是江西。萬餘兵馬旌旗獵獵、塵煙滾滾，所到之處百姓無不退避三舍。

弘治中興，明孝宗朱祐樘留給兒子朱厚照一筆可觀的江山財富。朱厚照生性聰明、崇文尚武、精通音律、善作曲賦，有倚馬可待的才思文筆，甚至還懂釋道儒和異域教宗，對任何事物都充滿了躍躍欲試的興趣。

此時的朱厚照有一個名聲赫赫的頭銜——奉天征討威武大將軍鎮國公。

若沒有幾樁聲震朝野的戰功，如何對得起這等威名？所以南下是他無論如何要辦的大事，哪怕地方官員一路不停上書勸諫打道回京，他都置之不理。

其間，這支萬餘兵馬的浩蕩王師，因一支小簪子耽擱了不少時日。

朱厚照有一個寵愛的劉妃，他本想出行時帶著，英雄美人是何等千古佳話。不過皇帝還是多了個小心思，怕萬一出征不利累及美人，就特意把她留在京郊潞河，等候去留。臨別時劉妃以一支玉簪為信物。於是皇帝揮師南下，妃子依依送別，多情傷離別。沒想到朱厚照春風得意過盧溝橋時，弄掉了揣在懷裡的玉簪。他令按兵不動，找了三天三夜還是沒找到，只得繼續南下。

大軍到了京畿南大門涿州，王陽明的〈江西捷音疏〉、〈擒獲宸濠捷音疏〉送達眼前。朱厚照見捷報如見噩耗——叛黨都抓了，他還親征什麼？可是開弓沒有回頭箭，此時班師回朝太丟臉了，「奉天征討威武大將軍鎮國公」以後還有什麼威名？再說這捷報可信與否，還得親自驗一驗。

與公文奏疏同時送到的，還有王陽明的私信，「先於沿途伏有奸黨，期為博浪、荊軻之謀」、「誠恐潛布之徒，乘隙竊發，或有意外之虞，臣死有遺憾矣」……王陽明苦苦勸諫，稱路途太過凶險，實在不是適宜出門的黃道吉日。

威武大將軍笑了笑，聲稱「元惡雖擒，逆黨未盡，不捕必遺後患」，令大軍繼續南下，把王陽明的奏疏塞到旮旯裡。

隊伍到了山東臨清，朱厚照覺得前路無憂了，便欣然派兵馬回潞河接劉妃，大軍原地駐蹕。不料忠貞的劉妃沒見到玉簪，堅決不肯跟來人走，「不見簪，不信，不敢赴」。朱厚照反而心花怒放，「愛妃真是忠貞不貳啊。」他不顧萬餘大軍，帶了幾個隨從，乘舸晝夜兼行，再次從山東返回京郊潞河，接回了心愛的劉妃。

寵臣們的恣意妄為、沿途的雞飛狗跳、百姓的怨聲載道，皇帝睜一隻眼閉一隻眼。停停走走來來回回的途中，兵馬糧草衣食住行所耗的銀兩，流水一樣嘩嘩地淌，皇帝眼皮子都沒動一下。

兩支隊伍各自快馬加鞭快舟加槳奔赴。這天中午，王陽明的船到了江西廣信，一艘十來人的輕舟追上他們，遞上一封公函，稱是江西按察使所發，令他帶朱宸濠即刻返回南昌，等待皇上明旨。王陽明細看公文，信是江西按察使發出的，名義是「欽差提督軍務御馬監太監張」。

如果沒有皇帝的默許暗示，張忠之流能如此膽大妄為冒天下之大不韙嗎？

王陽明強忍怒火說他們辛苦了，公函收悉，你走你的，我走我的。另外，他要查驗一下公文是真還是假。他說話時鯁直脖子，言辭之間沒有半點猶豫妥協之氣。來者看看王陽明身邊兩名手執大刀的猛漢、虎視眈眈的兵馬，也只好掉轉船頭。

李八斤對丘十八悄聲說：「皇帝老兒是不是腦子壞掉了？我聽過那麼多說書的，沒聽過一個皇帝這麼想一齣是一齣的，老朱家怎麼盡出這種玩意兒。」

「殺人做皇帝。他生下來腦門又沒刻『皇帝』二字。皇帝跟土匪有什麼兩樣？」丘十八轉著大刀冷冷地說。

「喂，你亂說話當心誅九族。」

「我家就我一個，誅什麼誅！我看，這事明著是刁難陽明先生，暗著，是要置先生於死地。」

「哪個敢？」李八斤握緊大刀，惡狠狠地說：「我把他剁成肉醬。」

黃昏時，船到了一處冷僻江灣泊下。朱宸濠在船艙裡大喊飢渴。兵士們在船頭圍合成一圈，持刀警覺守著。丘十八護衛王陽明吃晚飯。

李八斤端著飯碗到朱宸濠面前，用筷子敲著碗邊：「王爺有權有勢的時候，吃的是燕窩魚翅龍肝鳳膽。可惜如今只能粗茶淡飯，委屈你了。」

朱宸濠怒目瞪視：「大膽刁民，竟敢嘲諷本王，可惡至極。」

李八斤笑了：「王爺這可錯怪小民了。古話說，舉頭三尺有神明，善惡到頭終有報。王爺比小民大，皇上比王爺大，可是神明比皇上還要大啊。王爺處心積慮謀略大事的時候，縱然瞞著天下人，可是瞞不過神明昭昭啊。你看你看，神明在天上看著呢。」他用筷子指了指天空。

朱宸濠不覺也朝天上看去。天空飛過幾隻烏鴉，淒厲地呱叫。他頓時毛骨悚然面如土灰，低聲懇求說餓了。

李八斤端著飯碗一口一口餵他，嘮叨著：「我李八斤是北直隸通州人，王爺世代盤踞江西。我是草芥小民，王爺是一人之下萬人之上。按說我們相差十萬八千里，八竿子都打不著，可是怎麼成了我餵你吃飯了？這等離奇有趣的事，以後我可得說給子孫後代聽，哈哈哈。」

朱宸濠的臉色青一陣白一陣，又不敢發怒，只得艱難地嚥著粗糲飯食。

李八斤還想調侃幾句，忽聽王陽明那邊的船艙傳來喧鬧聲，喊：「有刺客。」

他不及細思就奔去。兵士在搜尋數支冷箭射來的方向，他掃視一圈，忽叫不好，轉身奔向朱宸濠的船艙。只見數名黑衣刺客已與兵士們展開搏殺。這些刺客身形高大，出刀凶猛，數名兵士已被斬落水下。

朱宸濠被一名刺客挾住，朝岸上林子奔去。朱宸濠嘴裡塞了團麻布，嗚嗚作聲。李八斤手上的飯碗還端著，便一揚手砸出去，喊丘十八護好先生，便跳上岸衝向林子，十幾名兵士跟上。

林子裡湧出更多的刺客，團團圍住李八斤和兵士們，雙方激烈廝殺。

那名挾持朱宸濠的刺客，後腦勺被碗砸出血，他拖著朱宸濠拚命往林子深處奔跑，後腦勺的血滴滴答答往下淌。李八斤欲追上，被刺客們纏住脫身不得。他只得一邊與之搏殺，一邊顧及朱宸濠被劫的方向。

十幾輪交戰後，雙方死傷不少，勢均力敵。那些刺客一個個血紅著眼珠子，要用最後一口氣跟李八斤他們拚個你死我活。李八斤陡然想到，這是一批死士，他們在用命阻止王陽明帶走朱宸濠。天底下有誰最想得到朱宸濠，有誰最不想他落在王陽明手上？

答案只有一個。

李八斤渾身一凜，再看朱宸濠快消失在林子，怒吼一聲，聲音響得近前的刺客驚駭不已，手中的刀略一遲滯。李八斤的雁翎刀左右橫掃，一下子劈掉兩名刺客的腦袋，鮮血噴濺了周遭刺客一臉。趁著他們驚悚的一瞬，他吼叫著殺出一條血路，奔向朱宸濠消失的方向，只看清一團影影綽綽的影子。他袖中的小飛鏢毫不遲疑地朝那團影子飛出去。

小飛鏢在林間嚯嚯飛行，幽暗的樹林裡寒光閃爍。刺客揪著朱宸濠正要躍上馬背，鏢尖扎入他的後背，他吃痛朝前一撲，馬一驚撒腿就跑。旁邊的朱宸濠呆若木雞，佇立原地。

李八斤奔上前，拔出飛鏢，翻轉刺客身體一看，汪大用。

「快說，誰派你來的？」李八斤低聲而急促地說。

「受人之託，忠人之事。」汪大用吃力地說。

按說李八斤應該把汪大用抓到王陽明面前審個究竟，可是他怕汪大用一露面，自己的底細也被抖個水落石出。他踏著汪大用的身體，腳下使勁，汪大用的傷口像漏水囊一樣淌血。

汪大用嘴角淌血，仍一言不發。朱宸濠瑟瑟發抖，如果飛鏢偏一點，刺中的就是他。他也不明白自己都淪為階下囚了，眾叛親離鳥獸散，怎麼還會有人來劫持？這幫人是來救他的，還是別有所圖？

李八斤把朱宸濠扔給追上來的兵士，讓他們好好看護並護好陽明先生。這名刺客重傷，他速速審問一番，若無用就一刀了之，省得帶上船麻煩。兵士們已盡數殺死砍傷刺客，這夥人看似凶猛，到底經不得這班勤王之師的驍勇善戰。

汪大用知道天命到了。他追殺王陽明多年，那個瘦弱不堪的傢伙，有著鷹隼一般的機警身手，總讓他錯失一步。在他深感勢單力薄時，意外遇上了李八斤，他們同為因王陽明而禍起蕭牆被殺的錦衣衛之後，同樣有著為父報仇的夙願，他喜出望外，認為這是兩位死去的父親交給他們的使命——聯手殺掉王陽明。

可是不知什麼時候開始，這個原本與他同道的殺手，走上另一條路，轉為另一種身分，換上另一副面孔，有了另一種聲氣——他竟然從刺殺王陽明的刺客，變成了王陽明的護衛。

這太出乎汪大用的意料了，後來他認定李八斤是傻子，傻子是無法指望的。更難料的是，他投靠的威風八面的寧王，居然很快被王陽明殺個落花流水，淪為階下囚。平定寧王，王陽明聲名隆起，這愈發增加了刺殺的難度，他對王陽明也愈加恨之入骨。他並不真正是朱宸濠的人，戰事一開他就逃掉了，等到塵埃落定又出來。他發現王陽明被人稱道的同時，另一種傳聞也甚囂塵上，因此覺得事情還沒有到窮途末路的地步。

王陽明生擒寧王，皇帝不服氣，御駕親征，王陽明的死對頭張忠、江彬千方百計要得到亂臣賊子，王陽明不肯交出——整個江西都知道，一場群貓抓一鼠的遊戲，即將在南直隸殺氣騰騰地擺開。

一個人如果想得到一樣渴盼的東西，除了強取，還有豪奪。他覺得張忠、江彬也一定會這樣想的。汪大用利用江湖路數很快得知，張忠、江彬果然在暗中招來死士，劫持朱宸濠獻給皇上。他費盡周折成為其中一員。這回他投靠的是皇帝的身邊人，他頓覺硬氣多了。

可是，人算不如天算。他再也等不到繡春刀，只等到李八斤那把酷似繡春刀的雁翎刀逼到眼前。

「皇帝想抓朱宸濠，張忠、江彬、許泰也想抓朱宸濠，連你這個毛賊也想抓朱宸濠，嘖嘖嘖，這寧王也真是值錢啊。」李八斤彷彿看透他心思：「汪大用，你有沒有想過，其實從一開始，我們就弄錯了。」

「我從來沒有錯過。」汪大用低吼，血水不停地從身上淌出，「錯的是你，你這個數典忘祖、認賊作父的狗賊。」

李八斤很想把夢見父親王二郎的事告訴他，想說「刀從來都是用一回短一寸，從來沒有一把刀會長個頭」，想說「償還當年的追殺之錯」，想說「好好用刀，重新做人」……他看著汪大用那張垂死掙扎的臉，依然露著凶頑歹毒怨憤的神色，他忽覺只會白費口舌。汪大用就算再活一遍，還是會殺戮他人、荼毒自己。

「快說，指使你的人到底是誰？說出來，留你一命。」

「你湊近一點，我告訴你。」汪大用聲音微弱。

李八斤朝前一挪。汪大用突地抓過他的刀，身子朝前一挺，刀尖直直地插進前胸。李八斤沒防他這送死的一招，驚愕不已。

「下輩子，我還會殺了王——」汪大用斷斷續續吐出幾個字，撲地死去。

「你到死還是執迷不悟。」

李八斤埋葬了汪大用，那塊從他衣裳裡掏出的沾滿血的白布，上面「殺王陽明」四個歪歪扭扭的字，已被血漬得認不出。他撕碎了這塊布，轉身離開。

李八斤跟王陽明稟報刺客是「受人之託，忠人之事」。汪大用的事他隱瞞了，這故事太長太複雜，不如隨那人徹底埋葬為好。

就擒的刺客稱死也不會說。王陽明意識到這是一批死士，都是赴死而來，遂讓兵士趕走他們。那些人上岸沒多久，一個個提刀自裁。李八斤縱然見慣血腥，也是一驚。一個人對自己的命輕賤至此，對別人更會毫不留情。他們背後到底有一雙什麼樣的魔掌，指使他們這麼做？

王陽明意識到，真正的平叛戰役才剛開始。後面的虎視眈眈伺機攫取，只會多不會少。他說「快走」。皇帝已南下，這個時候還會有人不知死活地打劫一枚棄子，肯做這樁買賣的，要麼是朱宸濠死心塌地的親信，要麼是——王陽明想到之前「欽差提督軍務御馬監太監張」的那道公文。

平定謀逆，在某些人眼裡，更可能是罪愆滔滔。切除大明的毒瘡，並不會讓所有人都高興，也許有的人正樂於養癰長疽。

王陽明更憂心的，不只是衝著朱宸濠來的劫持者，還有皇帝的「意外之虞」。皇帝親征因朱宸濠而起，朱宸濠則因王陽明而起——但凡皇帝有一點點閃失，所有的罪責都會加在他身上。儘管他早就向皇帝諫言「誠恐潛布之徒，乘隙竊發，或有意外之虞，臣死有遺憾矣」，平叛非他一人之責，功績非他一人之功，罪責卻會集於他一人之身。

蒙冤受屈代人受過的種種滋味，王陽明早就領受過了，並不新鮮。多年前，他被劉瑾的錦衣衛追殺時寫下絕命詩，「自信孤忠懸日月，豈論遺骨葬江魚。百年臣子悲何極？日夜潮聲泣子胥」，死都不怕，他還怕什麼？

他怕的是以戰止不了戰，以死止不了死，怕兵革滿道烽鼓不息，怕朝堂上那些因權勢、地位、名利、聲色相爭而被挾裹的無辜者死得更多。

李八斤和丘十八看著王陽明越來越陰鬱的臉色，以為他怕下一程再遇到劫持者，互相遞了個警覺的眼色，同時讓兵士們加緊防備，觀察水路動靜。

船在風聲鶴唳中行駛了兩刻，一艘快舟迎面駛來，船頭有人揮動小旗。李八斤辨出是派出的先遣兵士。先遣兵士說：「皇帝的一支先遣軍已到了杭州，領兵的叫張永。」

王陽明望著杭州方向沉吟片刻說：「去杭州。」

船繼續行駛在浩渺長江，經玉山，留草萍驛。在這個江西與浙江分界的小驛站，他們準備住一晚再走，又聞皇帝已到了徐州江淮一帶，他們沒來得及喝一盞茶，又連夜啟程。

在匆匆途經的草萍驛，王陽明留詩於壁，「一戰功成未足奇，親征消息尚堪危。邊烽西北方傳警，民力東南已盡疲。萬里秋風嘶甲馬，千山斜日度旌旗。小臣何爾驅馳急？欲請迴鑾罷六師」，「千里風塵一劍當，萬山秋色送歸航。堂垂雙白虛頻疏，門已三過有底忙。羽檄西來秋黯黯，關河北望夜蒼蒼。自嗟力盡螳螂臂，此日回天在廟堂。」

至衢州，過桐廬嚴灘釣臺，入錢塘江，王陽明的船朝杭州方向疾行。

船經嚴灘釣臺時，王陽明站在船頭悵望。嚴灘是桐廬境內富春江上游的一段急流險灘，自古有「有風七里，無風七十里」之謂，因東漢高士嚴子陵而得名。王陽明心慕這位高士同鄉很久了，一直未能赴釣臺瞻仰。「富春咫尺煙濤外，時倚層霞望釣臺。」正德二年他貶謫貴州途中，在杭州聖果寺養病時就寫過這樣的詩句。此番押俘途經，看來還是探龍頷而遺驪珠了。望著越來越渺遠的嚴灘釣臺，他安慰自己有一天還會來朝拜。

八年後的嘉靖六年，王陽明奉命赴廣西平定匪亂，果然再次途經釣臺。此次他還是因「兵革之役」、「微雨林徑滑，肺病雙足胝」而未能如願，「徒顧瞻悵望而已」。嚴灘的山高水長間，留下了他與弟子錢德洪等人之間著名的「嚴灘問答」——有心俱是實，無心俱是幻；無心俱是實，有心俱是幻。此是後話。

船到杭州，王陽明把朱宸濠安置在錢塘江邊一處密實的蘆葦叢，嚴加看管。他直奔張永駐地。

張永的駐地朱門緊閉、守衛森嚴。守衛見王陽明神情嚴肅，只好進去通報。片刻出來說張公公署事繁忙無暇接待，還不耐煩地揮揮手。

王陽明盯著硃紅大門，突然朝緊閉的大門撞去，高呼：「張公公，我是王守仁，快開門，我來和你商議公事，開門！」

守衛怕出事，慌忙打開。門開處，皇帝的寵臣、御用監太監張永站在裡面。他本是出來窺測動靜，來不及轉身走開，只好尷尬地對王陽明點點頭：「王都堂，一路辛苦了。」

張永與劉瑾同為宦官集團「八虎」之一。弘治朝時侍奉太子朱厚照，太子繼位時，他自然成了皇帝的親信。他原是劉瑾的黨羽，久而久之兩人有矛盾，甚至當著皇帝的面互毆，皇帝還為他們擺酒說和，但是恨意在彼此心中加劇。正德五年，張永受欽命與右都御史楊一清平叛安化王朱寘鐇，途中兩人密謀扳倒劉瑾。張永列舉了劉瑾十七條大罪，皇帝還半信半疑。搜家後，皇帝親見玉璽、龍袍及武器盔甲等物件，還發現劉瑾的扇子裡藏有兩把匕首，這才龍顏大怒將劉瑾下詔獄，凌遲處死。

此後凡因劉瑾得官者盡皆罷黜，直諫諸臣得以復朝。王陽明遂得以東山再起。張永只為一黨之利一己之私，但是王陽明畢竟藉此昭雪。兩人之間算是因緣際會，張永對王陽明亦另眼相看。

王陽明請張永到鎮海樓。張永自帝都而來，是客，王陽明居南直隸，當為主。

鎮海樓，位於杭州吳山東麓，始建於南朝，後為吳越子城南門，初名朝天門，為隋廢郡置州、杭州定名之初最早的州臺所在地，元大德三年改為拱北樓，本朝改名鎮海樓。時為濱海敵樓，規石為門，上架危樓，貯鼓鍾以司漏刻。正德年間，因日本沒落武士和浪人侵略浙江沿海，威脅杭城，故於鎮海樓置大鐘一座，大小鼓九隻，作為報警報時之用。

王陽明請張永登臨鎮海樓，但見吳山綿亙起伏，氣勢壯美，西鄰西湖、東望錢塘江，盡攬江南市列羅綺、戶盈珠璣之繁華，平疇沃野、江河湖泊之勝景。

「誰言青門悲，俯期吳山幽。」張永感嘆地吟詠王昌齡的詩句，「江南秀美，怪不得皇上，我亦流連忘返啊。」

「昔日海陵王完顏亮，讀罷柳永的〈望海潮〉，傾慕於東南形勝，三吳都會，錢塘自古繁華，遂揮師南下欲吞南宋。當時他賦詩〈題臨安山水〉，萬里車書一混同，江南豈有別疆封？提兵百萬西湖上，立刻吳山第一峰。」王陽明提及著名的海陵王完顏亮，「張公公，南直隸百姓不願看到提兵百萬西湖上啊。」

張永心裡清楚王陽明必有所指，他微笑地觀覽風光，沒有接話。

李八斤過來說午時了，請他們至鎮海樓二樓小酌，邊吃邊談。

宋嫂魚、宋嫂魚羹、東坡肉、桂花鮮慄羹……王陽明聊起菜餚典故。「相傳宋時西湖畔有宋姓兄弟漁讀為生，後來哥哥得罪官府致死，宋弟避難離家前，宋嫂燒魚送行。宋弟嘗魚味酸甜奇特，便問何故。宋嫂稱，以後日子若甜，不要忘記曾經的苦難辛酸。後來宋弟考取功名報大仇，遍尋宋嫂不著。某日宋弟嘗到一道魚，正是舊時滋味，於是弟嫂相見。此魚遂出名。再之後宋高宗泛舟西湖，嘗到宋嫂魚羹，讚嘆不已。宋嫂魚和宋嫂魚羹自此聞名遐邇。」

張永品著佳餚連聲讚嘆，稱：「名不虛傳。」

酒過三巡，王陽明直言道：「張公公，江西本就因寧王盤踞多年而民窮財盡，再加上還有旱災，此次戰禍更是令百姓苦不堪言。一些百姓逃進深山老林，當初他們受寧王脅逼為匪，現在又因窮困而為匪，如此一來，天下恐怕會有土崩瓦解之危。皇上揮師南下，定會橫生禍患，請張公公勸諫皇上盡快返京。」

張永心裡說：「要是沒有好處，誰樂意大老遠從京師跑來這裡？皇帝要南下，你王陽明要北上，這明擺著會忤逆龍顏。」

他和顏悅色地說：「我此次隨皇上南下，只是因為宵小在皇上身側，所以我調兵遣將輔翼聖躬，並不是來與王都堂爭什麼功勞長短。做奴才的，唯有以肝腦塗地保護皇上安危為己任啊。不過，皇上既然南下了，一定要順著他的意思，我還是有辦法挽回的。要是既忤逆了皇上，又惹怒了宵小，恐怕難以挽救天下。」

王陽明聽出了他的弦外之音。也就是說，張永有辦法，既能順從皇帝的一意孤行，又能勸說皇帝返回京師不至於讓江西遭殃。這個辦法繫於一人，那就是朱宸濠。只要把朱宸濠交給他，一切將迎刃而解。

張永見王陽明沒有很快回應，覺得這個飽讀兵書經史，號稱開創了「心即理」之學、弟子眾多的陽明先生，似乎沒有傳說中那樣智慧，只好直言不諱：「你把那個人交給我。」

王陽明笑了，笑得歡暢痛快。

「王都堂笑什麼？有什麼可笑的？」張永被他笑得莫名其妙，有點惱怒。

「那人自然要交給張公公，若不然，我從南昌跑到杭州來做什麼？」王陽明撣了撣衣裳的風塵，一如「事了拂衣去，深藏功與名」那般風骨瀟灑。他請張永與他同去錢塘江邊提人。

張永愕然。這個多年前因直言進諫而得罪了權宦劉瑾，被貶謫到貴州鳥不生蛋之地的昔日兵部小主事，經歷了這麼多不可思議的磨練，怎麼還是這副不諳世事險惡的天真模樣？他到底算大智若愚，還是大愚若智？還是，他身上隱匿著何種世人永遠無法勘破的天機？

「除了那人，我還要交給張公公一樣東西。」王陽明喚李八斤取來。

張永暗想，都說王陽明從不肯受人恩惠，亦未予人半絲半縷，連對知遇恩人王瓊都一毛不拔，看來徒有虛名啊。正思索著，一個錦盒擱在他手上。

他欣然打開，錦盒裡是一沓書簡，寫著他的名字，落款是朱宸濠。張永與朱宸濠的交集並不多，後者曾試圖拉攏他，屢屢捎信，他嗅出此人非善類，所以保持著既不冷拒亦不接近的姿態。這些書簡想必是王陽明從寧王府搜出尚未寄出的，它們的出現，讓他長多少張嘴也說不清。

張永騰地起身，左右一掃視，卻見王陽明的兩名護衛如兩尊大神杵在樓梯口。更離奇的是，樓梯不知何時被拆走了。張永欲發作，王陽明把錦盒放在他手上後就慢悠悠地吃菜，彷彿書簡的事從未發生過。張永愕然。

吃過鎮海樓的鮮美酒菜，他們來到錢塘江邊。朱宸濠的檻車從船艙裡抬出，他暴怒地撞擊檻車，咒天、咒地、咒王陽明、咒張永、張忠、許泰、江彬，咒那個在其位不謀其政的皇帝，唯獨沒有咒罵自己。

王陽明和張永與朱宸濠對視，後者恨恨瞪過他們後，終於撐不住一個如刀犀利、一個似冰冷酷的眼神，頹然垂首。

張永發現，昔日不可一世的寧王，與他經手過的任何一名階下囚沒有半點兩樣。他們同樣囚首垢面、蓬頭跣足，臉上掛著生不如死的絕望。如果沒有王陽明的孤勇勤王，如果京師的兵備鬆懈一些，如果寧王的兵馬再強壯一些，如果……那麼檻車裡的階下囚很可能已坐上金鑾殿。而身為皇上身邊最得寵的人，自己必然也在劫難逃，幸虧有王陽明……

「王都堂，事情我會辦妥。你安心回去吧。」張永看王陽明的眼神充滿無限感恩。他悄悄擦掉額頭滲出的冷汗，令手下押解朱宸濠匆匆離去。

帳冊險情

王陽明沒有立刻回南昌，因為他病倒了。交出朱宸濠後，他提懸很久的精氣神立刻洩下去，無邊的疲累像漫過湖堤的西湖水，將他淹沒。

他在西湖邊的淨慈寺安頓身心。在晨鐘暮鼓梵唄悠悠裡，在空靈的禪聲與鳥雀的清鳴中，他的心境有了稍許清淨。

「靈鷲高林暑氣清，天竺石壁雨痕晴。客來湖上逢雲起，僧住峰頭話月明。世路久知難直道，此身那得尚虛名。移家早定孤山計，種果支茅卻易成。」他的字裡行間透露著對隱逸生活的嚮往。

杭州的湖光山色，讓王陽明想起太多紛紜往事。

正德二年初夏，在聖果寺養病的他險遭錦衣衛劫殺，他假跳錢塘江，遺留鞋襪紗巾為證，才保全性命。他並不恨那兩個不知姓名的錦衣衛，食祿行事而已。

當然杭州還有更多有趣的事。弘治十六年，他同樣在杭州養病——杭州似乎是一個適合養病的地方。疾病和湖光山色，內在的苦痛與外在的風光，滲透交融，催生出繽紛文思。他寫〈西湖醉中漫書二首〉，「十年塵海勞魂夢，此日重來眼倍清。好景恨無蘇老筆，乞歸徒有賀公情。白鳧飛處青林晚，翠壁明邊返照晴。爛醉湖雲宿湖寺，不知山月墮江城」。更有友朋相聚，切磋天地人世學問的疑義奧祕，「湖光瀲灩晴偏好，此語相傳信不誣。景中況有佳賓主，世上更無真畫圖。溪風欲雨吟堤樹，春水新添沒渚蒲。南北雙峰引高興，醉攜青竹不須扶」。

那時他三十歲出頭，風華正茂、意氣風發，與日後的山高水險、顛沛流離相比，真是怡然自在，字句間陶然忘機。

他常在南屏、虎跑等寺剎遊走。有一天，聽說有個和尚閉關三年，不說不聽不聞不問，猶如泥塑木雕，被信眾奉為神明。他就跑去看，看了會兒，突然喝道：「和尚你整天吧啦吧啦說些什麼，瞪著眼珠子看些什麼？」那和尚一驚，自己明明不動聲色，就睜眼問他說什麼。王陽明問他還有沒有家，和尚說有，母親還在。問他想不想母親，和尚說能不想嗎？王陽明就說愛親是人之本性，想是正常，不想才不正常。一番言語，惹得三年不動聲色的和尚涕淚交零，當晚捲起鋪蓋回家了。

在此之前，王陽明對佛道深以為然。世道的晦明不定，人心的叵測難量，功名利祿的浮沉變幻，軀殼性命的生死明滅，令他深信一切如佛家所說，「一切有為法，如夢幻泡影，如露亦如電，應作如是觀」。既然如此，一切何須執守執法執行執念執迷執著呢？

但是，倘若一切皆可棄如夢幻泡影露電，那麼，世間的骨肉親情牽腸掛肚，豈不是顯得索然無味、可笑之極了？同樣，疆域國土、詩文筆墨、江河湖海、長河落日、飲食煙火，妻子的溫言、稚子的歡笑、白髮翁媼的慈眉善目、岩中花、林間鳥、枝頭果……一切皆成虛妄——這絕非人性所為，這是斷種滅性，這才是壓抑人的本性的最大虛妄。這種出世，不可取。

入世、用世、經世、濟世，才是一個人活著的真正價值所在。

兩年後的弘治十八年，王陽明做了兵部小主事。在京師的形役勞頓之際，他時時西湖夢尋，「予有西湖夢，西湖亦夢予。三年成闊別，近事竟何如」。在為友人畫作題詩中他寫：「我所思兮山之阿，下連浩蕩兮湖之波……我心則悅兮，毋使我亟。送君之邁兮，欲往無翼。雁流聲而南去兮，渺春江之脈脈。」入世的紛繁煩悶裡，他亦不可抑制地流露出世的念想。

但是念想歸念想，晨鐘暮鼓終究沒有將他帶向出世，反而令他在梵音的清靜中更清醒、更明瞭此後的走向，遂有了今時今日生擒寧王這一齣道道地地的入世濟世大戲。

此時此日的淨慈寺，不再是當時彼日的聖果寺。守護他的，是忠心耿耿的護衛李八斤和丘十八，是與他有過恩怨、生死交錯、連正經名字也沒有的兩名庶民。

「老屋深松復古藤，羈棲猶記昔年曾。棋聲竹裡消閒晝，藥裏窗前對病僧」、「常苦人間不盡愁，每拚須是入山休。若為此夜山中宿，猶自中宵煎百憂」、「百戰歸來一病身，可看時事更愁人。道人莫問行藏計，已買桃花洞裡春」……王陽明人在佛門禪院，筆寫感世詩章，心仍牽掛著紛沓時事。

李八斤端來梨膏糖水，王陽明喝了口，問有沒有消息。在淨慈寺並不只是為了養病，他更多是等著皇帝返京的消息。李八斤說沒什麼消息，讓他喝過水歇會兒。王陽明催促快說，李八斤只好把實情說出來。

奉天征討威武大將軍鎮國公朱厚照確實沒有去南京，但是他繼續南下，已到了江蘇揚州，也許很快就到江西了。

王陽明把手中的糖水碗重重一頓。他最擔心的事終究還是發生了。張永清楚地答應過他會辦妥事情——當然這怪不得張永，皇帝執意要做的事，就算一路鋪滿違抗者的鮮血，亦會踏血而行。

梵音禪音倏遠，遠得幾乎聽不見。

王陽明帶著未痊癒的病軀，頭也不回地跨出淨慈寺的山門，再一次從出世跨向入世的門檻。清淨的山門外，還有太多未盡的世事等著他平定。

他從杭州出發，沿京杭大運河往鎮江、揚州行舟。他急切地要見到皇帝，要用盡生平智慧，告訴那個把南北直隸弄得雞飛狗跳的威武大將軍——住手！

他一路策劃了很多方法，陳情懇求、直陳利弊、忠言相勸、嚴詞直諫……甚至還想過用對付朱宸濠的手法對付朱厚照，比如用某些聲東擊西的策略。

他剛到鎮江，就接到了朝廷要他即刻赴任江西巡撫的詔令，之前張永悄悄向皇帝奏明了王陽明的忠誠勇武。自孫燧殉國後，江西最高官員的位置空缺了很久，江西巡撫府快長青草了。

戰功赫赫的吉安知府伍文定，此時已被擢升為江西按察使。他以新身分謁見張忠、許泰時，居然被他們綁起來斥問。他們找不著王陽明，便拿他出氣。伍文定氣得大罵：「我冒著誅九族的危險，為大明平定亂黨，何罪之有？你們這些所謂的天子心腹，卻侮辱國家的忠臣，依法該斬的是你們！」後來伍文定向皇帝上書說不做了，不做受窩囊氣的江西按察使了，朱厚照還是沒理他。

王陽明心知這道從天而降的擢升旨意並非好事，但是王命如山，江西兵連禍結多年，確也需要偃武修文了。更何況，張忠、許泰、江彬所率的數萬兵馬已竄到南昌，本就遍體鱗傷的南昌，又一次被推向水深火熱。

南昌街頭，一隊兵士橫衝直撞。有的抱著酒罈子，有的拎著香噴噴的烤雞，一路撕著吃，嘰嘰咕咕地調笑。

兩個販子在後面追，「軍爺，軍爺，這是我鋪子一天的生意啊，軍爺……」幾個兵士一棍子打去，兩名販子倒地撫傷大哭。

領頭的兵士喊道：「爺隨張公公、許公公南征剿滅亂黨，出生入死，吃你幾隻雞怎麼了？這是慰勞大軍的雞，吃你的是給你面子。滾！」、「再嘰嘰歪歪，必與亂黨同謀，抓你坐大牢。」

王陽明的車馬經過，瞥見兵士們揚長而去的背影，便喊：「停車。」李八斤扶起兩名販子詢問。販子哭著說：「自從北方大軍進入南昌，城裡人滿為患，軍隊強占民房住吃喝拉撒，搜刮民脂民膏，百姓怨聲載道。本以為跑了寧王這條惡虎，沒想到來了一群更凶的餓狼，這什麼時候結束啊。」

李八斤安慰他們：「莫急莫怕，陽明先生回來了，江西有新巡撫了，陽明先生會為你們做主……」

兩個販子臉色煞白驚駭不已，慌忙搖手：「莫提巡撫，莫提王陽明，他是寧王同謀啊。張忠、許泰他們正要抓了王陽明呢。這位小爺別害我們受累。」

李八斤和丘十八大吃一驚，問他為何這樣說。一個販子慌慌張張逃走，另一個販子也要跟著逃，李八斤按住令他說個仔細。

販子苦著臉說：「南昌城到處傳言還有寧王的餘黨殘孽，故而江彬、張忠、許泰率兩萬餘兵馬前來征剿。他們說王陽明原本就是朱宸濠的同謀，是叛亂的幕後謀劃者，只不過因為知悉皇上要御駕親征，才先下手為強抓了朱宸濠向皇上邀功。所以王陽明是大禍臨頭了。」

「小爺剛才為我抱不平，所以我也跟您說了。您知曉就好，可別跟人說是我說的。」販子說罷急急溜走。

兩人憂心忡忡地跟王陽明說了這事。

「你們相信嗎？」王陽明淡淡說。

「不信。」兩人大聲說。

王陽明點點頭朝前走。

「先生您坐車吧。」李八斤追上去。

「我看看南昌街頭，看看何時才能回歸江晏河清。」王陽明頭也不回。

江彬派人來見王陽明，直言要摘走那顆很燙手但是又有很多人想得到的果子——朱宸濠。王陽明連派來的那人都沒見，就說人已交給張永了。江彬再膽大，也不敢跟張永叫板。

江彬把關於王陽明的飛短流長傳到皇帝的耳朵，篤定地等著皇帝發出嚴懲王陽明的旨意，這類事他一向十拿九穩。朱厚照忙著把玩張永弄來的新奇玩意兒，眼皮也不抬地說：「這種荒誕不經的流言以後少傳過來，讓他出去。」

江彬簡直不敢相信自己的耳朵，也不敢斗膽讓皇帝說清楚點，只得一頭霧水地離開。

與王陽明杭州會晤後的張永，早算到了江彬等人會有這一齣，已提前稟告皇上。「王都堂為國盡忠，鞠躬盡瘁，實乃國之忠臣良將，若是連他都要遭到宵小之徒的中傷誣陷，還有天理嗎？陛下英明，自然會明察秋毫。」張永送給皇上新奇玩意兒時，順便義憤填膺地稟告。

朱厚照對張永的前半句話一隻耳朵進一隻耳朵出，對後半句話欣然受之，自然把宵小之徒江彬罵出去。

南昌街頭，北方兵士們依然恣意妄為，如入無人之境。到後來竟然在巡撫府門口日夜罵大街，汙言穢語讓人不忍卒聞。李八斤和丘十八怒目圓睜，腰間的刀格格作響。若不是王陽明嚴厲制止，他們早就將這群人的腦殼當球踢了。

「先生，他們在外面傳得滿城風雨，我們當沒聽見也算了，現在竟然跑到巡撫府門口指著鼻子罵。您忍得下，我李八斤忍不下。」李八斤氣鼓鼓地說。

「先生，求您准我們教訓他們。」丘十八怒目橫眉。

「他們挑釁生事，正等著我發作，好伺機抓住把柄，捏造更大的罪愆，我怎麼可能給他們這個好機會呢？」王陽明漫不經心地撣了撣衣冠上的塵埃。

「那我們總不能讓他們得寸進尺吧？」李八斤急道。

「莫倚謀攻為上策，還須內治是先聲。」王陽明轉身進了書房。

李八斤問丘十八：「先生唸的兩句詩是什麼意思。」

丘十八說：「先生準有妙計，連朱宸濠這條大魚都捕住了，那些蝦兵蟹將算得了什麼？」李八斤覺得有理。

從贛州來到王陽明身邊的諸氏，讓他試了試新做的暖袍，發現寬了些，看來先生又瘦了。她說：「再縫緊些。」

王陽明看著夫人微凝的蛾眉，知她心中委屈，便接過暖袍說：「不必縫了。」諸氏問為何，王陽明笑著說：「不久將回故里休沐，身心清閒便體壯，何必再縫緊。」諸氏嫣然一笑，要他權當外面的聒噪是鳥叫。王陽明說自然如此。

王陽明出門時，北方兵士們圍著馬車尾隨叫囂。要不是李八斤和丘十八兩尊凶神寸步不離護著，他們都會把他從馬車裡揪出來。

王陽明到一家燒餅鋪門口說停車。鋪主惶然說：「軍爺昨天剛拿過，今天求放過。」王陽明讓李八斤掏銀子買下一大籮餅。鋪主和夥計惶然裝餅。

王陽明對北方兵士溫和地說：「各位辛苦了，多日來勞各位忠義護衛守仁。今日請各位嘗嘗江西最出名的燒餅，又香又酥，來來來，勿搶勿爭，每人都有。」

兵士們互相瞅著，不敢上前也不敢退後，不敢伸手也不敢縮手。張公公許公公教他們騷擾王陽明，說此人狡詐奸猾，與朱宸濠是同謀，是江西一霸，他們儘可以攻擊，可是沒有說過王陽明會這等相待，也沒有教應對招數。

李八斤一邊分燒餅，一邊低罵這些北方兵士都是白眼狼。

兵士們吃著燒餅，覺得比搶來的更香甜。他們議論著，世上哪有這種被人侮辱了還笑臉相迎的人？都說王陽明是奇人怪人，果不其然。李八斤聽出幾個家鄉通州口音，上前攀談，一問，其中有兩個是他的鄰村鄉黨，當下親熱得不得了。

李八斤把他們拉到邊上誠意相問，為何要對平定叛亂、忠心靖難的王陽明行此不仁不義的之勾當，到底什麼人要跟他過不去？這麼做他們的良心痛不痛，晚上睡不睡得好覺？

兩名鄉黨悄聲告訴李八斤，大軍隨皇上千里迢迢趕了這麼多路，實則都是張忠、許泰、江彬的餿主意。他們在皇上身邊爭奇鬥巧，邀功爭寵，粉飾天下太平，結果還是出了犯上作亂的驚天大案。其中還有人跟叛黨不清不白。王陽明不用朝廷一兵一卒一槍一炮，四兩撥千斤，輕輕鬆鬆將叛黨擒於馬下。這是一個奇恥大辱。王陽明太能了，就顯得他們太無能。只有讓王陽明無能，他們才顯得能。他們不能名正言順與王陽明一戰，所以必須以辱罵為己任，直至將王陽明罵得甘拜下風俯首稱臣為止。

李八斤對他們說過異土他鄉要保重身體、注意冷暖、早日回鄉之類的話，就把探來的情況跟王陽明說了。

王陽明與幾個兵士在聊一些剛死去的兵士，也許是征途疲累水土不服，一些兵士剛到南昌就死了，被草蓆一裹丟在營房角落。領兵的忙著四處搜刮錢財，怕以後找不著這麼好的撈財機會。死去的兵士都發臭了，大家都避著走。有幾個兵士悽然道，自己會不會也客死他鄉連葬身之地也沒有？

王陽明吩咐李八斤協助為死去的兵士料理後事。李八斤分燒餅給北方兵士們，因為知道這是先生的謀計，可是讓他幫著料理那些白眼狼的身後事，他就不樂意了。「活該，死得越多越好。」

「他們也是身不由己做了他鄉魂。」王陽明說。

「那些死掉的兵士，說不定辱罵先生最狠。」李八斤說。

「群丑漫勞同吠犬，九重端合是飛龍。涓埃未遂酬滄海，病懶先須伴赤松。」王陽明淡淡一笑。

李八斤只得說「遵命」。每當先生困擾時，總會吟幾句詩，好像詩句能解困。他有點頭痛，他不懂詩，但是能猜測出詩句背後的意思——先生很苦惱。如果他承擔不了先生的苦惱，那就老實遵命為好。

李八斤奉命為兵士們送去吃的用的還有藥品，與鄉黨們促膝談心，聊北方故土舊事、唱家鄉民謠，往往聊得他們眼眶發紅思鄉心切。

一段時間下來，南昌百姓驚訝地發現，街上凶神惡煞的北方兵士越來越少了，他們不那麼粗魯霸道了，買東西會付錢，走路不再橫行。百姓們不明白這一切因何而變，只是祈禱突如其來的兵燹之災快快散去。兵士們中間則流傳這樣的說法：「王都堂為人仁厚大義，如此善待我們，連身後事都會幫著料理，我們怎麼能做無情無義之人呢？」

江西巡撫府門口的叫囂，自然也銷聲匿跡了。

李八斤跟丘十八說：「以前睡覺時嘰嘰呱呱，像夏日蟬噪，聽久了也習慣。現在耳根清淨反倒有些不慣了。」

丘十八摸著絡腮鬍子，看了眼陰沉沉的天空說：「你以為他們會善罷甘休？秋後的蚱蜢快死了，還會蹦躂幾下。」

張忠來巡撫府找王陽明，王陽明以清茶款待。

張忠讚美江西的風土人情景色，土地肥美風物宜人，王陽明深表同感，所以守護江西任重道遠。張忠話題一轉，問起寧王府已被抄家，按說歷代寧王盤踞南昌，根深葉茂財大氣粗，為何向朝廷上繳的錢財那麼少？

寧王府一是因為焚燒了，二是搜獲的錢財已上繳巡撫府和安撫民生，上繳朝廷的確實不多。

張忠盯著王陽明，眼裡是滿得快溢位的竊喜。

王陽明皺起眉頭苦苦思慮，似乎被張忠擊中了難以啟齒的隱情。張忠催促快說。王陽明猛地一拍椅子把手，差點驚掉張忠手中的茶杯蓋。

「事務繁雜，險些疏忽了。好在張公公及時提及，此事正欲與您商議。抄家時我發現了一本帳冊，上面詳細記載各等財物去向和人名事宜。我這就讓人取來，請張公公過目。」王陽明扭頭喊，「李八斤，李八斤——」

正在喝茶的張忠被燙了一下，張著嘴連連呼氣：「等等，王都堂，這帳冊的事，慢慢來，不急不急。我今日過來，就是，就是與王都堂喝喝茶，敘敘舊。這茶好啊，好茶好茶。」

李八斤出來，問先生何事吩咐。

張忠對他舉起茶杯，和藹可親地說：「好茶，真是好茶。」

「張公公還是看一眼帳冊為好。」王陽明誠懇地說。

「不必不必，我一來看看王都堂，二來，就討一杯清茶喝喝。君子之交淡如茶嘛。我信得過王都堂，信得過。」

「真的信得過?」

「真的真的。」

「真的不過目?」

「不過不過,我就隨口說說。啊,真是好茶。」

王陽明對李八斤說:「張公公說茶水很好喝。忙你的去。」

李八斤茫然地走開,不明白此人為何要特意對自己說一句茶水很好喝。

張忠喝了很多茶水,喝得肚子脹鼓鼓,走的時候王陽明連他再三讚美的茶葉都沒有送一包。他臉色煞白踉踉蹌蹌走出巡撫府,跑到角落撒了一泡結結實實的尿,這才發現腿肚子打顫,以至於有尿液灑在褲腿。這都是王陽明害的。

寧王府的這一本帳冊,記載著密密麻麻的京城官宦名字和琳瑯滿目的豪禮名錄,其間必有一行字屬於張忠。這是一本凶險的帳冊,一道可怕的符咒。只要王陽明翻開帳冊,輕輕唸出那一行字,他的魂魄就被符咒鎮住了。

在此之前,張忠並不知道那個愚蠢到想謀逆做皇帝的朱宸濠還有這麼聰明的一手。他滿懷喜悅地撞上門,險些親手揭開了這一道用來鎮住自己的符咒——他完全是來找死的啊。

張忠幾乎是一路哭著離開了江西巡撫府。

箭在弦上

正德十四年十一月，冬至將至。南昌北風呼嘯，愁雲慘霧，天空彷彿罩上巨大的灰色帷幔。帷幔中漏出比北風更淒厲的哭聲。

這是王陽明安排的冬至全城祭奠日。

這座因寧王叛亂而兵連禍結的城，又遭遇北方兵士的濫殺無辜，兵民死難者不計其數，長途顛沛的北方兵士，也有眾多死於非命。他們比前者更可悲的是，客死異鄉，幾近死無葬身之地。

天寒地凍，黑雲壓城，生離悽悽，死別吞聲，這一場官方主持的全城公祭，給了人們一瀉千里的悲情出口。整個南昌瀰漫在白幡飄飄哭聲震天中。

就像聽到垓下唱響的四面楚歌，被悲傷圍困的北方兵士們，思鄉念親之情洶湧澎湃。哭聲傳遍整個軍營，兵士們一個個恨不得立刻回鄉跑到親人墳頭痛哭一場。

這場冬至公祭，是王陽明有意而為之。「煽動軍心」的意思有，更多還是痛感而發。十年前的正德四年秋月，貴州龍場小驛丞王陽明，親手葬殮了千里迢迢至荒蠻之地任職的小吏目和他的一子一僕，異鄉飄零客死他鄉的感受，他懂。為此他寫了一篇悲感交集的〈瘞旅文〉，「嗚呼傷哉！繄何人？繄何人？吾龍場驛丞餘姚王守仁也……夫衝冒霜露，扳援崖壁，行萬峰之頂，飢渴勞頓，筋骨疲憊，而又瘴癘侵其外，憂鬱攻其中，其能以無死乎？……」

這一場不見刀兵、不見血腥卻有無比強大殺傷力的傾城之悲，震得張忠、許泰再也坐不住。他們可以濺出一個人的血，卻無法禁止一個人的淚，何況悲傷逆流如贛江——看來他們在南昌待不下去了。

張忠決定來一次絕地反擊，一雪王陽明給予他的傷害和恥辱。

他反覆查驗評判王陽明具備的優勢，估量自己與之抗衡到底會輸還是贏、是賺還是虧。從詩詞歌賦、翰墨丹青，到道學佛學、玄學心學、軍政謀略，發現自己能與王陽明比一比的，實在太少太少。

唯一勝過王陽明的，是他比後者更得皇上的寵信。但是這一優勢，如今已被王陽明捏得死死的——那本符咒一樣的帳冊。

張忠看著校場上訓練射箭、搏擊、刀劍互擊的兵士們，恨不得讓他們殺了討厭的王陽明。幾名兵士的箭呼嘯著射向靶子。突地，他的眼睛一亮，笑意緩慢地湧上他僵硬的臉。

李八斤和丘十八護著王陽明走向校場時，他始終認為，張忠邀請陽明先生觀看北方兵士訓練，真實目的是想趁機殺了先生。

他清楚地記得，張忠離開巡撫府那天蒼白死灰的臉色以及怨毒的眼神。那天他莫名其妙地說了句「真是好茶」，接著夾著尾巴倉皇離開。有那種臉色和眼神的人，絕不會是個好人。

他求陽明先生多帶一些護衛。他並非沒有信心，而是覺得不能讓人家小覷了，人多勢大兵多將廣嘛。丘十八也贊成。王陽明不以為然，說就去串個門，帶那麼多人做什麼，或者他們也不必跟著。兩人只好跟上。

李八斤跨進校場時又想，就算張忠、許泰真的想對陽明先生下手，也沒那麼蠢。這裡畢竟是南昌地界，先生若在他們眼皮底下有不測，他們逃得了關係？天底下還沒這麼蠢的殺手吧。他透露這個想法給丘十八。

丘十八緊了緊手裡的大刀，冷哼：「我出來時跟伍文定說了，他派人守在校場外，稍有動靜會立刻進來。」

李八斤立刻挺直腰桿，昂然跨入校場。

張忠和許泰笑容可掬地迎接王陽明，稱「王都堂辛苦了」。王陽明沒有客套回應，似乎他來這一趟確實是辛苦之舉。兩人陪王陽明看了一圈訓練的兵士。王陽明來校場之前，張忠特別命令兵士們要表現出強悍凶狠的士氣，以震懾王陽明，所以兵士們特別賣力。

走到射擊場，王陽明面無表情地看著演練精采射術的兵士們，看起來他不太懂箭術，也不太感興趣。

王陽明確實是會領兵打仗，可是他更盛的名聲是學問——比如他在荒蠻之地貴州龍場過了幾年吃了上頓沒下頓、茅屋被風雨颳塌的苦難歲月，不知怎麼弄出個叫「心學」的玩意兒，一些人學得如痴如醉，說學透「心學」，也就明白了做人是怎麼回事。有人宣稱「心學」比朱子學問還精深，真是可笑之極。

所以一個文人怎麼會懂箭弩之術呢？他連拿起一把稍重點的弓弩都不行，更別說拉弓挽弦射箭了。

「王都堂與我等比一比箭術如何？」一個叫劉翬的左都督笑著說。

「王都堂以區區弱軍抵擋宸濠勁敵，必有過人之處，讓我等開開眼界吧。」許泰神情懇切。

「我一介書生，讀書還可比一比，箭術就不擅長了。」王陽明謙和地說。

這個說法，既無遜王陽明的形象，也不會損傷邀請者的顏面。

李八斤氣憤，他們明知陽明先生是讀書人，還強求，簡直就是要求公雞下蛋母雞打鳴。丘十八的眼珠也瞪圓了。兩人的手按住刀柄，準備隨時出鞘。

張忠和許泰輪流用客氣的口吻邀請王陽明一定要露一手，他們言辭之誠懇、神態之謙恭，就像好學上進的弟子渴求先生解讀一番深奧的學問。張忠還強調，如果王都堂的箭術超過他們，他們就二話不說離開南昌。

王陽明微微嘆了口氣，只得同意。

張忠居中，許泰在左，劉翬在右，三人心領神會地互相點點頭，一個個弓彎滿月，箭發流星，三支箭在無數目光中向前呼嘯而出。

許泰的一箭射偏了，張忠的一箭射在角落，劉翬乾脆射得無影無蹤。他們原本是熟習弓箭的好手，這回居然一箭也沒中。兵士們譁然。三人面露羞惱，只好自嘲近來疏於操弓執箭，身手有點僵了。三人心照不宣地望向王陽明，流露共同的期待——期待王陽明失手。

王陽明拿過兵士遞來的弓箭，說了句初學箭術請勿見笑。

周圍響起北方兵士們的竊竊私語，還有輕視的嬉笑。

李八斤的心跳得很快，好像眾目睽睽之下展示箭術的是他而不是陽明先生。他想上前阻止先生這麼做，丘十八扯了一下他衣袖。

他只能盼著出現奇蹟。他想自己能不能附身於王陽明代其射箭，他默祈各路神明，保佑先生能贏得這一場明顯處於劣勢的賽事。他祈求的神明中包括了他那追殺過王陽明的錦衣衛父親。

王陽明神閒氣定，挽弓、搭箭、滿弦，左手如托泰山、右手如抱嬰兒。他的眼神驟然犀利，瘦弱的臂膀倏忽強勁，就像一名訓練有素的優秀弓箭手突然發現了搜尋已久的射擊目標。

開弓已無回頭箭。箭在弦上，一觸即發。

李八斤的呼吸驀然緩慢而艱難。

這是一個漫長的過程。他看到箭從弦上疾射向百步外的靶心。恍惚中，他看到不久前春寒料峭的古戰場上，一支箭無聲地呼嘯，穿過瀝漉漉的晨霧和濃郁的血腥味，射向王陽明——然後，他手中的豬腳骨飛出，迅速準確地擊落那支箭……他還看到沾血的草浪從腳下開始起伏，先是微瀾、繼而蕩漾、終如潮湧，翻捲起一陣比一陣更猛的波瀾……草浪盡頭屹立的是自己的身影，經過一連串始料未及的變故後，他從王陽明的殺手變成他的護衛，為陽明先生抵擋無數陰冷詭譎的明刀暗箭。

比一眨眼工夫還快，箭鏃赫然射中靶子紅心。

所有人的目光也被牢牢釘在那上面。

李八斤早已閉上眼，他想就算射中靶子，也一定歪得不像樣子。

「好箭，射得準！」兵士們喝道。

李八斤悄悄睜開眼，他想一定聽錯了。他的目光移向靶子，與那支箭一起牢牢釘在靶心。丘十八的歡呼聲裡有掩不住的喜氣。歪打正著，李八斤想：「想不到陽明先生的運氣這麼好。」

第二支箭又牢牢釘在靶心，兵士們發出第二聲呼喊。

李八斤回頭看，王陽明挽起了第三支箭，神情像他往日提起筆批閱公函練習書法那般淡定。張忠和許泰的臉色比冬季的天空更為陰霾密布。

第三支箭還是毫無意外地贏得兵士們的如雷掌聲。

「三箭三中，箭箭命中。」丘十八興奮地拍打李八斤的肩頭。

「王都堂，王都堂，王都堂！」李八斤狂喜地舉拳歡呼。

「王都堂，王都堂，王都堂……」兵士們已顧不上看上司暴風雨將至一般的臉色，圍著王陽明喝采，好像贏的是他們。

王陽明似乎上了癮，準備射第四支箭。

許泰一把拉住他的弓，笑容可掬：「王都堂剛剛經過征戰，果然熟習，我等見識過了，就不必再射了。」

張忠坐倒在椅子，他沒力氣站穩了。劉翬的臉色難看得像死了爹。

他們料想王陽明憑藉運氣，或許能拉一把弓箭，射中靶子是不可能的，至於射中靶心，那除非顛倒乾坤……現在王陽明連發三箭，箭箭命中靶心，果真把他們習慣的乾坤世界扭轉過來了。

李八斤和丘十八不敢相信，張忠和許泰更不敢相信。前二者基於驚喜，後二者是出於驚嚇——文臣王陽明會用兵沒錯，那只是對著輿圖指指點點，可是他怎麼還會射箭，且毫不遜色於優秀的弓箭手呢？

兵士們的喝采聲仍未停息，他們的表情與聲音充滿了對王陽明的極度崇拜，如果不是張忠、許泰坐鎮在此，恐怕這些慕勇的兵士們早追隨王陽明而去了。

張忠和許泰的目光游移過來，交接在一起，他們赫然發現彼此眼中有同樣的驚疑恐懼——這不是一場打擊對手而是被對手擊潰，不是傷害對手而是被對手蹂躪，不是從失敗中掙回面子而是被摧枯拉朽的賽事。對張忠來說，這更是被那一本凶險的帳冊驚嚇之後又一場當眾受辱。

王陽明把弓箭還給兵士，溫和地說：「還有些公務要處理，先行一步了。」張忠和許泰僵愣地點頭，看著兩名眼露精光的護衛護王陽明走出校場。他們的身影，比進來的時候更為挺拔強悍，氣勢如虹。

李八斤一走出校場，就迫不及待地問先生怎麼會有如此高超的箭術。如果他與先生比試，也未必能三箭命中。丘十八也用疑問的眼神相詢。

丘十八之前在贛南巡撫做過幾天門丁，聽老門丁說過陽明先生的神勇往事：十五歲出塞邊關，騎馬射箭，百發而百中，一箭能射中兩隻狼三隻兔四隻鷹，比韃靼小兒還威武神勇……這事他跟李八斤提過，可那是耳聞傳說，現在，他們親眼看見了。事情太過震撼，他們還不敢相信這是真的。

王陽明仰望天空，一群排成人字的大雁，從北方更蒼灰的天空飛來。陰鬱的天空，看起來有下雪的跡象。

少年即熟讀兵書、深諳戰術，箭術功底深厚，這區區三箭如何難得倒他？一支大象無形的箭，很早就搭在他蓄勢待發的弓弩上，一觸即發。

射箭，有時是為了殺敵，有時是為了自衛。就像戰，有時是為了挑戰，有時是為了止戰。止戰的前提，是要「占」有一「戈」。

「仲尼有文事，必有武備。」他很早就懂得這個道理。

正德十一年，他巡撫南、贛、汀、漳等處，選用精兵強將，作〈選揀民兵〉一文：「教習之方，隨材異技；器械之備，因地異宜；日逐操演，聽候徵調。各官常加考校，以核其進止金鼓之節。」他深諳欲擒故縱之戰術，以「撤兵」迷惑盜匪，「一面亦將不甚緊關人馬抽放一處兩處，以信其事；其實所散人馬，亦可不遠，而復預遣間諜，探賊虛實」，這是寫在〈剿捕漳寇方略牌〉的奏文。

「臣等切唯天下之事，成於責任之專一，而敗於職守之分撓……實由朝廷之上，明見萬里，洞察往弊，處置得宜。」正德十三年正月平定三浰後，他在〈浰頭捷音疏〉中如是奏報，言辭犀利勁道，點明將帥運籌帷幄之重任。

天空一陣淒厲鶴唳，他抬頭仰望，緬邈蒼茫的雲層之下，一隻大雁身上紮著一支箭，哀唳飛向遠方。沒人知道箭從何來。「兵唯凶器，不得已而後用」，他知道兵革之凶，更清楚人心之弓弩無處不在，世道之箭鏃無處不至。

王陽明沒有把這些慨然經略四方的往事說與兩名護衛聽。他們不懂，哪怕這是兩個善良的年輕人。「平難心仍在，扶顛力未衰。江湖兵甲滿，吟罷有餘思。」他遙望冬日茫茫雪霾中的南昌城輕吟，算是對他們善意問詢的回應。

之前他從杭州出發，沿京杭大運河趕往鎮江、揚州，欲面見皇帝直陳利弊勸他回京，剛到鎮江，就接到了朝廷要他即刻赴任江西巡撫的詔令。他在鎮江與前吏部尚書、歸隱大學士楊一清見了一面。

大學士以他半生搏殺換來的血淚交加也不乏榮耀的深厚仕途學問告訴王陽明——不要見皇帝，不要試圖說服皇帝。

王陽明終於聽從老者的話，返回南昌。楊一清的園子叫待隱園，心跡瞭然。他在待隱園寫了五首詩，也想著有一天能像大學士一樣歸隱於鄉。

「曾駕雙虯渡海東，青鞋失腳墮天風。經過已是千年後，蹤跡依然一夢中。屈子漫勞傷世隘，楊朱空自泣途窮。正須坐我匡廬頂，濯足寒濤步曉空。」這是他征戰鄱陽湖後回江西途中，經過湖北端一座叫「鞋山」的孤島時所作。相傳此島是仙人飛過鄱陽湖不慎掉落草鞋而成。宇宙之無窮廣大，山水之亙古長久，眾生更顯渺小短促。

很多年前，他在貴州龍場，在天與地、日與夜、晨與昏、冷與暖、生與死的循環往復中，不斷探尋生命的奧妙，格求萬物至理時，頓悟心道，天下大道，萬物緣起，唯「心」一字。人於生死念頭，本從生身命根上帶來，故不易去。若於此處見得破、透得過，此心全體方是流行無礙，方是儘性至命之學。

經過入詔獄的嚴刑拷打，貶謫南疆的生死追殺，貴州瘴雨蠻煙的磨礪，征戰討伐披荊斬棘的歷練，建功立勳反遭譏議讒謗的悲愴，坦然交付儘性至命、參透心理之後，如今還有什麼凶險詭詐是他不敢面對的？披肝瀝膽櫛風沐雨半生，年近五旬，是是非非早已不是由他人說了算。

王陽明大步向前，李八斤和丘十八執鞭隨鐙。

正德十四年十二月的第一場雪，悄無聲息地落下。這場雪特別白亮純淨，也特別寒洌刺骨，漫天蓋地，如碎瓊似飛絮。他們的身後，很快印出一個個履雪腳印，深淺不一、凌亂泥濘，但是無一例外堅定地指向前方，前方的前方……

山靜日長

淡藍的茶煙，裊裊瀰散於正德十四年冬季徹骨寒冷的空氣。

手中的熱茶，稍稍焐暖了王陽明冰涼的手掌。喝了口茶，他發出了疲憊的長嘆。多時的戰局、奔命、生死交替，此時彷彿有了一記清晰的著落。

他看到空氣中隱隱晃動一些模糊的眉眼，朱厚照、朱宸濠、李士實、劉養正、張忠、許泰、江彬、張永……一張張表情各異的面孔，像擊碎的走馬燈的畫面，模糊混沌，不停地旋轉……他又咳嗽起來，咳得腦袋陣陣作痛。

他想起遙遠的餘姚故里，那座山水相間的江南邑城，他降生的瑞雲樓前，有一座龍泉山、一個龍泉寺、一口龍泉井，那是新鮮明朗的童年嬉戲歡愉所在，終年「蒼蘚盈階、落花滿徑、門無剝啄」。故園之思再一次無可抑制地湧上心頭。

諸氏過來為他披上青灰色暖袍，添上熱茶，問：「何時回鄉？」

他說：「應該快了。」

皇帝依然盤桓在南京不走，民間已有朝廷要把南京重作國都的傳言，比如當年仁宗朱高熾心心念念要還回南京。王陽明當然不信這樣的傳言，可是他的擔憂也沒輕鬆多少。昔年周穆王巡遊南方樂不思返，最終導致世道紛亂；漢武帝大興土木奢侈驕縱，被匈奴奪走輪臺……史上的慘痛教訓比比皆是，皇帝怎麼就一點也不長記性呢？「周王車駕窮南服，漢將旌旗守北陲。莫訝春盤斷生菜，人間菜色正離仳」，他唯有賦詩遣懷消愁。

山川遙遠、家國破碎，殘存的戰局比殘羹冷炙還要難以收拾，前有惡狼猙獰，後有虎視眈眈，朝廷怎麼肯讓他拂袖而去回鄉省親？一陣陣鬱悶，使王陽明的陳年咳喘再次加劇，臉色比冬日的浮雲還要蒼黃。

李八斤過來，輕聲說：「硯墨磨好了。」

王陽明想起，要為弟子華補庵所託的畫冊題識。

諸氏說：「先生再歇會兒寫字吧。」

王陽明說：「還是早些辦妥為好，華補庵等著呢。」

王陽明提起筆，眼前浮現在華補庵的劍光閣見到的那十二冊頁長卷——

山勢雄峻，石質堅峭，筆法勁健，布局清朗。高山流水之間，茅舍溪澗之畔，只聽流水飛鳥饒舌，不見刀光劍影，沒有風聲鶴唳。

畫冊名《山靜日長圖》，取自北宋詩人唐子西詩句，「山靜似太古，日長如小年。餘花猶可醉，好鳥不妨眠。」

平定朱宸濠後，王陽明回軍屯兵安慶，應華補庵之邀，訪其山莊劍光閣。華補庵喜孜孜地拿出十二冊頁《山靜日長圖》，稱是邀請江南第一風流才子唐伯虎所作。王陽明一見大為嘆賞，華補庵趁機提請先生題識，王陽明欣然應允，心中亦是慨嘆。

二十年前的弘治十二年，他與唐伯虎差一點同朝為官了。後來，王陽明歷經兩次科考失利，第三次終於榜上有名，賜二甲進士第七名走上仕途。與他同一年進入會試場的唐伯虎，被捲進了一樁考場舞弊案，自此聲名狼藉窮途末路，一舉成為大明最為落魄的著名士子。

《山靜日長圖》，是唐伯虎歷時三月在華雲的劍光閣完成的。那時的唐伯虎已閱盡人世苦難：失考、入獄、妻離、重病、酗酒、狎妓、賣畫，一度成為寧王朱宸濠的座上客，後又裝瘋出逃——如繼續待下去，此時的他無疑淪為寧王黨羽，被王陽明所擒。

當然，後面還有更多的苦難，面目猙獰地在等待唐伯虎去面對……

與唐伯虎酷似的人生走向是，王陽明自與唐伯虎會試擦肩而過式「交集」後，同樣經歷了一連串「苦其心志、勞其筋骨、餓其體膚、空乏其身」的遭際：中甲、為官、上封事、下詔獄、赴謫、悟道、復官，以及剛剛平定寧王的顛簸，已沒有太多精力重新品咂一番他人同樣悲苦的身世——這是一場難以言喻的自虐式回憶。

閱讀過這位只聞其名不見其人的當年會試「同窗」的畫作後，身心俱憊的王陽明不想重寫一篇讀畫心得，他題識了南宋羅大經的句子。

「唐子西云：山靜似太古，日長如小年。余家深山之中，每春夏之交，蒼蘚盈階，落花滿徑，門無剝啄。松影參差，禽聲上下。午睡初足，旋汲山泉，拾松枝，煮苦茗啜之。隨意讀周易、國風、左氏傳、離騷、太史公及陶、杜詩，韓、蘇文數篇。從容步山徑，撫松竹，與麛犢共偃於長林豐草間，坐弄流泉，漱齒濯足。歸而倚杖柴門之下，則夕陽在山，紫綠萬狀，變幻頃刻，恍可人目。則東坡所謂『無事此靜坐，一日如兩日。若活七十年，便是百四十』。所得不已多乎。正德己卯冬日，陽明山人王守仁書。」

二人未曾見面，別有參商之闊，而這一對熠熠生輝的雙子星唯一書畫合璧傑作《山靜日長圖》，悄無聲息地誕生於正德十四年的冬天。

李八斤看得懂畫，看不懂詩句的意思，不過他知道先生出手便是一絕，於是喊好。諸氏也深為讚嘆。

王陽明倏然想到，他與唐伯虎之間唯一的牽連，便是業已瘞玉埋香的婁素珍，他是婁素珍的先生，他是婁素珍的師兄。眼下還有二人合璧的十二冊頁《山靜日長圖》。也許，他應該去會一會這位只聞其名未見其人、險些淪為寧王同黨的江南第一風流才子，一起煮苦茗啜之。

王陽明在南昌欣賞並題識《山靜日長圖》，感嘆自己與唐伯虎的身世時，遠在蘇州的唐伯虎，正與好友在佛寺痛飲美酒，吟詩賦詞。

「陶公一飯期冥報，杜老三杯欲託身。今日給孤園共醉，古來文學士皆貧。就題律句紀行跡，更乞侯鯖賜美人。公道吾痴吾道樂，要知朋友要情真。」

正德十四年一月，唐伯虎畫了〈枇杷行圖〉；二月四日是他五十歲生辰，他作〈五十自壽〉，「自家只道是童兒，誰料光陰驀地移。總算一萬八千日，輳成四十九年非。從前悲喜皆成夢，向後榮枯未可知。去日已多來日少，急忙歡笑也嫌遲」；三月，他畫了〈尋梅圖〉扇面、〈唐人詩意〉軸和〈溪閣賢憑圖〉；四月他完成〈荷淨納涼圖〉。

之後的五六月間，他聽到南昌傳來的風聲，風聲是模糊隱晦的，也是恐怖凶險的，風聲飄到七月終於塵埃落定，寧王謀反，王陽明平定生擒寧王，皇帝南巡……他曾離這場禍患一步之遙，甚至會是這場叛亂的就擒者之一，如果他還沒逃離寧王府的話。

如今他在桃花塢蜷縮成一顆不起眼的僵弱小桃子，無論被風吹落，還是被人摘除，都是命運使然，他都心平氣和地認命。不會再有可怕的人事，能從遙遠的地方破空而來，延禍於當下——除了死。

為無錫收藏家華雲作的《山靜日長圖》，終於在這年秋天完稿。這套十二圖冊的畫作，最早在七年前的正德七年始作。華雲跟他提過想請王陽明先生為《山靜日長圖》題識。當今兩位名士的書畫合璧必是絕品。他沒有感覺榮幸，也沒有太多感慨。他知道自己與王陽明在弘治十二年同入考場，知道後者是婁妃的師兄，可是他們從未謀面，無恩無怨，亦無交集，縱然《山靜日長圖》有其題識，他也不在意。毀譽榮辱，這大半生已嘗得太多，就算皇帝題字又如何？

溫煦的陽光落在唐伯虎身上，他莫名地打寒戰。江西之行，他乘興而去，蒙羞而歸。幾個月漫長龐大的苦痛屈辱，如夢魘一般提醒他、纏繞他、撕咬他，無休無止、無時或忘。是與王陽明相關的一連串影影綽綽的身影，讓他不可抑制地想起努力遺忘的人事。江西、南昌、水觀音亭、滕王閣，婁素珍、朱宸濠……

中秋節後，他約多年老友祝允明、文徵明遊歷山水。他們手提酒罈，興之所至，邊走邊喝。唐伯虎、祝允明、文徵明，再加上徐禎卿，向有「吳中四才子」之譽。徐禎卿已於正德六年去世。唐伯虎與祝允明為生平至交，坊間稱二人書畫為「唐畫祝字」。唐伯虎倜儻落拓，祝允明通透豁達，後者一向如長兄關照前者。

唐伯虎醉意醺然地指著文徵明，對祝允明說：「希哲兄，你為徵明兄的〈洛神賦圖〉題詞，我的〈楊妃出浴圖〉，你何時作書啊？」

「我早答應過，你的畫卻不知落到何處了。」祝允明拍拍他的肩，「再畫一幅，王羲之醉寫蘭亭序，你醉畫楊妃，兄長我一定大書特書。」

「你準是嫌棄楊妃不如洛神仙風道骨。難道我不會畫洛神嗎？」唐伯虎喝了口酒，高聲吟道，「其形也，翩若驚鴻，婉若游龍。榮曜秋菊，華茂春松。彷彿兮若輕雲之蔽月，飄颻兮若流風之迴雪……」

祝允明和文徵明互視一眼，祝允明上前：「伯虎兄，從江西回來後，你愈發意興寥落，前段日子你的四季小景畫似有不足，該好好振作精氣神才是……」

唐伯虎沒有聽見他的嘮叨，眼前浮現一個女子的背影，裊裊娜尋、纖弱飄忽，像水流中的一株水草，看起來似乎要被激流折斷。她走過花園圓拱門時停下腳步，似乎要轉過身。但是也只是稍作停頓，便消失在圓拱門後……

「遠而望之，皎若太陽昇朝霞；迫而察之，灼若芙蕖出淥波……」他倒下去。

祝允明和文徵明急忙扶住他。唐伯虎手中的酒罈落地，瓷片粉碎，酒水漫溢。祝允明心疼得直咂舌。

「暴殄天物，暴殄天物，暴殄天物啊……」唐伯虎醉意朦朧地喃喃道。

「醉成如此，居然還知道心疼酒水。」文徵明直搖頭。

沒有人知道，唐伯虎心疼的到底是酒，還是難忘的人、事、物……

十一月，唐伯虎在桃花塢夢墨亭寫下〈花下酌酒歌〉：「九十春光一擲梭，花前酌酒唱高歌。枝上花開能幾日，世上人生能幾何？……好花難種不長開，少年易老不重來。人生不向花前醉，花笑人生也是呆。」

杯中酒、葉底花、人間友，成了支撐他生命最重要的三根支柱，缺一不可。倘若抽走一根，他相信自己的骨骼一定會像草屋一樣譁然坍塌。

南昌歲月他不願想、不敢想，可是每當醉生夢死時，記憶偏偏呼嘯而至。除了無邊的夢魇，他眼前還會出現那個眼神明淨、笑容純澈的女子，她把一幅幅筆法亦秀亦豪的字畫給他看，謙虛地請教如何做得更好。

他賞字鑑畫無數，也深知很多豪門閨秀以附庸風雅為風尚。她們也聲稱崇敬唐先生，要跟著學字畫。他一眼就看出，她們的笑容是曖昧的，眼神是迷離的，筆下的字畫更是浮誇虛空無筋無骨。

寧王妃是真正想學畫，也是真正能學好畫的料。某些技巧細節上，她的閃光點甚至超過他。如果她不是寧王妃而是婁素珍，她一定會成為像蔡文姬、衛夫人、管道昇那樣的奇女子，翰墨丹青留名。

可是世上沒有如果……

從前悲喜皆成夢，向後榮枯未可知。從前悲喜皆成夢。從前悲喜。從前……

王陽明擒獲寧王，婁素珍香消玉殞於鄱陽湖的消息傳到蘇州，坊間生出諸多離奇版本。唐伯虎知道自己一定也會被編排其間，成為茶坊佐料。可是這些對他已不重要了。他只知道，自己的心從此缺失了一角，此生再也拼不全……

中元節時他在平江河放了幾盞河燈，看光影在水面飄飄蕩蕩、忽明忽暗，無數言語化為詩句，一句也吟不出，唯有化作淚水，潸然而下……

唐伯虎與好友飲酒吟詩時，隱隱覺得耳朵發燙，似乎有人在唸叨他。這個世界上，有人笑他、有人恨他、有人喜他、有人賞他，有人當他是塵埃是草木，有人視他為天地間至真至善至美，引他為知己良師益友……可是喜他、賞他的人愈來愈少了，唯一的一個，也淹沒於鄱陽湖的煙波浩渺……

他仰首痛飲，和著淚水一併嚥下，高聲道：「好酒，再來一杯。九十春光一擲梭，花前酌酒唱高歌。枝上花開能幾日，世上人生能幾何？……」

正德十四年十二月，奉天征討威武大將軍鎮國公朱壽，面對張永押到眼鼻子前的叛黨朱宸濠，鬱悶無比。

朱厚照是明太祖朱元璋的八世孫，朱宸濠是朱元璋的六世孫，輩分大於朱厚照，所以朱厚照起碼應稱朱宸濠為王叔祖。

皇帝更多的氣憤，其實並不是針對眼前這位以大欺小、以長欺幼的不要臉的王叔祖，而是連招呼也不打一聲就平定叛亂的忠臣們。可是這種氣憤不能公之於眾，只能打落門牙肚裡咽——誰讓王陽明等一干臣子忠心得匪夷所思呢？可是他千里迢迢率萬眾奉天征討，難道只是為了江南一遊，留下遊冶山水的名聲嗎？不，他不希望史書這麼寫。

皇帝的鬱悶，很快被張忠、許泰洞悉入微，並付諸行動。

威武大將軍的隊伍開拔到南京城外數十里，駐停於一片草木肥厚的空曠草場。隊伍分列兩側，戰旗獵獵、鐵甲銅盔、嘶喊震天。威武大將軍身披戰袍，手持利刃、氣勢威猛、策馬縱前，以銳不可當的氣勢，殺向那一群犯上的亂黨——張永已將朱宸濠他們放出囚車，只等威武大將軍擒獲。

在鋪天蓋地的喊殺聲中，朱宸濠癱軟倒地束手就擒——他無比後悔，如果早知道日後會遭遇老鷹捉小雞一般的恥辱擒獲，他絕不會生出大逆不道的心思。這種丟盡顏面的捉拿，還不如當初跳進鄱陽湖來得乾脆俐落。

奉天征討威武大將軍鎮國公朱壽的征服欲得到極大滿足，在煙屑瀰漫的天地間，他縱聲大笑。此次南征，儼然具備了令刀筆吏不得不寫入青史的深義。

朱厚照自小聰慧，東宮三師教導的學問很快熟稔於心。他是萬人之上的天子，治理天下是王者之職，是理所當然，他做得再好也無人誇獎。他榮耀而孤獨，驕傲而寂寞，所以他極其渴望獲得天下人的讚譽。但他是皇帝，已位極人王，不可能再往上攀登。所以他降貴紆尊，自甘為「威武大將軍鎮國公」，藉此獲得來自朝廷的鼓勵和嘉獎。沒有人懂得他的心，就像沒有人懂得他的孤寂。

讓他意猶未盡的是，王陽明之前上書的〈擒獲宸濠捷音疏〉，似乎忽略了自己在其中的影響力。如果這一點未能落實到筆墨，南征之行必將大大遜色。於是他要求王陽明再次上報奏疏。

王陽明終於明瞭，皇帝和他身邊那幫笑容曖昧的臣子們想要的是什麼。

他再次上報奏疏，內容如出一轍，只是強調了這樣的語句：「間蒙欽差總督軍務威武大將軍總兵官彼軍都督府太師鎮國公朱鈞帖，欽奉制敕……又蒙欽差總督軍門發遣太監張永前到江西查勘宸濠反叛事情，安邊伯朱泰、太監張忠、左都督朱暉，各領兵亦到南京、江西征剿。續蒙欽差總督軍務威武大將軍總兵官後軍都督府太師鎮國公朱統率六師，奉天征討，及統提督等官司禮監太監魏彬，平虜伯朱彬等，並督理糧餉兵部左侍郎等官王憲等，亦各繼至南京……而旬月之間，遂克堅城，俘擒元惡，是皆欽差總督威德、指示、方略之所致也……」此疏名謂〈重上江西捷音疏〉。

朱泰就是許泰，朱彬就是江彬，他們都被皇帝賜姓朱氏，以示恩寵。

此疏一出，皇帝終於高抬貴足——回京了。

這依然是一場漫長的回程，浩蕩的隊伍停停走走，整個南直隸雞犬不寧。

正德十五年閏八月十二日，朱厚照一行離開南京。九月，至淮安清江浦。江水泱泱，鷗鳥凌空，漁歌四響，魚蝦躍波，皇帝的好玩天性再次不可抑制地迸發，臣子們根本擋不住他的躍躍欲試。

他在豹房玩過天下奇珍異趣，唯獨沒有捕過魚，這等有趣之事豈能錯過？他坐上小漁船，學著漁民撒網捕魚。

他把漁網撒向江面，迎著西下的陽光，此時光芒透過漁網，在他眼中閃金爍銀，彷彿他將要捕獲的不是魚，而是天地間的陽光。這種奇特的捕獲目標令他龍顏大悅，彷彿這一刻他才是真正的天之驕子——只有天子，才能捕獲陽光。這種夢幻感，使他眼前的浩渺江水愈發絢美迷眼。

朱厚照把漁網撒向江面時，把自己也撒了出去。

他萬萬料不到，湖水沒有那麼溫柔，猶如猛獸將他一口吞噬。皇帝的落水姿勢與其他落水者並無二致，他咕嘟嘟地沉下水。好在眾人迅速救起他，他喝了兩三口水，連頂上頭髮都沒溼透。

朱厚照後來坐在船艙喝滾燙的薑茶，突然感覺恐懼如江水瀰漫。落水的須臾間，似乎有一雙雙手從背後推來……酷熱的八月，他止不住哆嗦寒戰……

正德十六年三月，一生放蕩不羈愛自由的明武宗朱厚照，在他心愛的「豹房」駕崩，享年三十一歲。

正德十五年八月，酷暑炎夏，贛州通天岩山靜日長，林深葉茂，甚是清涼。

通天岩石窟群在贛州西北二十餘里處，有忘歸岩、觀心岩、同心岩、翠微岩、通天岩等天然石窟，通天岩頂有一竅，傳說可通天。岩壁遍布唐宋明石龕造像和摩崖題刻，有「江南第一石窟」之譽。

閒暇時，王陽明常與友人弟子來此遊學。此時他與弟子陳九川、夏良勝、鄒守益等人在忘歸岩賦詩論道。忘歸岩是一處凌空巨岩，形若獅踞，氣勢不凡。眾弟子圍坐在王陽明周圍，一時書聲琅琅，聲驚雲雀。

王陽明看著弟子們爭相論學的模樣，心中一陣愀然。前些日子，他鍾愛的弟子冀元亨因受他的牽連而落入張忠、許泰之手，身陷京師詔獄。

正德十二年，朱宸濠邀王陽明講學，他遣弟子冀元亨過去。冀元亨與朱宸濠討論張載的〈西銘〉：

「民，吾同胞；物，吾與也。大君者，吾父母宗子；其大臣，宗子之家相也……違曰悖德，害仁曰賊，濟惡者不才，其踐形，唯肖者也……」嘮嘮叨叨君臣大義，令其很是難堪。講學畢，朱宸濠以厚禮相送，結果耿直的冀元亨繳於當地官府。朱宸濠押京後遭張忠、許泰的嚴刑，逼問他與王陽明的勾結。朱宸濠雖非良善，也只稱王陽明派弟子冀元亨講過學，沒有誣告王陽明。張忠、許泰如獲至寶，立即抓冀元亨入詔獄，施以炮烙之刑。

王陽明憤然向諸部院申訴昭雪冀元亨冤情，然而迄今不知弟子生死。

眾弟子見先生神情凝重，明白他因之傷感，一時不知如何勸慰。

一個弟子上前作揖問道：「先生，我有一事疑惑。」

王陽明說：「請講。」

「先生平叛寧王，事先未得朝廷王命准允，事中孤將弱兵迎戰十萬強敵，事後蒙宵小奸佞中傷陷害。功勞全無，忍辱負重卻不少，而先生依然執意行事，這是為何？」

其他弟子也紛紛提出疑慮。

陳九川也上前問道：「先生，近來我越是專心做學問工夫，越是難以尋到一個穩當快樂處，請問為何？」

王陽明稍作沉吟，道：「你遇到了理障，那就要去心上尋找一個天理。」

「如何化解理障？又如何尋得天理？」

「致知。」王陽明清晰地說出這兩個字。

弟子們都知道，先生早在貴州龍場時便深研良知之學，只是世事匆促，戎馬倥傯，一直沒有時機與眾人細說，今日先生是第一次說出「致知」，一個個便凝神聆聽。

王陽明的目光落向岩壁的摩崖龕像，那些龕像或坐或臥，或凝目或微笑，似乎也有興趣聽一番良知天理。

「你那一點良知，只是你自家的準則。你的意念其實清楚地知道何謂是、何謂非，一個人可以欺瞞他人，但是無法欺瞞內心的良知。你只要不欺瞞良知，老老實實依良知做事，留善意、除惡念，怎麼會找不到穩當快樂呢？諸位一直不解良知之教，今日我告知你們，這便是格物的真訣，致知的實功。」

弟子們細細嚼味領悟，深以為然。

陳九川看著王陽明雙眉顰蹙，小心地問：「那先生的憂慮——」

王陽明走向忘歸岩前的山崖。山巒聳翠，連雲疊嶂，他幽深的眼神投向東北首，那是故里餘姚的方向。三月他再次疏請回姚省葬祖母，仍不得允。他鄉風物，與故園山水何等相似乃爾，這愈發讓他思鄉心切。再往北，冀元亨此時正遭受酷刑……

陳九川見他眼神憂戚，緊緊扯著他衣衫連呼幾聲先生。

王陽明回過神，接著剛才的話頭說：「若不是靠著良知的真機，如何去格物？這也是我近年來明白真切地體會出來的。說實話，當初我還是有些猶豫疑慮，只怕對良知的見解有不足，如今歷盡跌宕頓挫，反而覺得沒有欠缺了。」

鄒守益上前：「先生平定寧王，正是依良知做事，生死歷練之後，始揭良知之教，我輩著實受益匪淺啊。」

通天岩上，他們席地而坐，尋天理、化理障、揭良知。山靜日長間，與天地宇宙草木對話。

這天，王陽明在忘歸岩岩壁留下了一首詩：「青山隨地佳，豈必故園好？但得此身閒，塵寰亦蓬島。西林日初暮，明月來何早。醉臥石床涼，洞雲秋未掃。」

王陽明終於可以回鄉省親了。從正德十四年六月得到祖母訃聞、父親病重而上疏懇請省親，到正德十六年六月，這已是他第五次上疏懇請。

「臣區區報國血誠上通於天，不辭滅宗之禍，不避形跡之嫌，冒非其任，以勤國難，亦望朝廷鑑臣此心……獨臣以父病日深，母喪未葬之故，日夜哀苦，憂疾轉劇……臣不勝哀懇苦切祈望之至」、「臣旦暮惶惶，延頸以待，內積悲病之鬱，外遭窘局之苦，新患交乘，舊病彌篤，方寸既亂，神氣益昏，目眩耳聵，一切世事皆如夢寐……臣之痛苦，刻骨剜心，憂病纏結，與死為鄰……臣不勝痛隕苦切，號控哀祈之至……」他一次又一次哀懇上疏。

「奈何桑梓懷，衰白倚門待」、「越水東頭尋舊隱，白雲茅屋數峰高」、「最羨漁翁閒事業，一竿明月一蓑煙」，渴望回鄉歸隱的念想，在他心中無以復加。

最早從弘治十五年八月，他在刑部雲南清吏司主事的任上，就因咳疾不癒而上〈乞養病疏〉，「虛弱咳嗽之疾……內耗外侵，舊患仍作」，遂告病歸鄉，築陽明洞修身養性，可是奏疏未獲允許。正德十三年四月平定三浰後，他再次疏乞致仕。在寫給餘姚兄弟們的信中，他憧憬即將到來的致仕生涯，「求退乞休之疏去已旬餘，歸與諸弟相樂有日矣。為我掃松陰之石，開竹下之徑，俟我於舜江之滸。且告絕頂諸老衲，龍泉山主來矣」，他不無得意地自稱「龍泉山主」，喜悅之情溢於言表。結果仍未獲允。

因天生的羸弱體質，他更多了凡胎肉質的苦痛體驗，轉而向精神和靈魂尋求生命的終極奧義。然則再博大的閎識孤懷、再絕倫的心學事功、再高亮的精神質地，終須以凡胎肉質為根基——人只有好好地活著，才能做更多的事。

所以他不停地做事、不停地辭職、不停地辭職、不停地做事……

此時的王陽明已從江西巡撫府任上擢升為南京兵部尚書，參贊機務。兵部聽起來威名顯赫，實則在兩京制的大明，南京兵部只負責南直隸的兵械之類，守備南京，沒有涉及大明總策略的實權。一般「難堪大用」的官員才會被調任南京。也就是說，南京為官基本是遠離實權、虛度光陰、有名無實的閒職。

對曾經貶至貴州瘴雨蠻煙之地的王陽明來說，贛南巡撫、江西巡撫或南京兵部尚書，沒有什麼區別。南京更大的好處是，離家鄉餘姚更近了。

「臣自兩年以來，四上歸省奏，皆以親老多病，懇乞暫歸省視。復權奸讒嫉，恐罹曖昧之禍，故其時雖以暫歸為請，而實有終身丘壑之念矣……然不以之明請於朝，而私竊行之，是欺君也；懼稽延之戮，而忍割情於所生，是忘父也。欺君者不忠，忘父者不孝，故臣敢冒罪以請。」這是他第五次上疏乞便道歸鄉——路這麼近，就讓我回一次鄉吧。

好在這一次，他得以准令歸省。

李八斤喜滋滋地幫王陽明整理行裝，唸叨著帶哪些江西特產回先生故里。他還準備好好剃個頭，換套新衣裳，不讓先生丟臉。先生是文人，他雖然墨水不多只識一斗大字，怎麼也得有一個表面斯文。

丘十八冷眼看他忙碌，顧自喝酒，沒有伸手幫一把。李八斤覺得他懶，又因滿懷喜悅也就不跟他計較，忙自己的，就提醒他也得理個髮，不然滿臉虬鬚長髮蓬亂，像個土匪。

丘十八不再因李八斤說出這兩個字眼而惱火，他喝了一大杯酒，重重頓下酒杯，長嘆一聲：「天下沒有不散的筵席，該走了。」

「那是，天下哪有吃不完的流水席，供你胡吃海吃。喂，十八哥，你看這套衣裳我穿上可好？」李八斤把一套藏青色新衣抖給他看。

丘十八沒理他，布滿血絲的眼中亮光閃動。

李八斤上前用手晃他的眼，他一動不動。

「你，剛才的話是什麼意思？你要走了，你不陪先生回鄉？」李八斤問。

「先生不會讓我們陪他回鄉。」丘十八說。

「不可能。我以前跟先生說過，平定寧王後，我會陪他回鄉。」李八斤自信地說，「先生還跟我說過，他家鄉餘姚有龍泉山、祕圖山，還有餘姚楊梅。你吃過楊梅嗎？酸酸甜甜，天下第一果品啊。」

「你不信就試試。」丘十八冷冷地說，躺倒在床上不再理他。一會兒發出粗濁的鼾聲。

「先生一定會帶我回鄉，他不願帶你而已。對了，你還欠先生一桌鄱陽湖美食呢。」李八斤又驕傲又覺得愧對丘十八，「畢竟你以前當過土匪，先生是文人，帶你回鄉——嘿嘿嘿。十八哥，那你準備去哪兒？」

「鄱——陽——湖——」睡夢中的丘十八含含糊糊地說。

「也是，你當土匪之前是漁民，這樣也好，重操舊業。先生抓了那個江西最大的土匪，你以後能過上好日子啦。我呢，有空也會來看看你，哥倆撒網捕魚，煮魚、燉魚、烤魚、煎魚輪著吃。」他嗞了嗞口水，「不過我現在還得保護好先生。你也知道，先生抓了那麼多叛黨，肯定有餘孽賊心不死，妄圖死灰復燃，我不能不護著先生的安危……」

在丘十八粗重的鼾聲裡，李八斤顧自絮叨，滿心喜悅。

清晨他醒來，發現不見丘十八蹤影，忙跑去問門丁。門丁說：「他一大早背起行囊走了，回鄱陽湖老家。」他大罵丘十八不講義氣，都不告別一聲，真怕他去鄱陽湖吃他的美食嗎？

船泊在贛江碼頭，江西大小官吏與王陽明告別，隨從們上了船。李八斤守在王陽明身後，想著這一程不再戰火紛飛，可以遊賞大明江山，品嘗各地美食，不由嫌官吏們話多事多，恨不得即刻登船而去，也不把丘十八的不告而別當回事了。官員們終於陸續離開，李八斤說：「先生我們快走吧。」

王陽明轉過身，定定地打量他，好像第一次認識他。

他有點慌，先生的眼神多了一種特別的親切，親切得疏離。

「李八斤，你走吧。回老家，娶妻生子，好好過日子。」王陽明語氣平淡。

諸氏從船艙出來，交給他一個厚實的包袱，笑著讓他等他們離開後再打開。他接過稱謝，覺得沉甸甸的。

「先生，我是你的護衛，我要護你回鄉，我們說好了的。」他的聲音發顫：「我，我還想吃餘姚楊梅呢。」

「跟著我，屢有性命之憂，何苦呢？」

「我不要發財，也不怕死，我無父無母，有一口飯菜夠了。先生，讓我留下，讓我跟著你，上刀山下火海，我不怕。」他哀求著，就像當初第一次見到先生時。

「我意已決，不必多言。」王陽明冷然道。

李八斤僵愣，兩年多追隨，他已明瞭王陽明的心性，決定的事誰也改變不了。

「先生，行裝裡有十二罐梨膏糖，你別忘記喝。不要太熬夜，不要走夜路，身邊多帶一些人。」他低下頭，不想讓先生看見眼裡的淚。

王陽明靜默不語。他悄悄抬頭，先生眼光晶亮，面容比他第一次在古戰場初見時要蒼老得多，彷彿經過一場大劫。

「先生，我有一事不明，臨別之際，您能不能跟我說說？」他說。

王陽明微笑頷首。

「您平叛朱宸濠，缺兵少將且不說了，平定亂黨後遭受這麼多誣衊羞辱，以至危及性命，您有沒有委屈、有沒有憤恨、有沒有一刻後悔過這場平叛之戰？」他終於說出這個盤踞心頭很久的疑問。

王陽明有點訝然。他不驚訝這個疑問，而是驚訝於提出疑問的人。這似乎不像是李八斤能說出的話。

「你的家鄉在通州是吧？」王陽明望向北方蒼茫的遠空。

李八斤點點頭。

「若是南北分治，立為兩個朝廷，兩個國家，互相對峙，北不得逾南，南不得越北，骨肉分離妻離子散，生靈塗炭、民不聊生，你願意看到嗎？」

「不願。」李八斤立刻答道。

「為何？」

「除了那些爭權奪位的王公貴冑，誰願意整天打打殺殺？再說，先生在南直隸，我的親朋好友在北直隸，要是南北對峙互為仇敵，我如何去留為好？」

「不錯。」王陽明在遼闊長空與廣袤山河之間徐徐轉眸，「你可知，大明兩京十三省，我最喜哪一處？」

李八斤有點茫然，先生沒回答他的疑問，反而說了個他摸不著頭緒的提問，他胡亂答道：「南直隸，您家鄉浙江吧。」他想一個人喜歡家鄉總不會有錯。

王陽明微笑點頭，李八斤鬆了口氣。

「我講個故事給你聽。」

「好好。」李八斤愈發詫異，先生此時還有興致講故事給他聽。

「昔日吳越王錢鏐反對強藩稱帝，且教誡子孫，民為社稷之本。民為貴，社稷次之，免動干戈即所以愛民也；要恪守臣節，要善事中國，勿以易姓廢事大之禮；要度德量力而識時務，如遇真主，宜速歸附。其後趙匡胤陳橋兵變，黃袍加身，時為宋太祖，有意揮師南下一統天下。其時吳越國力鼎盛，幾可與宋室抗衡。」

李八斤粗通文墨，坊間說書也聽得多，對前朝舊事自然知悉不少，便聽得津津有味。

「宋開寶八年，錢俶得高僧延壽『納土歸宋，舍別歸總』勸諭，遵錢鏐遺訓，以天下蒼生為念，將吳越十三州、一軍、八十六縣、五十五萬六百八十戶、十一萬五千一十六卒獻於宋，令吳越百姓免受兵燹之災，免遭燐青骨白之痛。」

「對對對，百家姓排列，第一排就是趙錢孫李，宋太祖趙匡胤當是第一位，那錢氏排第二位，說書先生說過。這錢王了不起、了不起。」李八斤很高興自己能插上一句懂行的話。

「錢鏐有遺言，凡中國之君，雖易異姓，宜善事之。蘇軾曾謂，吳越百姓至於老死，不識兵革，四時嬉遊，歌鼓之聲相聞，至於今不廢。其有德於斯民甚厚。這正是我愛吳越浙江故里之由。」

李八斤心裡直嘀咕：「先生說這些到底是什麼意思？」

「朱宸濠藩踞一方，倘若其有錢氏心念之萬一，江西亦不至於遭這一場兵燹之災。倘若朱宸濠真成事，南北分治、國土分裂、百姓分離，必將無可避免此災。是以此，我所受的誣陷，孰輕孰重？」

李八斤張口結舌無言以對。他驀然感覺，自己的疑問太過膚淺，而自己之於陽明先生的護衛，太微弱了。他除了護著先生的性命，此外無他。

而性命，偏偏是先生最不看重的。他若惜生，又何以會以如此羸弱之軀、近乎以卵擊石的微薄之力、少得可憐的幾無可勝算的寥寥兵力、匪夷所思的「空手套白狼」的手法、世所罕見的強大心理戰術和攻略，用四十三天，擊敗了寧王朱宸濠謀劃十年之久的謀逆？

陽明先生真正需要得到護衛的，並不是性命，而是他面對群狼環伺、人心詭譎時的大智大勇大無畏，而這些，天底下只有一個人給予得了——他自己。

李八斤頓感自己極度渺小無能，太自以為是。他羞愧無比。

「忘記過去的仇恨，忘記一場場殺戮。好好過日子，王小七。」王陽明走上船頭，留給他最後一句話。

他僵立原地，全身如遭雷擊。

原來，陽明先生早就知道他是誰。

原來，先生早就洞悉他自以為隱藏得很好的身世。

原來，曾經山重水深的刻骨仇恨，在一次次並肩浴血、共赴生死之後，已然湮滅無形。

原來，先生臨別之際講的這個意味深長的故事，旨在告訴他，比他個人的榮辱生死更重要的是天下蒼生、江山社稷……

先生到底何時發現的？發現了為何不動聲色？為何不伺機將他斬草而除根？他不知道一名殺手潛伏於身邊的岌岌可危嗎？

李八斤打開諸氏送的包袱，裡面是春冬衣衫各一套。再一摸，還有一包熱呼呼的油布包，裡面有一包定勝糕，十幾個又大又香的肉包子。再一摸，還有一包銀錠，足夠他數年生活。

他背起包袱追著船沿岸奔跑，淚流滿面。船朝江心，他跑岸上，彼此永不相交。他只是覺得，只要奔跑，悲傷就追不上自己，而淚水也能被江風吹乾……忽然他停下腳步、撕下衣袖、咬破手指，在袖片上急急寫上一行血字，對著遠去的船猛然揮手——小飛鏢從袖中飛出，向贛江呼嘯而去……

王陽明遙望漸行漸遠的南昌，這一座注定會在他生命中入骨三分的城池。

離開貴州龍場之後，他任江西廬陵知縣、贛南巡撫，乃至江西巡撫，江西是他從生命谷底往上邁的第一道臺階。廬陵免葛布稅、築防火牆、治理驛道、推行保甲制、建旌善亭等，為他日後治政奠定了扎實的底層社會治理經驗。之後又在京師一年，南京三年，正德十一年又至江西巡撫南贛，平漳寇、平橫水、桶岡諸寇，徵三浰，復又興辦社學教化鄉民兒童，推行南贛鄉約，「敦禮讓之風，成淳厚之俗」。其間，他從未忽略一生最重要的事——學問。

弟子徐愛、陸澄、薛侃先後記錄他的行遊問答、感思感悟，結集刊行《傳習錄》於贛州，這使他思想的吉光片羽，有了更為恆久長遠的傳承。

江西，尤其是南昌，成就他、磨礪他、詆毀他，一度要埋葬他，最終他重新屹立於這一座「豫章故郡，洪都新府」，這一片「襟三江而帶五湖，控蠻荊而引甌越」的城池，並由此邁向更蒼茫的前路。

隨從過來輕聲說：「江面風冷，先生進艙歇息，夫人在艙裡等著。」

王陽明說：「等一等。」千歲鶴歸，故園是終生的緬懷，而這座給過他太多砥礪的山水城池，多看一眼是一眼，不知幾時再來。

「知者不惑仁不憂，君胡戚戚眉雙愁？信步行來皆坦道，憑天判下非人謀。用之則行舍即休，此身浩蕩浮虛舟。」王陽明望著江上千檣輕吟。

這首名為〈啾啾吟〉的詩寫於去年六月。那時皇帝還在南京，從南昌到南京，到處流傳著關於王陽明實是寧王同謀，因事敗而先下手為強滅了寧王的傳說。風聲鶴唳之時，任誰都會靜默龜縮。他偏從南昌跑到贛州，集訓軍兵，此舉不僅令對手大惑，也讓他的弟子們心驚肉跳，紛紛勸阻。

王陽明坦然而笑，說：「禍在眼前必處之泰然，既然無嫌可避，那就不如亮出刀兵讓人看。」他把一切擺在明處，反惹得暗處的人無計可施。

「丈夫落落掀天地，豈顧束縛如窮囚！千金之珠彈鳥雀，掘土何煩用鐲鏤？……人生達命自灑落，憂讒避毀徒啾啾。」王陽明輕吟。

南昌越來越遠。落霞與孤鶩齊飛，秋水共長天一色。漁舟唱晚，響窮彭蠡之濱。雁陣驚寒，聲斷衡陽之浦……

突然，一道細白的刀光破空而來。隨從已不及護住他。他一動不動。一支小飛鏢紮在船艙棚頂，上面紮著一塊布片。隨從取下，驚惶地交給王陽明。

「我是李八斤，先生的李八斤。」布片上是幾個歪歪扭扭的血字。

王陽明抬眼看去，岸上那個奔跑的身影，微渺如塵如蟻。

他很早就發現了李八斤的真實身世，考慮再三將其留下。他深知「平山中賊易，平心中賊難」，卻願以身試險，從一粥一飯、一言一行、車馬勞頓、戎馬倥傯中，驗證從無數磨難中證得的曉喻天下的「心即理」、「知行合一」、「致良知」之學，到底是佶屈聱牙、晦澀艱深的文牘句章，還是發自心靈、適乎世道人心的真知實學。

「吾平生講學，只是『致良知』三字。仁，人心也；良知之誠愛惻怛處，便是仁，無誠愛惻怛之心，亦無良知可致矣。」這是他寫給兒子王正憲信中的話。

「區區所論致知二字，乃是孔門正法眼藏……雖千魔萬怪，眩瞀變幻於前，自當觸之而碎，迎之而解，如太陽一出，而鬼魅魍魎自無所逃其形矣。」這是他寫給弟子〈與楊仕鳴〉信中所說的。

他以身試險，以一場宏大的現世的活生生的人性之驗，從一個企圖殺死他的錦衣衛之子而最終成為他忠心耿耿的護衛的身上，驗得了大半生的學問真知——心即理、知行合一、致良知。

正德四年，他任江西吉安府廬陵知縣，剿匪擒獲匪首。此人死豬不怕開水燙，叫囂要殺要砍隨便。他吩咐為其鬆綁，讓他脫衣散熱。匪首痛快脫衣。他問還敢不敢繼續寬衣解帶，匪首滿不在乎地脫下褲子。他又問還敢不敢脫內褲。匪首驚呆了，囂張氣焰頓時熄滅。他嘆道：「連死都不怕，還怕羞恥嗎？可見你尚存一絲良知。」

如今看來，果然是「人胸中各有個聖人，只自信不及，都自埋倒了」、「天地雖大，但有一念向善，心存良知，雖凡夫俗子，皆可為聖賢」。李八斤如此，丘十八如此。而朱宸濠、張忠之流，不過是「自埋倒了」。

這大半生的苦難，沒有白熬。大半生的學問，沒有白做。

「江邊秋思丹楓盡，霜外緘書白雁回。幽朔會傳戈甲散，已聞南檄授渠魁。」年輕時有一次他登臨故里龍泉山，望近水遠山江帆競渡，吟出胸中豪氣干雲。經歷無數險難後，心境迴然，山川依舊。

船上的身影與岸上的身影，彼此兩兩相望，終如黃鶴杳於煙水茫茫，塵埃泯於天地宇宙，草木沒於山靜日長。

王陽明微微一笑，極目江湖，萬丈藍天敞亮，千里長河蕩蕩。

番外一　四明山、瑞雲樓、中天閣

正德八年六月中旬，王陽明與友人和弟子遊學四明山。

四明山因其大俞山峰頂有四窗岩，日月星光自四個岩洞照射而進，故名四明山。自唐代李白、劉長卿、皮日休、陸龜蒙、施肩吾等以降，留下眾多山水佳篇。王陽明自然早懷遊學四明之興。

此時的他任職南京太僕寺少卿。咳疾還未纏綿他的身子骨，數年前貶謫貴州龍場驛的苦難歲月，彷彿飄渺遠去了。事實上，這確是他在貴州龍場磨難與六年後平叛朱宸濠的顛沛歲月之間，難得擁有的一段靜好時光。

一行六人從餘姚丈亭永樂寺出發，開始了一場四明山遊學之旅。

他們泛舟乘潮西上，抵達鄞縣上虞豐惠，其間蔡希顏和許半圭當了「逃兵」，遊學小組剩下四人，抵達梁弄汪巷村，敲響了汪克章的門。汪克章，正德三年進士，廣東按察司僉事，此時省親在家。汪僉事請他們吃飽喝足後一起出門。五人遊學小組翻山越嶺，抵達姐溪。姐溪為姚江王氏先祖遷徙地。王陽明說「(姐溪)吾遠族居也，往焉」、「午餔於族之新居，宗人咸來會。晚循溪上，止於祖居」，眾人欣然溯溪而上。

妲溪有個黑龍潭，「泉石衝激，溪山環折，如鳳翔龍盤，勢睽而情麗」。他們在潭邊濯足濯纓，漱石枕流，山水唱和，賦詩識樂。王陽明將「妲溪」更名為「龍溪」，夜宿於龍潭村。攀爬峭壁深淵的黑龍潭時，徐愛戰戰兢兢，而王陽明坦然不懼。徐愛自嘆不如，躲在崖下觀望，但見王陽明爬上爬下，身手靈活矯健，他看得心驚膽顫又無比羨慕。

途中王陽明中暑了，其他人傷的傷、病的病，眾人猶豫還要不要往奉化雪竇寺方向走。「犯烈履險非樂，溺志老遊非學」，朱守中沮喪地說：「走如此危險的旅程就沒什麼樂趣了，心志沉湎在旅途中也學不到什麼有用的。」

王陽明莞爾而笑：「知樂知學，孰非樂非學也？」只要內心知樂知學，領略到樂的本質，那麼無論是山高水長，還是道阻且險，無論是訪山水之奇美，還是探人生學問之深邃，都能在天地宇宙之間獲得真知灼見實學。

朱守中和王世瑞最終不能堅持，退出旅程。剩下的王陽明和徐愛、汪克章三人渡溪登嶺，站在山巔，彌望平疇沃野稼穡，心胸大為開闊。在丹山赤水，他們聽樵夫唱山歌，「群鶩之飛飛，不如我棲棲。女行爍火中，我在霞天湄」。他們向樵夫打招呼，這名山野村夫竟然不理睬，逕自消隱於山林之間。

此後他們到杖錫寺，抵雪竇山千丈岩，以奉化蕭王廟大埠村為終點，買舟回姚。這支遊學小組最終只有三人汗流浹背、步履蹣跚地走完全程。他們到奉化時，適逢大旱，山川田地盡顯龜裂，禾木枯萎，收成蕭條，王陽明心下鬱然，不得不打消了再往天臺山的計畫，結束了行程。

四明山遊學之旅翻山越嶺、越陌度阡、蹚溪過橋，歷時半月餘。「邑南富岩壑，白水尤奇觀。興來每思往，十年就茲觀」、「每逢佳處問山名，風景依稀過眼生，歸霧忽連千嶂暝，夕陽偏放一溪晴」，他為之留下了這些山水詩。

「（先生）而論曰：今日畢，素懷已中。所歷佳勝比比，獨不彰於古昔，乃今得與二三子觀焉。夫永樂諸山，可備遊觀者也。四明，可居者也。龍溪，可以避地者也。……諸君耳目之所接，心志之所樂，其止於山水已乎？……茲遊也，予深思之，而得學之道焉。夫享易者，必犯難，破難者，必由勇。是故暑扼險摧，人沮而朋違，不甚難乎？……是即先生之所謂『孰非樂非學也』，乃記之以貽同志。」徐愛的〈遊雪竇因得龍溪諸山記〉，詳細記載了此次遊學的全過程。

王陽明的意思是，古往今來，名山大川比比皆是，但是有多少名垂古今青史？四明山，是個居住的好地方。龍溪，是避難隱逸的好去處。你們現在遊歷的，不只是眼前的山水草木，更在於山水之外的啟迪與深思。天下享受容易的事，必定要歷一番難、吃一番苦；而破除苦難的，唯有勇氣。這一趟遊學之旅，看起來是遊山玩水，實際是人生歷程的映照。暑熱、艱險、行路沮喪、人員變數、行程不定……遊歷之難，亦是人生之艱，從艱難中學到的，必然更有價值和意義。

四明深山的龍溪村，是王陽明顛沛流離的仕途生涯中，時時念及千歲鶴歸的桃花源。平叛朱宸濠最危之時，他曾囑父親王華讓家人避至龍潭，傍溪買田築室，潛為棲遁之計。「四明，可居者也。龍溪，可以避地者也。」之後戰事波譎雲詭，王陽明遇害遭難的消息不時傳到王華耳邊，親朋勸他們避難龍溪。

王華坦然道：「當日打算在龍溪買田築室，是因母親在世。現母親已入土，若吾兒真的遇害了，我還能逃避到哪裡去？」

正德十六年九月，浙江餘姚，龍泉山北麓，瑞雲樓。王陽明站在庭院，仰望這座前後三進的木質屋宇，眼中淚花浮動。

距此五十年前十月的一個晚上，餘姚城龍泉山北麓瑞雲樓的王氏一家，因為媳婦懷孕十四個月久久不見動靜而寢食不安。老祖母岑氏更是焦慮不已。這天晚上她做了個夢，夢見仙樂飄飄中，一位身著霓裳、腳踏祥雲的仙子將一個嬰兒送到她手上，「神人衣緋玉雲中鼓吹」。岑氏一驚醒來，恰好聽到嬰兒啼哭聲傳來——懷孕十四個月的媳婦分娩了。祥夢與現實應合，著實令王氏家族既驚且喜。

王家把嬰兒的胞衣精心收藏於瑞雲樓。民間相信神祕的胞衣裡藏著嬰兒的魂魄，主宰其一生生老病死、榮辱甘苦，絕不可隨意處置或輕褻。飽讀詩書的老祖父竹軒翁遂為新生兒取名「王雲」，意為「祥雲送子」，嬰兒出生的房子也被鄰居們稱為「瑞雲樓」。

不幸的是，王雲到了五歲還不會開口說話，唯有雙眸星動，似藏機鋒。竹軒翁讀書時他陪在身邊默然，令老祖父既欣慰又惆悵。某日一名僧人走過王家門口，看著與孩子們玩耍的王雲，撫著他頭皮稱「多好的孩子，可惜被點破了」，遂飄然而去。竹軒翁悟其所指，原來「王雲」將「祥雲送子」的天機點破了，便為孫子改名「守仁」。意出《論語．衛靈公》，「知及之，仁不能守之，雖得之，必失之」，即以「仁」守住天賦的聰穎智慧，也守住了點破的「天機」。改名當日，王守仁便開口，且流暢背誦祖父常讀的句章。竹軒翁大驚，王守仁則說之前在祖父身邊伴讀，雖開不了口，實則爛熟於心。弘治十五年，王守仁因病歸越休養，築室陽明洞，自號陽明山人，於是以王陽明之名立世。

五次上疏終得省親的王陽明，請安過父親，祭祀過祖塋，與兄弟們敘舊，款步登上瑞雲樓。其時瑞雲樓已租給錢家。王陽明望著胞衣收藏處，念及半生宦途戎馬倥傯，母親生不及養，祖母死不及殮，頓覺錐心刺骨、潸然淚下。此後很長的時間裡，他沉浸於悲痛而無法自拔。

好在，一大批姚江學子給了他諸多慰藉。時年八月，同樣出生於瑞雲樓、久慕王陽明名望的姚江學子錢德洪，帶著一大幫好學上進的後生小子計七十四人，迎王陽明上餘姚龍泉山中天閣，虔誠地拜師求學。

看著一張張充滿渴求的年輕面孔，王陽明忘卻了身心痛楚，傳道授業解惑。探尋人生終極之道，才是他心嚮往之的人生圭臬。

龍泉山山林清幽、古木參天。龍泉寺結詩社、對弈聯詩，是他少年遊玩的勝地；中天閣景緻清幽，取唐朝詩人方干「中天氣爽星河近」之意。「我愛龍泉寺，山僧頗疏野。盡日坐井欄，有時臥松下」、「久別龍山雲，時夢龍山雨……百歲如轉篷，拂衣從此去」……蹈鋒飲血的生涯中，他只要念及這座山寺，無數箭矢一般射來的人心唯危、世道波譎，便渺然遠去。

中天閣授學，於王陽明是嚮往已久的枕山棲谷生涯；中天閣聽課，於姚江學子來說，更是暗室見燭炬的斯文盛事。

正德十六年九月底，王陽明的父親王華七十六歲壽辰，此時，由瑞雲樓遷居龍山裡第的王家廣宴親朋四鄰，置酒燕樂達月餘。這位成化十七年的狀元，同樣是一位超凡不俗的人物。

王華幼年時，母親在窗下織布，他在旁讀書做功課。窗外有小兒嬉鬧春遊，王華全神貫注手不釋卷。母親問他：「為何不與小兒遊春？」

王華答：「遊春哪比得上讀書有趣？」

他六歲在河邊撿到銀子包，守金待主，失主惶惶尋來，王華問明後歸還，失主拿出一錠作謝，王華道：「我連銀子包都不要，還會要一錠銀子？」

王陽明觸怒劉瑾被貶貴州，劉瑾傳話給王華，稱自己與他有舊，王華若與他見上一面則保躋身高位，其子自可安然。王華斷然拒絕。

正德十六年十二月，朝廷對王陽明的嘉獎聖旨終於姍姍而至，稱其平定有功，「封新建伯，奉天翊衛推誠宣力守正文臣，特進光祿大夫柱國，還兼南京兵部尚書，照舊參贊機務，歲支祿米一千石，三代並妻一體追封，給與誥券，子孫世世承襲」，同時還問候王華，賜以羊羔美酒。

壽辰的喜悅還未散去，朝廷的嘉獎接踵而至，這為本就聲名隆盛的王家增添了無上榮耀。親朋們舉觴向王華父子表示祝賀，王陽明從容淡然不寵不驚。比王陽明更淡定的是王華，他顰蹙對王陽明道：「朱宸濠起兵謀逆時，很多人以為你必死無疑，你沒有死。很多人以為難以平定，你平定了大局。後來你遭遇奸佞讒構、禍患四伏，而現在你加官晉爵，我們父子備受榮極。不過世上的事往往禍福相連，令人警醒啊。古人說，懂得滿足就不會受到屈辱，懂得適可而止就不會有危險。我現在老了，父子倆還能相聚，又豈知什麼時候又犯了盈滿之戒，盛極而衰呢？」

「父親的教導，正是孩兒日夜切切在心的。」王陽明當即跪拜回應。

父子倆的推心置腹坦誠交言，令在座一眾肅然，慨然讚嘆。

在光宗耀祖的煌煌之中，王陽明的內心有無以言喻的隱痛。他早在貴州龍場收歸門下的弟子冀元亨，已因自己而命喪於張忠、許泰之手。

嘉靖帝登基後，下詔釋放冀元亨，元亨出獄五日後終因傷重而亡。王陽明慟哭不已。「雖盡削臣職，移報元亨，亦無以贖此痛。」我不殺伯仁，伯仁卻因我而死，巨大的愧疚讓他如何能坦然接受遲來的封賞呢？

正德十六年的回鄉，讓王陽明短暫地聆聽到「蕭蕭總是故園聲」，沒多久，他收拾行囊，拖著羸弱之軀繼續仕途生涯。

真正在中天閣授課是四年後的嘉靖四年九月，王陽明訂立學規〈書中天閣勉諸生〉，親書於壁：「雖有天下易生之物，一日暴之，十日寒之，未有能生者也。承諸君之不鄙，每予來歸，咸集於此，以問學為事，甚盛意也……務在誘掖獎勸，砥礪切磋，使道德仁義之習日親日近，則世利紛華之染亦日遠日疏……」他切切叮囑學子，治學須勤，做人須謙。學問是日日精進的過程，再有旺盛生命力的植物，也經不得曝曬一天，再寒凍十天。而為人的態度，則「或議論未合，要在從容涵育，相感以誠，不得動氣求勝，長傲遂非……」

先生如春風化雨，弟子似洪爐點雪。中天閣講學聲名遠播，紹興、杭州的學子也紛紛趕來，最多時講課的主廳都擠不下，學子們站在走廊上伸著脖子聆聽。

此後王陽明又至越城紹興宅第、陽明洞天、稽山書院講學，碧霞池天泉橋證道留下了著名的「四句教」：無善無惡是心之體，有善有惡是意之動，知善知惡是良知，為善去惡是格物。

龍泉山山靜日長，姚江江水泱泱，龍泉寺梵響莊嚴，中天閣大音希聲，越山稽水碧霞天泉，皆沾被黃鐘大呂之聲……

番外二　鄱陽湖、桃花塢、南鎮

正德十六年清秋，鄱陽湖東南首的清風村。漁民們在湖上撒網捕魚，湖面鷗鳥低飛，清風微漾，波光粼粼。漁歌在遠方悠悠唱響。

兩年前的鄱陽湖激戰，半江血腥，似乎是百年前的煙塵舊事了。

漁民丘十八一大早捕了半艙魚，賣了好價錢，在集市買了些酒菜，回清風村最靠河的兩間瓦房。離鄉很久的他回來後，把坍塌的草房修成瓦房。有人說他在外鄉做生意發了橫財，有人說他做土匪發了不義財，有人說他遇見貴人。他不置可否，購來漁船、漁網、漁具，重操舊業。

他的身手多了弓箭手的犀利勇猛，捕獲的魚比其他人更多。當然他也很慷慨，除了賣魚換來油鹽醬醋穿著用度，其餘的用來救濟貧者，這使他贏得村民們的敬重。而漁霸惡吏似乎也忘了這個小漁村，很久沒有來騷擾。有媒婆來說親，可是他怪得很，不管媒婆把姑娘誇成什麼花，他一概漠然，久而久之人家懶得提了。

丘十八把酒菜擱在院子的小石桌上，進廚房燒菜，他還要燒一道銀魚湯。今天是他三十生日，他得好好犒勞這些年對自己的虧欠。

銀魚湯很快燒好了，清亮的湯麵飄著碧綠蔥花，魚香飄逸，丘十八端碗走出廚房，忍不住喝了口，滿意地咂舌。他把湯放在小石桌上，發現桌上的鹵豬腳、燒雞肉似乎少了一些。他環視四周，一隻貓賊頭賊腦地從牆角跳過。丘十八罵了聲：「死貓。」跺了跺腳，貓趕緊逃走。他順手拿過籮筐罩在菜上，上面壓了塊石頭。他還得燒一碗生日麵，沒有生日麵怎麼算生日。

丘十八精心燒了一碗有蝦米、蘑菇、雞蛋和青菜的麵。出來一看，手裡的碗差點要掉下來，籮筐掀開了，菜明顯更少了，銀魚湯竟然少了大半碗。他進屋操起雁翅刀奔到院子，喝問：「什麼人？快出來！」

院子靜寂無聲，熱菜的青霧裊裊飄散，浪濤拍岸和鷗鳥鳴叫格外響亮。丘十八以久經沙場的敏銳洞察力，很快發現堆柴草的雜物間發出聲響，他奔到門口，一腳踹開門，雁翅刀朝前一揮，吼叫滾出來。片刻有東西從屋裡擲出，丘十八迎頭一劈，那物劈落在地。再一看，是豬腳骨頭，已成兩半。丘十八大惑。笑聲從屋裡傳出，跟著笑聲出來的是李八斤，手裡抓著燒雞腿大嚼。

「這身手，不輸我當年用豬腳骨頭擊落你射向先生的箭。不愧是我大哥。」

丘十八瞪著他，如同見到天外來客。

「豬腳骨頭有點硬，燒雞有點老，還是銀魚湯好喝。」李八斤拿過他手裡的麵碗走向石桌邊，「麵條是好看得很，我嘗嘗。」

兩人你一口我一口，一聲不吭埋頭狂吃，吃完抬起頭抹抹嘴，發現彼此臉上沾著麵條和菜葉，忍不住放聲大笑。笑著笑著，淚水滑落他們的面頰。

「我還欠先生一桌鄱陽湖湖鮮美食呢。」丘十八憾嘆。

晚間睡前，李八斤瞥見床頭擱著一卷書，書角翻捲發黑。

他嘿嘿地笑：「傳習錄。十八哥你什麼時也讀書了？咦，陽明先生的書？」

丘十八撫書：「我在南昌買的。先生做人講學的道理，都印在書上了。我不在他身邊，但是書中道理，還能日日學到、時時習得。」

「先生怎麼沒跟我說過？這書講了什麼道理？」李八斤有點委屈，又好奇。

丘十八說：「這書最早是先生的大弟子兼妹夫徐愛摘錄先生平時的言論書札而成，希望傳學於更多人。先生當初不同意，稱言論是一時一事，就像醫者開藥方，要因病施藥，倘若不顧實際執迷於他的學問，反而誤人子弟。徐愛說記錄先生的言論，是為了不在先生身邊時，也能將先生之學用於實踐，反覆體認，從而更好地領悟先生之學。」

「後來更多的學生提出傳學要求，先生最終同意了。正德十三年，先生的弟子薛侃在贛州刊印了徐愛記錄的手稿和自己陸續記錄的部分。《傳習錄》自此行世。可惜那時，先生最心愛的弟子兼妹夫徐愛已病死，令先生痛徹心腑。我每天讀幾句，覺得一天天懂道理，比喝酒還爽。你也要讀。」

「你也不比我多識一斗字，這些道理它們認得我，我不認得它，怎麼讀？」

丘十八說，村裡有書塾先生，常教學生讀《傳習錄》，他也捧著書旁聽請教，現在識很多字了。先識字，再明理，久而久之他也會懂。

「我教你。」丘十八翻開書指著念，「或曰：人皆有是心，心即理。何以有為善，有為不善？先生曰：惡人之心，失其本體。」

「什麼意思？」

「先生的弟子問，每個人都有心，心有天理，為什麼有好人、有惡人。先生說，惡人是失卻心性本體了。」

「喔，就是說，朱宸濠、張忠、許泰那些傢伙，就是丟了天地良心。」

丘十八點點頭，指另一行字：「知者行之始，行者知之成。聖學只一個功夫，知行不可分作兩事。」

「什麼意思？」

「知是行的主意，行是知的工夫。一個人懂了道理卻不做，不能算真知。一個人做了事卻不懂其中道理，也不能算真行。知行合一，方是真知真行。」

「先生懂平叛的謀略，又說到做到平定寧王，便是知行合一，對不對？」

「正是。『知是心之本體，心自然會知。見父自然知孝，見兄自然知弟，見孺子入井，自然知惻隱，此便是良知，不假外求。』意思是說，一個人的良知天性是本體，見父母兄弟自然懂得孝親友愛，看到小兒掉井裡，知道救一把，這就是天生的良知，用不著別人教導。良知之在人心，亙萬古、塞宇宙而無不同……」丘十八對自己悟得的道理津津樂道。

說著說著，他耳邊鼾響如雷，李八斤已歪著腦袋睡著了。

丘十八笑著搖搖頭，自語：「我也只懂粗淺道理，先生的學問，我一輩子能學到皮毛，已是不易了。」

「心，良知，知行，合一。我懂。刀，用一回短一寸，好好用刀，重新做人。我懂……」李八斤翻了個身抱緊被子，含糊地嘟囔。

丘十八不知他說什麼古怪話，又想自己一知半解，難怪他聽睡了。好在歲月夠長，先生的學問夠他們年年歲歲學下去。

清風村人驚詫地發現，丘十八多了個兄弟，兩人早出晚歸、撒網捕魚、砍樵狩獵、喝酒高歌、讀書認字。有時兩人喝多了就操刀比武，村裡人圍觀熱鬧，連連喝采。略懂門道的指指點點，說丘十八使的是雁翅刀，他兄弟使的是雁翎刀。

二人二刀如醉如夢，無數往事在刀光劍影、清風明月間紛至沓來，又渺然遠去……

嘉靖二年十二月，蘇州桃花塢。寒風在桃林裡嗚嗚嘶鳴。桃葉盡落，猶如槁木。唐伯虎想：「怕是看不到明年的桃花開了。」

桃花塢的歲月，別人看起來是餐雲臥石的隱逸人生，只有他自己才知道那是草衣木食的清苦生涯。屋裡有暖爐，他覺得身體稍稍有了些氣力，便撐起身，想把寫了一半的〈陳孝子歌〉寫完。

「元季有孝子，姓陳名立興。結屋住蠡口，採樵以養生。有母年七十，癱瘓雙目盲。居然臥床蓐，九年六月零。愛啖王家糕，其家住在城。地名臨頓里，相去將一程。每日買一貫，持歸母點心。如此以為常，不限晦與明……」

將民間故事寫成老少咸宜、朗朗上口的歌謠，是唐伯虎的生平一大愛好。這個故事說的是有個叫陳立興的孝子，每天為癱瘓又失明的母親買糕，風雨無阻。一天路上遇到一位也想買糕的老人，陳立興將糕讓於老人，復回鋪子，糕已賣完。他悻悻回家，發現癱母已起身且雙目明亮。原來老人是神仙，又贈他仙丹，治癒了無數人。皇帝得悉欲搶奪，孝子背起母親飄然離開。故事結局是暖心的。

飽嘗過太多苦難的唐伯虎，對圓滿甜美的神仙故事，自是無限追慕。現世實在苦難，而寫詩讚美的權利是誰也奪不走的，哪怕他只剩下一口氣。

他用顫抖的手續寫未完的詩稿，「我為賦其事，兼述舊所聞。五通為神仙，十號稱世尊。諸佛證圓覺，群仙保長生。」他的筆力越來越弱，氣息越來越微，那一支他帶來無數驕傲榮光，也帶來無盡災難的生花妙筆，悄然從手上滑落，墨水濺地。〈陳孝子歌〉成了江南第一風流才子的未完絕筆。

唐伯虎闔上眼的須臾間，恍恍惚惚地想到，此前的十一月，他已答應將心愛的女兒嫁與好友王寵之子，世間的牽掛便少了一樁；在宋朝劉松年的〈層巒晚興圖卷〉上題了書法；中秋節，在學圃堂臨摹了杜堇的《絕代名姝冊》十幅，每幅有好友祝允明的和詩……

寒風吹徹雪霧茫茫中，唐伯虎的眼前驀然現出一個素裙女子，從桃花叢中過來，赧然一笑，「先生，這一筆用雲頭皴，還是荷葉皴好？」

他心中溫瀾潮生，再一晃眼，一個面容清臞消瘦的中年人從山間款款走來。他從沒見過這個人，恍然卻覺相知多年，如若老友重逢。

「唐子西云：山靜似太古，日長如小年。余家深山之中，每春夏之交，蒼蘚盈階，落花滿徑，門無剝啄。松影參差，禽聲上下。……則東坡所謂『無事此靜坐，一日如兩日。若活七十年，便是百四十』。所得不已多乎……」中年人邊走邊吟。

一絲若有若無的微笑浮上唐伯虎的臉頰，「生在陽間有散場，死歸地府也何妨。陽間地府俱相似，只當漂流在異鄉……」

嘉靖三年春月，王陽明與友人來到會稽山香爐峰北麓的南鎮。

他們漫行於山靜日長間，與一場盛大的花事不期而遇。三分鐘熱風起，花瓣從岩壁的花樹上紛墜如雨，落在他們的衣冠之上。

「先生說，天下無心外之物，這棵花樹在深山中自開自落，如果我不來看它，它存在嗎？如果說存在，豈不是與你說的心外無物相矛盾？它與我的心有什麼關係呢？」友人指著岩壁間的花樹問。

「汝未看此花時，此花與汝心同歸於寂。汝來看此花時，則此花顏色一時明白起來，便知此花不在汝心之外。」王陽明如是回答。

當你未曾看到這花時，這花可能在，可能不在，可能開了，可能沒開，這是無數的未知，無盡的寂。而當你看到花時，則花的形狀顏色氣息瞬間明白起來，是你的心，讓你明白的。所以，沒有一種花在你的心外——天下無心外之物。

既然慨然經略四方，無論風起於青蘋之末，還是浪成於微瀾之間，唯有逆風浪而行了。王陽明大步向前。身後花瓣紛飛，如風一般輕柔，似箭一般殺伐……

跋

《風定鄱陽湖》擷取心學大家王陽明偉大一生中的閃光片段，講述了王陽明在鄱陽湖一戰定乾坤，以短短四十三天力挫寧王朱宸濠策劃十年之久叛亂的歷史傳奇。

王小七之父為錦衣衛，早年追殺被貶貴州的王陽明，因失敗被奸宦劉瑾所殺，王小七遂遷怒於王陽明，假冒王陽明好友湛若水的隨從李八斤（因病而亡）之名，欲劫王陽明生祭其父。其間發現另一錦衣衛之後汪大用被寧王朱宸濠收買，也在追殺王陽明。李八斤欲擒拿王陽明生祭其父而阻其貿然行動，反成王陽明的「保護神」。

大才子唐伯虎被朱宸濠聘為謀士，教婁妃書畫。耳聞目睹朱宸濠將發動政變，在婁妃暗中相助下，以裝瘋裸奔逃離寧王府。

王陽明力挽狂瀾，以少得可憐的兵馬，近乎以卵擊石的微薄之力、匪夷所思的「空手套白狼」的手法、世所罕見的強大心理戰術和「箭在弦上，一觸即發」的精確攻略，用四十三天擊敗寧王朱宸濠謀劃十年之久的政變，鄱陽湖一戰定乾坤。李八斤已然由殺手成為王陽明的忠實護衛。

「丈夫落落掀天地，豈顧束縛如窮囚！千金之珠彈鳥雀，掘土何煩用鐲鏤？……人生達命自灑落，憂讒避毀徒啾啾。」事了拂衣去，深藏身與名。王陽明暫時退隱於明王朝風雨飄搖的江湖，回鄉傳道授業其念念不忘的心學……

歷史上，王陽明與唐伯虎並沒有現實交集。

唐伯虎十二冊頁名畫《山靜日長圖》，王陽明為之題詞唐子西詩，成了這兩位明代大名士唯一僅有的時空交集之作。這也為我創作這部歷史小說提供了二者可出現在同一文字中的理由之一。

問題是，王陽明平定寧王朱宸濠是正德十四年（西元一五一九年），唐伯虎受寧王之聘在正德九年（西元一五一四年）。讓二者在同一時空出現並生發交錯糾纏的故事，顯然是違反歷史真實性的。好在，文學的虛構性留下了寬容的轉圜餘地，我將唐伯虎的故事延後數年，遂讓二者有了同一時空對話的可能性。

李八斤、丘十八、汪大用、曹二……當然是虛構人物。劉瑾派遣兩名錦衣衛追殺王陽明，真實存在於王陽明的歷史中。這兩個無名無姓的小人物，構成了王陽明跌宕生命中不可不提的一環，他們當年若得手，或許今天就沒有王陽明的傳奇故事了。

這些人並未存在於《明史·王守仁傳》，但是他們一定會存在於古老的五百多年前，在紛紜亂世浮浮沉沉。或與王陽明同途而行，或擦肩而過，或回眸一望，走向各自的宿命……

這些年寫過不少歷史散文，這也是促成我創作歷史小說的最初動因。王陽明是歷史人物，也是一位有血有肉有悲喜的社會人物。他在廟堂，也在江湖鄉野。在宏大的歷史敘事裡，也在坊間豆棚閒話中。

歷史小說是「在歷史縫隙中尋找其他可能性」的一種寫作，我深以為然。《風定鄱陽湖》在史實、史識、史見的基礎上進行適度藝術加工，撥開歷史迷霧、釐析風雲詭譎、明悉人心錯綜、洞見心學與權術的較量、探微聖人與奸佞的爭鋒、體察正義與邪道的辯駁，將真實歷史行進中遺落的踉踉蹌蹌行走的小人物攙扶起來，撣一撣他們身上的塵埃，使之重新歸位，繼續行走、說話，演繹一段別樣的歷史章節。

每年冬春，我都會去餘姚龍泉山中天閣走走，那是先生講學處。一小片蠟梅紅梅與古宅翹簷互為映照，清香古雅至極。我敬拜過陽明先生的雕像後，總會在門檻坐下，聞幽幽梅香，看古舊的簷瓦，看簷前開了又落的花，捲了又舒的雲，耳邊隱隱有語：雖有天下易生之物，一日暴之，十日寒之，未有能生者也……

小說出版後，我會在梅開之時攜書再登中天閣，去瑞雲樓，讀幾段給先生聽，想必先生也不會太苛責於我。《傳習錄》記載王陽明弟子黃以方相問：近來妄念也覺少，亦覺不曾著想定要如何用功，不知此是工夫否？先生曰：汝且去著實用功，便多這些著想也不妨，久久自會妥貼；若才下得些功，便說效驗，何足為恃？

是的，我「且去著實用功」便是了。

本書為歷史小說，在史實基礎上進行合理的文學想像敘事，但是仍有惴惴之感，深恐有所冒犯。瑕疵之處，懇請讀者指正。

是為跋。

符利群

十年謀亂，四十三日定：

王陽明不止知行合一，更有高度軍事智慧

作　　者：符利群
發 行 人：黃振庭
出 版 者：複刻文化事業有限公司
發 行 者：崧燁文化事業有限公司
E-mail：sonbookservice@gmail.com
粉 絲 頁：https://www.facebook.com/sonbookss/
網　　址：https://sonbook.net/
地　　址：台北市中正區重慶南路一段61號8樓
8F., No.61, Sec. 1, Chongqing S. Rd., Zhongzheng Dist., Taipei City 100, Taiwan

電　　話：(02)2370-3310
傳　　真：(02)2388-1990
印　　刷：京峯數位服務有限公司
律師顧問：廣華律師事務所 張珮琦律師

定　　價：480元
發行日期：2025年02月第一版
◎本書以POD印製

國家圖書館出版品預行編目資料

十年謀亂，四十三日定：王陽明不止知行合一，更有高度軍事智慧 / 符利群 著. -- 第一版. -- 臺北市：複刻文化事業有限公司, 2025.02
面；　公分
POD版
ISBN 978-626-7671-37-5(平裝)
857.45　114001537

電子書購買

爽讀 APP

臉書